한림신서 일본현대문학대표작선 ⑱

봄

한림신서 일본현대문학대표작선 ⑱

시마자키 도손 지음·노영희 옮김

小花

봄
　　　　　　한림신서 일본현대문학대표작선 ⑱

초판인쇄　2000년 11월 10일
초판발행　2000년 11월 15일

지은이　　시마자키 도손
옮긴이　　노영희
발행인　　고화숙
발　행　　도서출판 소화
등　록　　제13-412호
주　소　　서울시 영등포구 영등포동 94-97
전　화　　2677-5890(대표)　팩스 2636-6393
홈페이지　www.sowha.com

ISBN 89-8410-156-7
ISBN 89-8410-108-7 (세트)

잘못된 책은 언제나 바꾸어 드립니다.

값 7,000원

차례

봄 · 7

『봄』해설 · 371

註 · 374

1

"기시모토(岸本)[1] 군, 7월 22일에 도카이도(東海道)에 있는 요시와라(吉原)로 오게. 그날 여기저기에 떨어져 있던 친구들이 후지(富士) 기슭에서 모이기로 하였네. 자네 형편을 고려해서 우편환으로 여비를 보내네."

이런 내용의 편지가 도쿄에 있는 친구에게서 도착했다. 기시모토도 서둘러 서쪽 지방 여행에서 돌아오겠다고 답장했다. 그래서 도쿄의 친구들은 신바시(新橋)를 출발했다. 일행은 아오키(青木),[2] 이치카와(市川),[3] 스게(菅)[4] 세 사람이었고, 오카미(岡見) 형제[5]는 사정이 있어서 함께하지 않았다.

일행이 도카이도로 출발한 것은 1893년 여름이었다. 그날 기차는 상당히 붐볐다. 지친 일행은 요시와라(吉原)에 있는 여관에 닿았다.

모이기로 한 장소는 길가에 있는 평범한 여관이었다. 이층에 별채가 있어서 후지 산이 잘 보였다. 세 사람은 이층 방 하나를 빌렸다. 별채에 다른 투숙객은 없는 듯 보였다. 간혹 얼굴을 내미는 나이 사십 세 정도의 아주머니말고 이들의 자유로운 잡담을 방해하는 사람은 없었다. 아주 편한 여관이었다. 더러운 다다미 위를 뒹굴면서, 세 사람은 기시모토를 기다렸다.

"이제 올 때가 됐는데."

아오키는 몸을 일으켰다.

아오키는 앙상하게 마른 편으로, 비백무늬가 있는 새로 산 감색 홑옷을 입고 헤코오비⑥를 아무렇게나 두르고 있었다. 풀린 끈 사이로 흰 여름 셔츠가 보였고 셔츠 단추가 풀려 가슴이 살짝 보였다. 사물을 바라보는 날카로운 눈빛과 좁은 미간, 창백한 뺨, 그리고 당당하면서도 오만한 이마는 상처받고 부서지기 쉬운, 상당히 과민한 성격을 드러내고 있었다. 참회하는 듯한 입가에는 왠지 모르게 타인의 마음을 끌어당기는 매력이 있었다. 세상의 쓴맛이나 더러움을 다 겪어본 사람의 입술 같았다. 그 입에서 힘이 담긴 목소리가 흘러나왔다.

"기시모토 군도 힘들겠는걸." 아오키는 이치카와를 쳐다보며 "앞으로 어떻게 할 생각이지?"

"글쎄." 이치카와도 몸을 일으켰다.

"그렇게 계속 오카미 군의 신세를 질 수도 없을 테고 말이야."

"나도 사실 걱정이라네." 이치카와는 아오키의 얼굴을 바라보았다.

이치카와는 고등학교 교복을 입고 있었다. 엷은 쥐색 여름 상의로 감싼 우아한 체격과 짧고 검은 머리, 창백하고 넓은 이마, 매부리코처럼 높고 잘생긴 코, 그의 외모에 나타나는 모든 것이 도쿄 번화가의 뼈대 있는 집안에서 교육받은 사람임을 증명해 준다. 그의 가늘고 부드러운 눈은 어른스런 신중함을 담고 있어서, 어린데도 사람들을 노려보는 듯한 분위기가 어려 있었다. 그는 셋 중에서 가장 나이가 어렸다.

아오키는 싸구려 담뱃갑을 꺼내, 콩깍지 모양의 담뱃대로 뻐끔뻐끔 담배를 피우면서 이렇게 말을 꺼냈다.

"하여튼 재미있는 변화야, 기시모토 군이 집을 뛰쳐나오다니."

"어이쿠, 그 친구, 여행을 떠날 때의 기세는 또 얼마나 대단했다고." 이치카와는 친구가 집을 뛰쳐나가는 모습이 떠오른 것 같은 표정을 지어 보였다. "빵은 하늘에 달렸다느니, 어쩌니 하면서."

"하하하하하." 아오키는 재미있다는 듯 소리내며 웃었.

이런 식의 대화가 오가는 동안에도 스게는 누워서 꼼짝도 하지 않았다.

"스게 군이 부럽군." 아오키는 깊은 생각에 잠긴 듯한 표정을 지으면서 "스게 군은 참으로 태평하다니까."

"아까부터 계속 자고 있네." 이치카와도 웃었다.

"나 안 자네." 스게는 웃음을 터뜨렸다. "이 자세로 자네들 이야기를 듣고 있었어."

2

스게는 뒤척이듯이 빙글 몸을 돌려서는 엎드린 채로 턱을 괴었다. 그는 계속 누워서 듣겠다는 듯이 자세를 취했다. 비할 데 없이 마음좋아 보이는 이 청년의 눈빛에는 철학자 같은 침착함이 있었다. 또 나이에 맞지 않게 수염이 많은 편이라, 말끔하게 턱 주위를 면도했음에도 진하고 굵은 수염 자국이 퍼렇게 남아 있었다. 친구들 중에서 그를 싫어하는 사람은 없었다. 그는 노인 아이 할 것 없이 좋아할 성격이었다.

그때 이치카와가 탄식하며 말했다.

"사실 나도 여차하면 기시모토 군의 뒤를 따를 참이었어."

"자네도 그럴 마음이었나"라고 아오키는 동정 어린 투로 말했다.

"하여간에 우리 집은 사정이 복잡하고, 누나와 양자의 사이도 좋지 않고"라고 이치카와는 말을 꺼내고는 잠시 상대방의 얼굴을 바라보며 "누나는 아무것도 모르는 순진한 사람이라서 오로지 나만 의지하고 있는데 내가 여행이라도 훌쩍 떠나 버린다면, 뒷일은 어떻게 될까 하고 한 번 떠나 볼까 하는 시점에서 나는 생각했다네."

"그렇게 생각하는 게 당연하지."

"하지만 기시모토 군은 그렇지 않아. 그 녀석은 생각할 때 벌써 한 발을 내딛고 있었어."

"그렇다면 보게나." 아오키는 힘주어 말했다. "기시모토 군처럼 박차고 나왔다고 해도 결국 뭐가 달라지겠어? 안타깝게도 속박이라는 질긴 녀석이 끝까지 인간을 따라다닌다고."

이치카와는 가슴을 내밀며 말했다. "하여간에, 아슬아슬한 곡예를 한 셈이야."

"하하하하하." 아오키는 큰소리로 웃음을 터뜨렸다. 여행 중인 친구를 위하는 안타까운 마음과 자신의 답답한 처지를 비웃는 마음, 그의 가슴속에는 이 두 마음이 뒤섞여 있었다.

"그 대단한 기시모토도 결국 기세가 꺾이게 될까?" 이치카와가 말했다.

"할 수 있는 데까지 해 보지 않으면 받아들이지 않는 녀석이야."

"그 녀석은 예전부터 그런 식이었어." 스게도 누운 채로 턱을 내밀었다.

아오키는 버릇대로 머리를 흔들면서 말했다. "말하자면, 기시모토 군은 지나치게 열정적이야. 열중하는 것도 나쁘지 않지만, 너무 고지식하게 파고드는 건 재미없어."

"외곬 수야!" 이치카와는 손뼉을 쳤다.

"너무 고지식해도 좋지 않은 거야." 아오키는 웃는 얼굴로 두 사람의 얼굴을 비교해 보면서 "어떨까, 그런 친구에게 술이라도 조금 먹여 보면, 하하하하하."

"술을 먹인다―그거 재밌겠군." 스게는 웃으면서 몸을 일으켰다.

"스게 군이 그런 말을 하다니." 이치카와도 함께 웃었다.

갑자기 무슨 소리가 들렸다.

이치카와는 그 소리를 듣고 무슨 소리인가 귀를 기울였지만, 사람이 온 것도 아무것도 아니라는 것을 알게 되자, 스게와 서로 얼굴을 마주보고 웃었다. 기다려도 기다려도 기시모토는 나타나지 않았다.

"어이, 어이" 하며 아오키는 기다리는 데 지쳐서 "이렇게 기다리고 있어 봐야 별수없잖아, 잠시 근처라도 돌아 보는 게 어때?"

잠시 후 세 사람은 나란히 2층 계단을 내려갔다.

30분 정도 지나서 여관으로 들어와 짚신을 벗는 청년이 있었다. 감색 바탕에 흰 점박이 무늬가 있는 홑옷에 가쿠오비7)를 두르고, 옷자락은 허리춤에 걷어지르고 여름 모자, 각반에, 어깨에 걸친 보따리 두 개, 나라(奈良) 지방에서 나는 노송나무로 만든 삿갓은 손에 들고 있다. ―바로 기시모토였다. 그는 이층으로 안내되어 그곳에서 각반의 끈을 풀었다. 친구들은 빨리 돌아오지 않았다. 아오키, 이치카와 그리고 스게가 두고 간 물건, 박쥐 우산, 수건, 그 밖의 짐 꾸러미들이 방안에 흐트러져 있었다. 갑자기 뜨거운 눈물이 기시모토의 뺨을 타고 흘러내렸다. 그는 땀에 절은 자신의 보따리에 얼굴을 파묻고 격렬하게 울었다.

3

"그 정도로 고생하고도, 이렇게 혈색이 좋으니." 이치카와는 오랫동안 만나지 못했던 기시모토의 얼굴을 바라보며 의미 있는 듯한 말을 던졌다. 산책을 나갔던 세 사람은 여행에서 돌아온 친구를 둘러쌌다.

먼저 몹시 울어서 붉게 부어오른 기시모토의 뺨이 세 사람의 마음을 동요시켰다. 거칠고 뻣뻣한 머리카락, 큰 코, 몸에 비해 벌어진 어깨는 추운 산골 지방 출신이라는 것을 드러내 주었다. 오만하면서도 나약하고, 과격하면서도 겁이 많으며, 감수성이 예민하면서도 소극적인—이런 가련한 성격은, 그를 침울하게 보이게 했다. 그와 스게는 동창이었다.

"여비까지 보내 주고, 고맙네." 기시모토는 미안한 듯이 자리를 고쳐 앉았다. 그는 고맙다는 표정으로 그리운 친구들에게 인사를 했다.

스게는 가여운 듯이 "그 여비는 아오키 군이 부친 걸세."

"대단히 딱딱한 분위기군"이라고 말하며 아오키는 웃었다. "자, 그런 것은 아무래도 괜찮아."

긴 여행 이야기가 시작되었다. 세 친구는 열심히 기시모토의 얼굴을 쳐다보았다. 직업도 팽개치고 친구들과 헤어져서 반년 남짓이나 집을 떠나 여러 지방을 떠돌아다닌 사실은, 기시모토의 정신 상태를 잘 설명해 주었다. 그만큼 그는 방황하고 있었다.

그는 도카이도에서 서쪽 지방으로 이동하며, 배편으로 아쓰타(熱田)에서 욧카이치(四日市)로 건너가 가메야마(龜山)에서 하룻밤 머물고, 그러고 나서 이가오우미(伊賀近江) 근처를 떠돌아다녔다. 그 동안 여러 가지 쓸쓸하고 서글픈 감정을 느꼈다. 거무칙칙한 비와(琵琶) 호수를 바라보았다. 옛 도읍이었던 교토(京都)도 보았다. 스마(須磨) 해안에 잠시 머문 적도 있었다. 그는 다시 이요(伊豫)로 가는 기선을 탔다. 옛 친구인 아다치(足立)[8]를 방문하기 위해서였다. 그뿐 아니라, 그는 나라 지방도 한 달 남짓 여행을 하고 요시노(吉野)에 있는 여관에서 오카미(岡見) 형과 해후했다.

　아직도 비와 호수 근처의 다실에서 보낸 생활이 기시모토의 눈에 선했다. 그는 교토에서 호수 근처로 옮기고 나서, 이곳 요시와라에 오기까지 두 달 정도 다실을 한 칸 빌려서 생활했다. 그 기간 동안은 자취를 했다. 나중에는 풍로를 피우는 것도 귀찮아서 세 끼를 삶은 콩으로 때운 적도 있었다. 원래 목수인 주인은 이웃 절에 봉양할 꽃을 만들었고, 안주인은 부업으로 반딧불 상자를 만들었으며, 아들은 오쓰(大津)에 있는 나막신 집에서 일했다. 기시모토는 잠시 동안 이런 사람들과 한지붕 밑에서 지냈다. 그러는 동안에 개구리가 울기 시작했고, 반딧불이 날아 들어왔다. 모기가 귀찮게 하는 것이 싫어서 그는 자기가 직접 만든 종이 모기장을 치고, 오래된 동전을 밥풀로 끝자락에 붙이고는 부채로 탁탁 바람을 넣고 그 안에 들어가 잤다. "또 시작했군." 주인집에서는 귀에 익숙한 소리에 낄낄 웃었다. 안주인은 종종 제철의 야채 같은 것을 접시에 담아 가져다 주었다. 어느 날 밤, 주인이 오쓰에 가고 없을 때, 종이 모기장 밖에서 '기시모토 씨, 기시모토 씨' 하고 부르는 소리가 들렸다. 기시모토는 조용히 떨다가 갑자기 두려워져서 때마침 친구한테서 우편환이 온 것을 다행으로 여기고 도망치듯이 고슈(江州)의 숙소를 떠났다. 이 일은 세 사람에게 이야기하지 않았다.

"쓸쓸한 순례야." 아오키는 마음속으로 되뇌고 있었다.

4

얼마 뒤에 음식이 왔다. 오랜만의 모임이라서 서로 술을 돌렸다. 즐겁고 마음 편하게, 사람 마음을 들뜨게 하는 듯한 술은 답답하게 응어리졌던 기시모토의 마음을 풀어주었다.

"스게 군은 못 마시나." 아오키는 술잔을 내밀며 "조금 마셔 보게."

"아니, 못 마셔." 스게는 무료한 듯 보였다. "나는 나라즈케[9]에도 취해 버려."

"스게는 술을 전혀 못 마셔." 기시모토가 변호하듯이 말했다.

"그래 그래, 스게 군과 함께 다카나와(高輪)에 있는 국수집에서 한 잔 한 적이 있지. 그때 자네 둘이서 반 홉을 주문했다던가?"

"반 홉을 주문하는 친구도 있나." 아오키는 웃었다.

기시모토는 스게와 얼굴을 마주보았다. 스게는 웃으며 혀를 내밀어 보였다.

"이치카와 군은 마실 수 있을 것 같은데." 기시모토는 술병을 들고 권하면서 "자 조금 하게나."

"나는 얼굴이 하얗게 변해"라며 이치카와는 양손으로 뺨을 눌러 보였다.

"얼굴이 하얗게 되는 사람은 술이 세다던데." 스게가 음식을 먹으면서 말했다.

"근데, 이치카와 군은 몇 살이지?"라고 아오키는 무엇인가 생각난 듯이 "나는 아직도 자네 나이를 잘 몰라."

"나 말인가." 이치카와는 웃으며 "나는 21살이고…아마 기시모토 군은 1872년생이었지, 나는 73년생이야."

"그래, 아직 모두 젊군." 이렇게 말하면서 아오키는 스게를 보며, "스게 군은 오히려 내 또래인 것 같은데, 아무래도 그 수염을 보니."

"글쎄." 스게는 웃으면서 푸른 턱 언저리를 쓰다듬었다.

그때 이치카와는 안경 너머로 기시모토를 바라보며 야릇하고 의미심장한 미소를 지었다. 자신의 상 위에 있던 술을 벌컥 단숨에 마시더니 빈 잔을 내밀면서 "기시모토 군을 위해 사이교[10]의 건강을 기원하자"라고 갑자기 이상야릇한 말을 했다.

"사이교라는 사람 소문도 꽤 있었지." 스게도 웃으며 말했다.

"이 친구도 꽤 죄가 많은 편이야." 이치카와는 가볍게 기시모토의 무릎을 치는 듯한 손놀림을 했다.

"이봐, 이봐 도쿄에도 걱정하는 사람이 있다네."

아오키도 스게도 웃지 않을 수 없었다.

이윽고 공동 작업에 관한 이야기가 나왔다. 그들 중에는 일찍이 사회로 진출한 사람도 있었고, 아직 부모에 의존해서 학교에 다니는 사람도 있었다. 사정은 가지가지였다. 오카미 형제의 집이 니혼바시(日本橋) 오덴마초(大傳馬町)에서 가쓰오부시[11] 도매업을 하고 있었으므로, 모든 비용을 그쪽이 내고 잡지를 만들기로 한 것은 금년 정월로—마침 일행 중 한 사람인 기시모토가 여행을 떠난 것과 같은 달이었다.

취기가 오르자 사소한 걱정 따위는 사라졌다. 기시모토가 여행중에 쓴 글 중에서 재밌고 좋은 단어를 흉내내서 알아맞히는 놀이가 시작되었다. 스게나 이치카와는 그 놀이에 푹 빠져 버렸다. '마차를 끄는 말'도 몇 번인가 반복되었다. 두 눈을 손으로 가리고 콧김을 거칠게 뿜어내며 뛰어가는 짐승 모습을 보여 주는 바람에 기시모토는 완전히 풀이 죽어 버렸다. 아오키는 자신이 다시 쓰기 시작한 초고를 들려주기 위해 보자기에서 꺼내 읽었다.

이 시기에는 겐로쿠(元禄)[12] 시대의 문학이 메이지(明治) 시대에 이르러 다시 인기를 얻기 시작하였다. 외국 문학도 조금씩 바다를 건너 들어왔다. 영국의 시가(詩歌)—특히 셰익스피어의 희곡은 청년들 사이에 많이 읽혀서 자주 친구들의 대화 속에 오르내리곤 했다. 그날도 아오키는 비극인 『햄릿』을 끄집어냈다. 그는 요코하마(橫浜)에서 서양 배우가 공연하는 것을 보았다고 했다. 무대 장치부터, 햄릿으로 분장한 사내의 몸 동작과 손놀림까지 흉내내 보였다. 그렇구나 하며 다른 친구들의 눈이 휘둥그래졌다. 개중에는 음식을 먹느라 입을 우물우물거리며 아오키를 보는 친구도 있었다. 힘이 실린 아오키의 목소리는 그 유명한 독백을 암송하기에 딱 알맞았다. 그는 햄릿의 잠꼬대를 빌려 와서, 실은 자신의 가슴속에 응어리진 말하기 어려운 생각을 전하려는 듯 보였다. 그때 가슴이 떨리는 것을 느낀 것은 기시모토였다. 아오키가 하는 말 한마디 한마디가 가슴에 와 닿았다. 기시모토는 이 친구 덕분에 지금까지 자신이 생각하던 것보다 더욱 깊게 미쳐 버린 왕자의 비장한 슬픔을 이해한 듯한 느낌도 들었다. 아오키의 말에 따르면 햄릿은 가장 슬픈 꿈을 꾼 인간 중의 한 사람이다. 너무나 슬픈 꿈을 꾸었다는 말이 묘하게 기시모토의 가슴에 울렸다. 아오키는 자기 자신이 배우의 대사를 흉내내는지, 자기 자신을 고백하는지 알 수 없었다. 그의 눈, 그 눈은 열광적인 빛을 내며 불타 올랐다. 그는 식어 버린 술을 마시고는 흐느껴 울듯이 웃었다. 스게는 발을 아무렇게나 뻗으며 그 모습을 보았다.

5

햄릿을 보여 준 아오키는 이번에는 오필리어를 해 보겠다며 취해서 일어났다. 꽃다발 대신에 흰 손수건을 흔들며, 맑은 목소리로 가련한 소녀의 노래를 부르기 시작했다.

"How should I your true love know
From another one?
By his cockle hat and staff,
And his sandal shoon.

He is dead and gone, lady,
He is dead and gone;
At his head a green grass turf,
And his heels a stone.

White his shroud as the mountain snow,
Larded with sweet flowers;

Which bewept to the grave did go,

With true love showers."

(어떻게 알아볼까

진정한 우리 님을,

죽장 망혜 파립쓴 이, 순례길 나그네가

진정한 우리 님, 나의 낭군 그 사람.

그분은 떠났다오, 저승길 머나먼 길

머리를 두신 곳은 푸른 잔디 푸르르고

발치에는 묏돌 하나 소리도 없네

희디휜 수의자락 백설과 같아,

향초 방화 덮으시고 가시는 길 무덤

쏟아지는 눈물에 젖은 저승길.)[13]

 네 친구들 중에서 이 노래를 애송하지 않는 사람은 없다. 그들은 이 노래를 읊조릴 때마다, 가슴 밑바닥에서 젊은 혈기가 끓어오르는 것을 느꼈다. 이치카와도 기시모토도 술 향기에 취해서 아오키 노래에 흥을 맞추었다.

 "스게 군." 이렇게 말하며 이치카와는 가만 있는 친구의 손을 잡았다. 스게의 얼굴을 쳐다보며 재미있다는 듯이 몸을 흔들더니 마침내 웃음을 터뜨렸다.

"세이(淸) 씨는 덴마초(伝馬町)에 있나?" 기시모토는 갑자기 생각이 떠오른 것처럼 이치카와에게 물었다. 오카미 형제를 구별하기 위해 동생은 세이노스케(淸之助)라는 이름으로 불렀다. 이치카와는 고개를 끄덕여 보였다.

"오카미 군은?"

"오이소(大磯)에 있어. 오랫동안 나도 만나지 못했네만." 이치카와가 대답했다.

아오키는 세 젊은 친구가 다정하게 이야기 나누는 모습을 바라보면서 남은 술을 마시고 있었다. 그들 중에서 부인이 있는 사람은 아오키 한 사람뿐이었다. 그는 일찍 결혼했다. 이제 두 살이 되는 여자아이의 아버지면서도 겨우 26살밖에 되지 않았다. 사실 나이순으로 말하자면 오카미 형제의 형이 가장 연장자로, 그는 거의 30살에 가까웠다. 서로 허물없이 지내는 친한 사이라 장난삼아 오카미 할아범이라고 부르곤 했지만, 그 할아범조차도 아직 독신으로 있을 정도니, 다른 친구들은 모두 삶의 곤궁함을 모르는 나이였다. 아오키는 새삼스럽게 젊은 친구들과 처자식 딸린 자신의 차이를 비교해 보았다.

"어이." 이치카와가 말을 꺼냈다. "기시모토 군이 담배를 피우기 시작했군."

기시모토는 최근 담배를 배운 듯한 모습으로 콩깍지 모양의 양은(洋銀) 담뱃대로 뻐끔뻐끔 담배를 피워 보였다.

"담배 피는 모습이 상당히 그럴듯하군." 하고 스게는 웃으며 보고 있었다.

"이래 봬도 굉장히 나아진 거야"라고 기시모토는 담배연기를 내뿜으며, "여행을 다니니까 여러 가지를 배우게 되더군. 담배 피우는 손놀림이 이상하다고 교토에서는 웃음거리가 되었지."

"그랬겠는데." 이치카와는 손뼉을 치며 웃었다.

그날 밤은 이런 식의 이야기가 계속되었다. 그들은 7월의 밤이 새는 것도 모를 정도로 이야기에 빠졌다.

6

다음 다음날 아침, 네 사람은 요시와라(吉原)의 여관을 출발해 하코네(箱根)로 향했다. 모두 재미있는 차림을 하고 있었다. 그중에서도 아오키(靑木)는 옷자락을 걷어붙여 털이 많이 난 정강이를 드러내고, 갈색 버선에 짚신을 신고서, 기시모토가 나라에서 가져왔다는 노송나무로 만든 삿갓까지 빌려 썼다. 길을 걷는 중에도 네 사람 사이에서는 웃음 소리가 끊이지 않았다. 누마즈(沼津)에서 미시마(三島)까지는 합승마차가 있었다. 아오키는 장난삼아 채찍을 잡고 말을 부리면서 갔다. 그 지역은 기시모토가 여행 초기에 걸어서 지나간 길이었다. 파리 떼가 달려들어 모두의 옷에 달라붙었다.

미시마에서 산을 넘어 오후 세 시가 지날 무렵, 일행은 모토하코네에 있는 여관에 들어섰다. 어느 해 여름 하코네에서 여름 수련회가 열린 적이 있었다. 그때 스게와 기시모토는 이 여관에 머물렀으므로 할멈과도 흉허물없는 사이였다. 그 날도 금방 호수가 보이는 방 두 개를 비워 주었다. 허름하지만 솜을 넣은 겉옷을 내 주고, 목욕물을 데워주고, 잠옷과 이불 전부를 빌리는 데 하룻밤 30전으로 하기로 했다. 아직은 물가가 비싸지 않을 때였다.

산 위는 선선했다. 산속의 집에서나 가능한 나뭇잎 섞인 목욕을 마친 뒤, 여행에 익숙지 않은 이치카와는 발바닥에 물집이 생겨 괴로운 듯이 아픈 표정을 지었다.

스게가 그것을 보고, "이치카와 군, 담배 진을 이겨서 바르면 좋아."

"아냐, 그렇게까지 하지 말고 터뜨려 물을 빼는 것이 제일이야."

기시모토가 말했다.

"덧나지 않을까?" 이치카와는 얼굴을 찌푸리며 말했다.

"괜찮아, 내가 해 줄게"라며 기시모토는 칼을 꺼냈다. 이치카와는 두 발을 친구 앞에 내밀고는 "아무래도 다르겠지? 그쪽은 경험이 있으니까"라며 웃었다.

왠지 모르게 방안에서 습한 냄새가 났다. 지붕 위에서는 끊임없이 휘파람새와 두견새 우는 소리가 들렸다. 네 사람은 책상다리를 하거나 누워서 각자의 생각에 빠져 새 소리에 귀를 기울이고 있었다. 이치카와가 갑자기 손뼉을 쳤다. 그는 무엇인가 색다른 것이라도 발견한 듯이 소리쳤다.

"확실히 마누라보다 낫군." 이렇게 말을 꺼냈다.

'자네는 사람을 자주 놀래키는군.' 하는 듯한 표정으로 스게가 뒤돌아보았다.

"스게 군 스게 군." 이치카와는 기시모토를 손으로 가리키면서

"이 옷, 사이교가 지어 주었다면서."

"그래?"라고 스게는 반 농담으로 대답했다.

기시모토는 괴로운 표정을 지었다.

"이치카와 군, 자네까지 그렇게 말하면 곤란해. 사이교의 신세를 진 것은 사실이지만. 옷에서부터 다른 모든 것을 말이야." 그는 너무나 진지한 자세로 말했다. "여행을 떠나 따로 의지할 사람이 없었으니까, 사이교도 그런 나를 가엾게

여긴 것이겠지."

 이 친구들의 이야기 중에서 지명 같은 것이 나올 때는 반드시 무슨 까닭이 있었다. 이것은 친구끼리의 암호 같은 것이었다.

 "뭐, 그렇게 변명하지 않아도 괜찮아"라며 이치카와는 기시모토의 얼굴을 바라보다가, 이윽고 동정 어린 말투로 "사실인가, 사이교가 자네에게 자신의 단검을 보냈다는 게."

 "그래." 기시모토의 얼굴이 붉어졌다.

 "무슨 이유로 그런 것을 자네에게 보냈는지, 사이교에게 물어 보고 싶다고, 자주 오카미 군이 말하던데."

 "그 단검은 어머님의 유품이라고 하더군."

 "유품?" 지금에서야 일의 진상을 파악한 듯이 이치카와는 고개를 끄덕였다.

 "그렇지만, 자네도 대단히 곤혹스러운 입장에 처하게 됐군."

 기시모토는 아무 말 없이 손톱을 깨물었다.

 "자아, 들어 보게나"라며 이치카와는 말을 이었다.

 "그래서 오카미 군이 모리오카(盛岡)를 불러서, 어떻게든 당신도 마음을 정해야만 합니다, 라며 기시모토 군의 사정을 말해 주었다는 거야."

 암호가 또 나왔다.

"당연히, 모리오카는 상대의 이름을 물었을 테지."

이치카와는 손짓을 해 보이며 말했다.

"그분은 당신이 평소 언니처럼 생각하는 사람입니다라고 했다는군. 사이교라는 사실을 알게 되었을 때 그 대단한 모리오카도 몹시 화를 냈다는 거야."

갑자기 뜨거운 젊은 혈기가 기시모토의 뺨에 느껴졌다. 그 순간 아오키와 스게가 큰 소리로 웃었다. 이치카와도 두 사람의 얼굴을 번갈아 쳐다보며 웃었다

"그래서," 라고 기시모토는 말을 꺼내며 괴로운 표정을 지었지만, 결국 마음의 결정을 내린 듯이, "나는 모리오카를 만나 볼 생각이야. 만나서 모두 이야기할 작정이라네. 그러려고 이번에 나온 거니까."

"아오키 군." 이치카와가 뒤돌아보며 말했다.

"어떨까? 내가 모리오카를 만나 보면."

"모리오카를? 당연히 기시모토 군이 아니면 안 돼요라고 할 게 틀림없지"라고 아오키는 장난스럽게 말했다.

"정말 아슬아슬하군." 이치카와는 못 견디게 우스운 듯이 뒹굴면서 말했다.

7

 아오키는 명상에 잠긴 듯한 눈빛으로 젊은 친구들 이야기에 귀를 기울였다. 그가 지금 지고 있는 무거운 짐은 다른 사람들이 억지로 지운 것이 아니었다. 그의 이른 결혼은 결코 강요 때문이 아니었다. 오히려 아내 미사오(操)를 맞아들이는 데 부모님이 반대했다.
 미사오는 참으로 그가 사랑하는 아내였다. 두 사람이 교회로 달려가 그곳에서 결혼식을 올리기 전에 얼마나 서로에 대한 정이 깊었나는 아오키의 말로도 알 수 있다.
 "그녀를 만나기 전에, 나는 황량한 들판의 소나무가 바람을 맞기 쉬운 것처럼 세상 모든 일에 상처받는 일이 많았다. 그녀의 사랑을 느낀 뒤로는, 모든 사물이 봄빛을 띠었고, 자신도 이상하리만치, 혹시 안개 속에 빠져 버린 것은 아닌가 싶을 정도였다. 괴롭거나 힘들고 재미없는 일과는 멀어지고, 맛있고 아름답고 부드러운 일만 생겼다. 통통하게 살이 찐 말을 타고 봄날의 들판에 멀리 나가, 아침 햇살에 유채꽃이 반짝이는 이랑을 지나 유유하게 흐르는 작은 언덕에 말을 세운 느낌—이것이 참된 사랑의 맛이리라."
 사랑은 고집스러운 아오키를 울릴 만큼 미묘한 음악이었다. 이 세상에 속한 것이라면, 명예, 부귀, 영화 같은 것들에 전혀 마음을 두지 않았다고 할 만큼 너무나 순수하고 고집스런 생각을 가지고 있으며 이 세상의 모든 현상이 허위라고 생각할 정도로 어린 아오키였다. 단 하나 그의 눈에 거짓이 아니라고 비친 것은 사랑이었다. 그처럼 연애 사상을 중요시하고, 또 그것을 거침없이 발표한 사람도 많지 않다. 그는 사랑이란 인간 세상을 여는 비밀 열쇠로, 사랑이 있고 그 다음에 인간 세상이 있다, 사랑이 없는 인생은 아무런 색도 맛도 없다고 말한다.

그러나 이상한 일이었다. 사랑이 쉽게 그의 눈을 홀렸듯이, 결혼은 너무나 간단하게 그를 실망시켰다. 그는 염세 시인에 관해서 이런 말을 했다. "원래 그들은 사회 규율에 따르는 것이 어울리지 않는 사람들이다. 사회를 집으로 삼지 않는 사람들이다. 평범한 쾌락을 쾌락으로 인정하지 않는 사람이다. 규칙이라는 울타리를 멀리하는 그들의 사상은 인간을 인간사에 속박시키지 않는다. 결혼은 그들로 하여금 한층 사회를 혐오하게 하고, 의무를 저버리게 하고 불만이 쌓이게 만든다." 또 "아 불행한 여성이여, 염세 시인 앞에서 우아함과 고매함을 대표하는 동시에, 추잡한 속세의 통역이 되어서, 조롱받고 냉대당하고, 평생 눈물을 삼키며, 자나깨나 꿈속에서 남자를 생각하고 남자를 원망하고, 끝내는 그 괴로움으로 죽음까지 이르는 것은 뒤집어 버려라"라고 말하면서 그의 마음속을 폭로했다.

잠시 동안 아오키는 멍하니 세 친구의 모습을 바라보고 있었다. 여행에서 돌아온 기시모토가 그냥 그곳에 앉아 있는 것 같지 않았다―그는 눈앞에서 예전의 자신을 보는 듯한 느낌이 들었다.

아시노 호수(蘆の湖)를 향한 장지문이 하나 열려 있었고, 열린 틈으로 깊고 푸른 물이 보였다. 선득선득한 차가운 공기가 방안까지도 밀려 들어왔다.

8

"아아."

이치카와는 한숨쉬며 이야기를 계속했다.

"쓸쓸한 여행에서 기시모토 군처럼 생각지 못한 친절한 사람을 만나 보게나. 그렇게 되는 것은 당연해―스게 군 그렇지 않은가?"

"하하하하하."

스게는 자신은 문외한이라는 태도였다.

"그야 경험이 있는 사람이 아니면 모르지."

이치카와는 웃으며 말했다.

"어쩐지 낌새가 이상하다고 생각했지." "기시모토 군이 나라 지방에서 보내 온 글은 상당히 이상했어."

"어딘가 변명하는 투였어"라며 스게도 웃는다.

"이봐, 기시모토."

이치카와는 친구를 끌어안으려 하면서 말했다.

"자네는 뭐든지 그렇게 깊게 생각하는 게 문제야. 적어도 무언가 하려는 사내가 여자 한두 명 정도 매장하는 것이 뭐 어떻다는 거야."

"이치카와 군이 제법 멋진 말을 하는군."

스게는 짙은 눈썹을 움직였다.

어느새 호수의 수면이 쓸쓸하게 빛났다. 낮은 회색빛 물안개가 깔려 건너편 물가가 깊게 보였다. 산 위로 노 젓는 소리도 들렸다.

"이치카와 군." 하고 기시모토는 갑자기 생각난 듯이 "덴마초(傳馬町)는 여전한가?"

덴마초도 역시 암호였다. 이치카와는 웃으며 대답하지 않았다. 그는 약간 얼굴을 붉히면서 기시모토의 손을 굳게 잡았다.

"자네는 여자를 어떻게 생각하나." 이렇게 이치카와는 말을 꺼냈다.

"아무리 좋은 가정에 태어난 사람이라도, 어딘가 창녀 기질이 있지."

"글쎄."

하고 말할 뿐, 기시모토는 대답하기 어려웠다. 그는 이치카와 입에서 이런 심한 말이 나오리라고는 생각하지 못했다. 왜 이치카와가 그런 말을 꺼냈는지 기시모토는 여러 가지 의미로 해석했다. 그는 이 눈치 빠른 친구와 달리, 끝까지 남의 마음을 믿으려 했다.

"뭐라 해도 가난한 서생은 틀려먹었어"라고 이치카와는 냉소띤 어조로 말했다.

"하지만 모리오카나 사이교는 보통 여자들과는 배운 게 달라. 세키네(關根) 씨와 오카미(岡見) 군한테 교육받은 사람들이니까. 그래서 자네들 마음도 알 수 있다네. 만일 그렇지 않아 보게나. 아무리 자네가—"라고 말하고, 갑자기 말을 바꾸고는 "그건 그렇고, 기시모토 군, 가토(加藤)라는 사람이 시집을 갔다네, 뭐라더라, 법학사인지 뭔지 하는 사람한테."

"가토 씨가?" 기시모토는 멍한 얼굴을 하고 있었다.

"이봐—학교에 있었잖아? 자네 마음은 그 여자에게로 쏠릴 것 같다고 처음에 오카미 군도 우리도 생각하고 있었는데 어느새 모리오카에게로 많이 기울었다. 하하, 아마 그런 식의 소문이 있었지."

기시모토는 벌써 그녀의 이름조차 잊고 있었다. 말을 듣고서야 비로소 생각이 떠올랐고 동시에 그는 이 친구가 자기를 놀리고 있다는 느낌이 들었다.

"이봐, 이봐"라고 이치카와는 장난치면서

"사이교 같은 사람은 뭐 예외로 치더라도, 그 밖에도 약간의 풍류는 얼마든지 있었잖아— 하하하하하. 그리고 자네, 여행하는 신세니까. 조금 들려 주어도 좋잖아."

"농담하지 말게나."

이렇게 말은 했지만, 기시모토는 속으로 이 친구가 하는 말을 웃어 넘길 수 없었다. 그는 이치카와가 날카롭게 쏘아보는 눈에 놀랐다. 실제로 그의 어처구니없는 성격은 여행을 떠나서 몇 명의 여자에게 끌렸는지 모른다.

생각해 보니, 벌써 잊은 사람이 한두 명이 아니었다. 그는 스스로 자신의 성격을 부끄러워했다.

9

그날 밤은 호반에 있는 여관에서 넷이 베개를 나란히 하고 잤다. 다음날 아침, 아오키는 도쿄로 떠난다며, 점심 전부터 술을 주문했다. 아오키는 떠나는 사람, 남은 세 사람은 떠나 보내는 사람이었다. 그래서 모든 것을 서생식으로 해서 송별회 같은 것을 마련했다. 송별회라고 하지만 명목뿐이고, 명물인 황어 꼬치구이가 특별하게 접시에 오른 정도였다.

아오키는 작별의 잔을 마시며 진지하게 당시의 겐로쿠(元禄) 열풍에 대해 공격하기 시작했다. 그는 종교의 필요성을 주장했다.

호머[14]에게서는 고대 그리스 신의 정신을 볼 수가 있다. 셰익스피어에게서는 영국 중고 시대의 신앙을 느낄 수가 있다. 사이교(西行, 1118~1190)[15]에게는 사이교의 종교가 있었다. 바쇼(芭蕉, 1644~1694)[16]에게는 바쇼의 종교가 있었다. 다만 속된 눈으로 볼 수 없는 것은 일체의 의식이나 형식을 떠나서 이루어진 종교이기 때문일 것이다. 그들의 종교에 대한 관념은 구체적이지는 않다. 그러나 그것을 보고 직설적으로 종교가 없다고 하는 것은 종교가 무엇인지를 모르는 논자이다. 보게나, 인류에 대한 깊은 동정, 침통한 인생 비판, 이런 것들이 종교의 일부분이라고 칭할 수는 없는가?

이러한 신비한 아오키의 철학에 찬성하는 사람도, 반대하는 사람도 있었다. 이치카와나 스게, 기시모토 모두 한때는 기독교 교회에 적을 두었다가, 그곳을 떠난 방랑자들이었다. 그들은 이른바 당시 종교에 실망한 무리들이었다. 우리는 먼저 이 현세를 생각해야만 한다, 왜 겐로쿠 시대의 문학이 부활했는지 생각해야만 된다. 왜 누구누구는 성공하고, 왜 누구누구는 실패했는지를 생각해야 한다―이것이 이치카와의 의견이었다. '파괴가 우선이다'라는 주장을 펴는 아오키와 비교하면, 이치카와의 생각은 상당히 달랐다.

"분명히 이곳은 허허실실(虛虛實實)이야"라고 이치카와는 아오키의 무릎을 쳤다. "어제는 그런 이야기를 하는가 싶더니, 오늘은 또 사뭇 이렇게 진지한 태도가 되어서."

아오키는 머리를 감싸고 웃었다.

"그러나 아오키 군도 두려운 녀석을 해치운 셈이야. 나는 교토에서 그의 논문을 읽었다네." 기시모토는 몸을 앞으로 내밀며 말했다.

"혼자 말을 타고 진두(陣頭)에 선 기세야." 이치카와가 옆에서 거들었다.

"아니, 조금 흥분해서 그 같은 반격을 해 본 것뿐인데"라며 아오키는 미소지었다.

"남을 비난할 때 자신의 결점을 가장 잘 알 수 있어"라고 말하고는 분위기를 바꿔서 "그건 그렇고, 스야마(陶山) 군은 대단해. 그 사람은 그 바쁜 중에도 언제나 전도에 열심이라더군. 아무나 그런 흉내를 낼 수는 없지."

"그런데, 아오키 군." 하고 기시모토가 말했다. "뭔가 또 새로운 일을 맡았다고 하던데."

"스야마 군이 부탁한 거야. 하여간, 그런 싸움을 한 뒤잖

아. 그런데도 부탁하러 오다니 재미있지 않아? 나는 그의 기상에 반했다니까. 그래서 두말없이 받아들였지."

"아오키 군의 이번 글은 재미있겠군." 스게가 말끝을 이어받았다.

"그런데 같은 값이라면 그런 게 아니라, 뭔가 다른 제비를 뽑고 싶었어 사실, 나는 괴테를 해부해 보고 싶었거든." 이렇게 아오키는 대답했다.

그날 기시모토는 술을 마시고 싶지 않다며, 두세 잔 나눈 뒤 곧장 먹는 쪽으로 바꾸었다. 벌써 그는 자기 몫의 음식을 다 먹어 버렸다. 그러더니 마침내 스게 접시의 음식을 넘보기 시작했다.

"안 되지, 자네—남의 음식까지 뺏어 먹으려 하다니."

스게는 상을 들고 달아났다. 아오키는 이치카와와 손뼉을 치며 웃었다.

취기가 오르면서 아오키의 신경은 점점 더 곤두섰다. 마시면 마실수록 슬픔의 도가 더해지는 듯 아주 큰 소리를 내며 웃었다. 그 소리를 듣노라면 조소하는 것인지, 웃는 것인지, 그렇지 않으면 울고 있는지 알 수 없었다. 이렇게 웃을 때 아오키의 얼굴에는 광기 같은 기운이 서렸다. 이 정도가 되면 심하다 싶을 정도로 모든 일에 신경을 썼다.

"나에게는 자네들이 모르는 적이 있어"라고 그의 눈은 말하는 듯했다. 이럴 때면 그는 어둡고 파란만장했던 과거 삶의 흔적으로, 줄무늬 홑옷 소매를 어깨 언저리까지 걷어올리고는, 오른팔에 새겨져 있는 석류 문신을 보여 주었다.

"입을 열고 속내를 보여 준다—그 구(句)의 뜻이야."

이렇게 아오키가 말했다.

"야, 이런 것은 처음 보는데." 이치카와는 눈을 둥그렇게 떴다.

"왜 이런 것을 새겼나?"라고 기시모토가 신기한 듯이 물었다.

"그야, 비밀이라네."

아오키는 웃으면서 팔을 집어넣었다.

드디어 헤어질 때가 되었다. 이제부터 아오키는 동북 지방으로 전도를 떠난다고 했다. 산 위에서 부는 기분 좋은 미풍을 얼굴에 받으면서, 그는 아직 술이 완전히 깨지 않은 듯 눈가가 약간 불그스레한 채로 떠났다. 이치카와와 스게, 그리고 기시모토도 배웅한다는 것이 결국 소코쿠라(底倉)까지 함께 걸었다.

"아무리 보아도 우리는 고답파(高踏派)야, 이렇게 구름 위를 걷고 있으니까."

이치카와는 이렇게 말하며, 흔들리며 반짝거리는 나뭇잎 그늘 아래서 아오키와 작별했다. 젊은 세 친구—그중에서도

봄 · 37

특히 기시모토는 우울한 표정을 지으면서 아오키의 뒷모습을 바라보았다.

10

아오키가 떠났고 이치카와도 떠났다. 8월 초에는 기시모토도 배웅을 받으며 호숫가의 여관을 떠났다. 하기야 그때는 스게와 둘만은 아니었다. 서쪽 지방에서 온 옛 친구인 아다치(足立)랑 셋이 하코네(箱根)에 새로 생긴 길을 따라 내려갔다.

모토하코네를 떠날 때, 기시모토 주머니에는 돈이 조금밖에 남지 않았다. 다른 친구들은 모두 제각기 갈 곳이 있어서 떠나는데, 그만은 돌아갈 목적지가 없었다. 처음부터 집을 나와 버린 그였다. 지금까지와 마찬가지로 방랑을 계속하는 수밖에 그가 취할 길은 아무것도 없었다. 그럼 언제쯤 여행이 끝날까—라는 질문에 자신조차 대답할 수 없었다.

여하간 그는 가마쿠라까지 가기로 했다. 쓰바키자와(椿澤)에 있는 깊은 계곡을 따라서 새로 난 길을 내려갈 때는 하야카와(早川) 강의 물소리가 들려 왔다. 그리운 간토(關東) 지방의 푸른 하늘이 오랜만에 기시모토의 눈에 들어왔다. 점심때

가 되기 전에 세 사람은 도우노자와(塔の澤)로 들어섰다. 지토세(千歲) 다리 기슭에 있는 온천 여관에 도착해서 길 쪽을 향한 2층 방을 안내받았다. 정원의 연못으로 떨어지는 홈통의 물소리는 하야카와 강의 물소리와 어우러져 시원한 빗소리를 듣는 듯한 기분을 자아냈다. 산 위에서 내려와서 여관에 비치된 유카타로 옷을 갈아입었을 때는 세 사람 모두 새로 태어난 기분이 들었다.

하녀도 젊고 귀여웠다. 오다와라(小田原) 근처에서 이곳으로 와서 일하는 소녀도 이곳 온천물로 씻고는 자연스레 세련된 것인가? 항상 깔끔한 모습으로 손님을 대하는 것도 능숙했다. 둘이 와서 차를 준비하거나 주문한 요리를 날라 오거나 했다.

스게는 부채질을 하고 있었고, 그날은 보통 때보다 쾌활해 보였다.

"손님, 그렇게 더우세요?"

라고 말하며 오키미라는 소녀는 스게 뒤로 가서 시원한 바람을 부쳐 주었다. 오타마라는 소녀는 시중들면서 세 사람의 이야기에 장단을 맞추었다. 세 사람은 커다란 식탁에 둘러앉아 즐겁게 웃으면서 식사했다. 이 세 사람은 동창생으로 특별한 관계였다. 아다치는 지금까지 이요(伊豫)의 사립학교에 근무해서, 스게와 기시모토가 어떤 사람들과 함께 일을 시작했는지 이쪽 소식은 잘 알지 못했다. 그 해 여름 드디어 그도 이요의 학교를 그만두고 도쿄로 올라오고 싶었던 참에, 두 친한 옛 친구를 통해서 자연스럽게 다른 사람들과도 왕래하는 계기가 생겼다.

세 사람 중에서는 아다치가 한 살 더 많았지만 아오키보다 약간 젊게 보였다. 남자다운 이마에는 고집 센 기상이 있었다. 말투가 똑 부러지고 어딘가 어른스러운 점이 일찍부터 세상 풍파에 시달린 듯이 보였다. 조금이라도 부당한 것을 싫어하는 녀석이라는 말을 평소 남들로부터 듣고 있었지만, 한편으로는 대단히 재미있는 사람으로, 서쪽 지방 사람 특유의 예민한 감각을 갖추고 있었다. 모토하코네의 여관에 있을 때는 지카마쓰의 세화물(世話物)[17]을 읽어서 친구들을 울린 적도 있었다. 기다유(義太夫)[18] 한 구절을 읊어 보려는 사람은 친구들 중에서 그 혼자뿐이었다.

기시모토는 이런 즐거운 곳에 오랫동안 머물 수가 없었다. 앞날을 깊이 걱정하는 표정을 지으며 혼자서 복도로 나갔다. 함석 지붕 위에는 목욕 온 손님의 이부자리와 흰 유카타 같은 것을 늘어놓고 말리고 있었다. 그것은 밝은 8월 햇빛을 더욱 눈부시게 하였다. 하야카와 강의 급류는 시원하게 부는 바람에 흔들리는 뜰의 푸른 잎새를 사이에 두고 바위와 바위 사이를 거품을 내며 흐르고 있었다. 기시모토는 맥이 빠진 얼굴로 난간에 기대어 그것을 하염없이 바라보았다.

11

긴 복도에선 하녀들이 모여서 이야기하고 있었다. "잠깐 오키미야."

하고 나이든 아이가 불렀다.

"저렇게 복도에 우뚝 서 있는 사람 말이야."

"왜?" 오키미는 받아서 말했다. "저 3층에 있는 손님이 이리저리 왔다갔다하니까."

3층에는 피서 손님이 있는 듯했다. 기시모토는 잠시 난간에 기대어 힘없이 서 있는데, 마침 아다치와 스게 두 사람이 수건을 들고 왔다. 정원에 백일홍이 한창이어서 복도가 아름다워 보였다.

"싫어요"라고 오타마가 말한다.

"얘기했잖아, 너 말이야"라고 나이든 아이가 끼여들며 "그럴 때는 '죄송합니다'라고 하는 거야."

"연장자는 나잇값을 한다니까"라고 오타마는 참견하듯이 말하고는, 암호처럼 슬쩍 오른쪽 팔꿈치로 오키미를 쿡쿡 찔렀다.

"얄밉다니깐." 오키미는 젊은 여자 특유의 목소리로 말했다.

하녀들의 즐거운 웃음 소리, 자유분방한 분위기, 햇볕에 시든 듯한 백일홍 향기는 세 사람의 젊은 마음을 취하게 했다.

"어이, 목욕이나 하고 오자고." 이렇게 권유하는 친구의 뒤를 따라서 기시모토도 함께 계단을 내려갔다.

돌담 사이에 있는 목욕탕의 바위 밑 깊숙한 곳에서 샘솟는 온천수가 넘쳐 흐르고 있었다. 거기에는 2, 3명의 목욕 손님이 있었다.

"정말 젊은이에게는 좋지 않은 곳이군."

이런 말로 스게는 친구들을 웃겼다. 검은빛을 띤 투명한 온천물은 세 사람의 발을 푸르스름하게 만들어 가늘고 길어 보이게 했다.

시끄러운 온천 폭포 소리에 어느새 기시모토는 외로움이 느껴졌다. 그는 다른 친구들처럼 즐길 수가 없었다. 위를 보고 누워서는 죽은 듯이 욕조 가장자리에 목덜미를 대고 생각을 정리해 보려고 했지만, 걸핏하면 온천 폭포 소리에 자신을 잊기도 하고, 간혹 목욕 손님의 신음 소리에 신경을 쓰며 멍하니 시간을 보냈다.

갑자기 몸을 일으켜 친구를 바라보는 기시모토의 표정이 약간 상기되었다.

"아오키 군이 그랬지." 스게는 기시모토를 보며 말했다.

"자네는 몸이 건강하니까 그래도 그런 여행을 할 수 있는 거라고."

"그래서 바보 같은 짓을 하는 거지." 기시모토는 쓸쓸한 듯이 웃었다.

"건강한 것이 자랑은 아니야."

"남이 말하기 전에 미리 말해 두는 건가." 스게가 웃는다.

"하여간에 골격은 튼튼하게 생겼군." 하고 아다치도 함께 웃는다.

세 사람은 기숙사 시절로 돌아간 듯한 기분이 되었다.

목욕탕에서 나왔다. 순식간에 이별의 때가 왔다. 기시모토 혼자 여행 준비를 서둘렀다.

"스게 군." 하고 기시모토는 우물쭈물 말했다.

"이곳의 계산은 어떻게 할까?"

"무슨 소린가? 괜찮네"라고 스게는 모든 것을 떠맡겠다는 얼굴로 대답했다.

기시모토는 얼굴을 붉히면서 말했다. "사실 나는 조금 모자라서."

"그런 것은 신경 쓰지 않아도 돼, 우리가 낼 테니까."

이렇게 아다치가 안타까운 듯 말했다.

스게와 아다치 두 사람은 유카타를 입은 채 기시모토를

배웅하러 유모토(湯本)까지 갔다. 기시모토가 아무 말 없이 생각에 잠겨 벼랑을 따라 난 도로를 걸어갔던 때의 모습이란—. 쾌활하게 웃으면서 두 사람은 도노사와로 돌아왔다. 아다치는 기시모토가 이요(伊豫)까지 찾아왔을 때의 일을 꺼내며, 자못 심각한 얼굴로 사랑에 대해 강의를 늘어놓았을 때는 정말 질려 버렸다고 스게에게 말하며 웃었다.

다음날 아침 아다치는 도쿄를 향해 출발했다. 스게는 혼자서 처음에 걸어왔던 길을 따라 산 위로 돌아갔다. 한 사람 떠나고 두 사람 떠나고, 어느 사이엔가 벌써 친구들은 모두 떠나 버려서 갑자기 호숫가가 쓸쓸해졌다.

스게는 지쳐서 모토하코네에 있는 여관으로 돌아왔다.

이상한 변화가 그날부터 스게 마음속에서 일어났다. 밤새도록 그는 도노사와에서 있었던 일을 계속 생각했다. 다음날 밤도, 그 다음날 밤도, 자기 전에는 반드시 베갯머리 위에서 오키미를 생각하게 되었다. 그러려니 갑자기 그는 활기를 찾았다. 마치 긴 겨울 동안 땅속에 숨어 있던 풀처럼, 그의 내부에 있는 것은 모두 한꺼번에 싹이 돋기 시작했다.

새로운 세계가 그의 눈앞에 펼쳐졌다. 그는 모든 사물을 경탄의 눈으로 바라보았다. 이렇게 해서 사물의 맨 밑바닥에 숨겨져 있던 깊은 뜻을 생각하기 시작했다. 저녁에 호수 위를 나는 반딧불은 자주 그의 방까지 길을 잃고 날아 들어왔다. 영국의 호반 시인이 쓸쓸한 산속 소녀에게 바치는 노래—바로 그 속에서 그는 자기 자신을 발견했다. 한숨짓고 괴로워한 나머지 그는 여러 가지 생각을 쓰면서 여름밤을 지샜다. 그리고 먼저 아다치 앞으로 긴 편지를 보냈다. 마침내 그도 산을 내려왔다.

12

 8월 말 아오키는 동북 지방 여행에서 돌아왔다. "지기(知己)는 많이 얻기 어렵다, 세쓰코(節子) 같은 사람은 내 평생에 몇 안 되는 친구다."

 아오키는 이렇게 쓴 일기를 아내 미사오(操)에게도 보여주었다. 그가 오슈(奧州) 쪽에 가 있는 동안에 친한 여자 친구가 병으로 죽었다는 것이다.

 이러한 슬픔에 더해 그의 몸 안에서 왠지 모르는 이상이 생겼다. 지나친 격앙과 피로로 벌써 며칠 밤을 잠들지 못했다. 그래서 고우즈(國府津)에 있는 어촌으로 가서 병치레가 잦은 몸을 요양해야겠다고 생각했다. 아무튼 갔다 오고 싶다, 가는 김에 가마쿠라에 들러서 기시모토에게 권하고 싶은 일도 있다, 이런 생각으로 아오키는 집을 나섰다. 그는 먼저 가마쿠라의 절에 머물고 있는 친구를 찾아보았다.

　길을 걸어가면서 아오키가 생각한 대로, 확실히 기시모토는 곤란을 겪고 있었다. 아오키는 만나자마자 동북 지방에 갔던 이야기를 시작했다. 하치노헤(八戶)에 큰 양조장이 있다. 그 집의 젊은 주인은 꽤 이야기가 통하는 남자다. 장서도 많다. 한번 가 볼 마음은 없는가? 술집 식객도 재미있잖은가. 이렇게 기시모토를 설득했다. 이야기를 좋아하는 아오키는, 나중에 더욱 지칠 것을 알면서도 그만 이야기에 푹 빠져 버렸다. 그는 지금 고우즈로 가는 길이라고 했다. 그러고 나서 두 사람의 이야기는 스게에 관한 소문으로 옮겨졌다. 기시모토의 말에 따르면 스게는 아다치와 함께 이 절에 한번 찾아온 적이 있었다. 그것은 스게가 산을 내려가고 얼마 되지 않은 때였다. '색(色) 밝히는 스님, 계신가?' 라고 놀려대면서 들어온 것은 아다치였고, 이야기 하다가 그때 하코네에서 있었던 일이 나왔다. 그러나 기시모토에게는 그 장소와 그 사람을 스게와 결부시켜 생각하는 것이 무리였다. 나중에 스게가 보내온 진심과 눈물이 담긴 편지를 받고서야 비로소 기시모토도 감동했다.

　"그렇다면 이번엔 진짜인가."

　이렇게 아오키는 평소처럼 말했지만, 마음속으로는 스게를 가엾게 생각했다. 친구의 친절한 조언을 받아들여, 기시모토는 하치노헤로 가기로 결정했다. 언젠가 도쿄에서 만나자고 약속하고 아오키는 떠나갔다. 또다시 기시모토는 여행 준비를 서둘렀다.

고비키초(木挽町)에 있는 스게 집을 향해 기시모토가 가마쿠라에 있는 절을 떠나려고 할 무렵 벌써 하늘엔 가을빛이 돌았다. 그의 보따리 속에는 몇 권의 애독서와 앞서 말한 교토에 있는 사람—미네코(峰子)가 보냈다는 단검, 갈아입을 홑옷 두 벌이 전부였다. 동북 지방을 향해 여행을 떠나는 그였지만 겹옷 한 벌조차 갖고 있지 않았다. 더욱이 이제까지 여행에서 입었던 옷들은 미네코에게 맡겨 놓아 그녀가 세탁한 뒤에 부쳐 주기로 약속되어 있었지만, 기시모토는 그것을 기다릴 여유도 없었다. 이 절의 방값을 지불하고 문 앞에 있는 밥집에서 식대를 계산하고 나면, 조금밖에 남지 않는 형편이었다. 우물쭈물하다가는 도쿄까지 가는 기차 삯도 모자랄 형편이었다. 절 주지에게 작별을 고하고 출발했다. 비가 오락가락하고 있었다.

13

오랜 방랑 끝에 기시모토는 다시 그리운 도쿄로 돌아왔

다. 그는 빛 바랜 줄무늬 홑옷을 입고, 많은 여행자와 함께 신바시(新橋)역에 도착했다. 군중 속을 헤치고 고풍스런 석조 건물 밖으로 나오자, 역 앞에서 손님을 기다리는 인력거와 축축하게 젖은 흙 길, 짐을 부리는 양륙장의 먼지, 물가 따라 이어져 있는 마을들의 북적북적한 광경이 그의 눈앞에 펼쳐졌다. 여행을 시작할 때와 비교해 보면 그는 더 더욱 처절하고 말할 수 없는 슬픔을 안고 이곳으로 돌아왔다. 신바시 맞은편의 버드나무 가로수 그늘에서는 나팔 소리가 들렸다. 만세(萬世) 쪽으로 가는 마차였다. 그 소리를 듣자 도쿄로 돌아왔다는 느낌이 더욱더 강해졌다.

갑자기 여러 가지 물건을 넣어 두던 찬장이 기시모토의 마음에 떠올랐다. 그 곁에는 머리를 늘어뜨린 할머니가 계셨다. 호박(琥珀)으로 만든 파이프를 물고 있던 숙부도 계셨다. 오랫동안 앓고 있는 숙모의 이부자리도 깔려 있었다. 콜록콜록 소리를 내며 들어오는 형의 마른기침 소리도 들리는 듯했다. 그곳은 기시모토가 잊을 수 없는 은인의 집이었다. 숙모 위독, 돌아와라, 라는 형이 보낸 전보를 받았을 때도, 아무런 말 없이 집을 나갔던 그는 이제는 돌아가지 않으리라, 결심하고, 일부러 답장을 하지 않았다. 도쿄 땅을 밟자마자 그는 주위를 둘러보았다. 그리고 죄인처럼 남의 눈을 꺼리며 떨곤 했다. 고비키초까지 걸어가서, 낯익은 격자문 입구에서 스게를 찾았을 때는 오후 4시가 지날 무렵이었다. 사촌 여동생 한 사람이 맞으러 나왔는데 잠시 못 본 사이에 눈에 띄게 키가 자랐다. 많은 여자아이의 얼굴들이 번갈아 현관에서 보였다.

기시모토는 친구의 안내를 받으며 2층 계단으로 올라갔다. 두 개의 건물로 이루어진 집으로, 방이 수도 없이 많았다. 길 쪽은 가족이 거처하는 곳이었고, 안쪽에는 하숙하는 사람들을 두었다. 기시모토는 손님 형편에 따라 스게가 자주 방을 바꿨던 일을 기억했다. 2층 방 하나가 지금은 스게의 공부방이었다.

산에서의 사건이 있은 뒤, 스게와 기시모토는 갑자기 특별한 친밀감을 느꼈다. 두 친구는 서로에게 마음속 얼굴을 보여 준 듯한 느낌이 들었다.

"우리 할머니에게만은 그 일을 이야기했다네."

스게가 말했다. 그는 모든 것을 털어놓고 친구의 의견을 듣고 싶은 듯했다.

"참으로—나 같은 문외한이 도움이 될지 모르겠군." 기시모토는 동정 어린 말투로 말했다.

"아니야." 스게는 짙은 눈썹을 움직이면서 "장님에게는 장님인 길잡이가 가장 좋아"라고 말했다.

그때 아래층에서 "도키야, 도키야" 하며 스게의 이름을 부르는 소리가 들렸다.

스게는 복도로 나가 2층에서도 아래층에서도 가족들과 이야기를 나누었다.

"그러면 아래층에서 밥을 먹게나." 스게는 기시모토에게 말했다.

14

기시모토는 2, 3일 동안의 식객 자격으로 스게를 따라서 계단을 내려갔다. 긴 화로 옆에는 할머니와 귀여운 여자아이들이 모여 있었다. 열두세 살쯤 되는 장난기 어린, 얼굴이 작은 소녀도 있었다. 아주머니와 사촌누이들은 부엌 있는 곳에서 하녀를 부리며 일하는 듯했다.

"할머님께 인사하게."

스게는 이렇게 말하면서, 머리가 희고 눈이 쑥 들어갔으나 아직은 안색 좋은 노부인과 대면시켰다.

"도키 사부로가 여러모로 신세를 지고 있군요." 이렇게 할머님이 말씀하셨다.

"아닙니다, 저야말로." 기시모토는 이마에 손을 대었다.

"댁도 잠시 동안 어디 멀리 갔다 왔다고 그러던데?"

할머니는 친절하면서도 침착한 말투로 말했다.

할머니는 젊은이들이 일하는 것을 보며 가만히 앉아 있었다. 이 하숙을 주로 꾸려 가는 숙모는, 과부다운 쓸쓸한 모습이었고, 할머니 같은 애교가 부족했다. 또 그 밖에도 스게의 숙모가 몇 사람인가 있었다. 사촌 누이들도 여럿 있었다. 이처럼 여자가 많은 집안으로, 친척 모두를 둘러보아도 남자다운 사내는 스게와 사촌형제인 구리타(栗田)[19] 단 둘뿐이었다. 특히 스게는 평상시에 담담하고 온후한 성격으로 "도키야, 도키야"라로 불리며 믿음직스럽게 생각되어 왔다. 많은 사촌 누이동생들 사이에 섞여서 자란 그는, 아무렇지도 않게 사촌들과 나란히 잔 적도 있다. 이상한 일은 이 정도로 친숙했던 집안 사람과 스게의 사이가 하코네에 다녀온 뒤에 바뀌었다는 것이다. 왠지 모르게 안절부절못하게 되었다.

부엌에서는 손님을 위한 준비가 다 되었는지 늘어놓은 밥상 앞에 사촌 누이동생들이 서 있었다. 하녀는 들락날락하고 있었다. 숙모는 뭔가 먹을 것을 가지고 아이들 곁으로 왔다.

"자 할머니 곁에서 모두 얌전하게 먹어라."

그 말을 듣고, 뛰어다니던 작은 소녀까지 예의바르게 함께 앉았다.

"저 오빠가 흉봐요"라고 할머니는 작은 소리로 꾸짖듯 말했다. 작은 소녀는 업신여기는 듯한 멍한 표정으로 힐끔 기시모토를 훔쳐보았다. 스게와 기시모토는 아무 말도 하지 않고 얼굴을 마주보면서 밥을 먹었다. 숙모는 앞치마를 입은 채 긴 담뱃대를 한 모금 빨고 있었는데, 은근히 두 사람의 모습을 주시하는 듯했다.

저녁식사 뒤에 기시모토는 스게의 소개로 구리타라는 사촌 형제를 만났다. 스게와는 상당히 분위기가 다른 사람으로 고등학교 교복을 입고 있었다. 스게는 이 사촌에게도 털어놓지 않은 듯했다.

그날 밤, 스게와 기시모토는 2층 방에서 늦도록 이야기를 나누었다. 두 사람은 조용히, 그러나 열심히 서로의 마음속을 이야기했다. 이야기는 어느새 고지마치(麴町)에 있는 학교 이야기로 옮겨 갔다. 9월에 스게도 교편을 잡게 되었던 것이다. 그는 영어 외에도, 철학사를 고등과 학생들에게 가르치기 시작했다고 한다. 여행을 떠나기 전에 기시모토도 그 학교에서 1년 정도 근무한 적이 있었다. 지금은 아오키가 대신 가르치고 있었다.

"나 말이지, 모리오카(盛岡)도 만났다네."

이렇게 스게는 미소지으며 말했다. 모리오카라는 암호는 태어난 고향에서 온 것이었다. 원래 이름은 가쓰코(勝子)[20]였다. 가쓰코는 지금 고등과 학생이어서, 스게 수업에도 들어와서 강의를 듣는다고 했다. 이러한 관계에서 스게는 기시모토의 마음을 배려해서 편지 심부름 정도는 해 주겠다고 말을 꺼냈다. 그날 밤 기시모토는 처음으로 가쓰코에게 편지를 썼다.

15

그 편지는 아주 간결하면서도 어딘지 모르게 이전의 선생 같은 투로 "하치노헤로 가기 전에 꼭 한 번 만나서 이야기하고 싶다"는 뜻을 전하고 있었다.

기시모토는 가쓰코에게 이만큼이라도 편지를 쓸 수 있게 되었다는 것이 꿈만 같았다. 그의 우울한 성격은 무슨 일에나 생각하는 것을 표현하는 데 서툴렀다. 그는 방랑하거나 슬피 울면서 가슴속의 고통을 잊으려고 했다. 여행을 시작했을 때, 그의 마음을 가쓰코에게 전해 준 것은 오카미의 누이동생이었다. 그것은 오카미가 도와준 것이었고 기시모토는 그것만으로 족하다고 말했다. 이렇게 편지 같은 걸 쓰리라고는 실제로 생각지도 못한 일이었다.

다음날 아침, 스게는 하오리와 하카마 차림으로 외출했다. 가쓰코가 보낸 답장을 받을 때까지 왠지 기시모토는 가만히 있을 수가 없었다. 친구가 외출한 틈을 타 기시모토는 자신의 보따리를 꺼내 양지바른 곳에서 펼쳐 보았는데, 하나같이 여행의 기억을 되살려 주는 물건들뿐이었다. 각반은 오랫동안 매어서 매는 끈이 다 해졌다.

크고 윤기 흐르는 그윽한 눈이 갑자기 빛을 내는 듯이 떠올랐다. 그것은 그가 여행을 시작한 지 얼마 안 되어 오카미의 소개로 찾아가서 옷부터 숙박에 관한 일까지 친절하게 보살펴 주었던 그녀의 눈이었다. 눈을 맞으면서 교토에 있는 학교에 도착해서, 기숙사 응접실에 있는 화로 앞에서 기시모토는 처음으로 미네코를 만났다. 미네코는 정이 많은, 어머니처럼 포근한 여자였다. 기시모토보다 세 살 정도 연상으로, 아직 결혼을 하지 않았고 여학생들을 가르치고 있었다. 아마도 미네코는 기시모토를 동생처럼 생각했을 것이다. 그 눈빛이 누나처럼 빛나는 동안에는 더없이 평온했다. 길가에 있는 차부가 '사모님'이라고 불러서 얼굴을 붉혔을 때의 눈빛도 너무나 따뜻했다. 오카미의 누이 이름을 칭찬하며, 료코(凉子)는 좋은 이름이에요, 미네코는 너무 흔해서 별로라며, 미소지을 때의 눈빛도 여전히 아름다웠다. 기시모토를 위해 여행 옷을 지으면서 "제가 만일 남자라면, 당신과 함께 여행이든 뭐든 할 텐데—여자는 그렇게 하고 싶은 대로 할 수 없으니까요"라고 말할 때의 눈빛도 너무나 따뜻한 것이었다.

그런데 갑자기 그 눈이 이상한 빛을 띠게 되었다. 걸핏하면 눈물에 젖고 혼자 사는 쓸쓸함을 탄식하는 것처럼 보였다. 결국은 마음을 털어놓았다. 더 이상 누나의 눈빛이 아니었다. 기시모토가 가쓰코를 만나려고 결심하기까지 얼마나 미치광이 같은 고통을 맛보았는지 모른다. 비와 호수 근처의 찻집에서 잠시 여행의 고단함을 잊고 쉬었을 때조차도, 2달 반 동안 내내 계속 자기 자신을 책망했다. 결국 그가 마지막으로 교토에 들러서, 분명하게 자신의 결심을 이야기했을 때, 미네코도 작별을 아쉬워하는 듯이 보였다. 이런 이유로 지난 일을 용서받고 싶은 심정으로 기시모토는 가쓰코를 만나야겠다고 생각한 것이다.

오후가 되어서야 스게는 학교에서 돌아왔다. 가방을 풀자마자 책 사이에서 가쓰코의 답장을 꺼내서 기시모토에게 건네주었다. '이런 경우에 오히려 만나지 않는 편이 좋으리라 생각된다'라는 내용이 씌어져 있었다. 꽤 장래를 걱정해서 써 보낸 듯한 이 답장에 기시모토는 크게 실망했다. 그는 일종의 분노마저 느꼈다. 저녁나절 두 사람은 아오키를 방문하려고 고비키초에 있는 집을 나섰다.

마침 두 사람이 나간 뒤 얼마 지나지 않아, 이 집 앞에 인력거가 서고 젊은 여자 손님이 내렸다. 키가 큰 편이라 할 정도는 아니었다. 입구에 서서 기시모토를 찾았지만, 스게와 함께 외출했다는 말을 듣고 낙심한 듯 보였다. "어머, 애석하게 됐군요"라고 스게의 사촌 누이가 나와서 말하고는 이상한 듯이 손님의 모습을 바라보았다.

16

"이봐, 모리오카가 우리가 없는 동안에 찾아왔었다는군. 만나지 않는 편이 좋을 것 같다고 편지를 보내 놓고는, 다시 찾아오다니 역시 모리오카다워."

스게는 친구에게 이렇게 말하면서 웃었다. 그 말을 듣고 기시모토는 가쓰코를 만나고 싶다는 생각이 한층 더해졌다.

"자네 가족들이 나를 어떻게 생각하고 있을까?"라고 기시모토가 물어 보았다.

"괜찮아, 아무렇지도 않아." 스게는 친구를 위로하듯이 말했다.

일요일에는 친구들이 다 모였다. 모여 이야기한다는 것은 젊은 시절의 즐거움이다. 그래서 무엇이든지 핑계삼아 자주 모였다. 그날도 기시모토가 도쿄를 떠난다는 핑계로 서로 모이자고 한 것이다. 제일 먼저 온 사람은 아다치였다. 잡지에 관한 이야기로 시작해, 얼마 후에 산에서 있었던 일이 대화에 올랐다. 처음에 기시모토가 아무 말도 안 해서 그것 때문에 스게가 아주 분개했다는 이야기를 하며 '스게 군은 말할 수 없다면서, 일단 일이 이렇게 되자 모른 척하고 있다…기시모토가 괘씸하다'며 화를 냈다고 아다치가 말하자, 기시모토는 변명하려 했고 아다치는 재미있어 했으며, 결국 세 사람은 파안대소했다.

갑자기 스게가 아래층에 귀를 기울였다. 일요일마다 사촌 누이들이 많이 놀러 온다. 고지마치에 사시는 숙모의 웃음소리도 들렸다. 좋고 싫음이 분명한 학교를 나온 여자나 '여기 아줌마 있어요'라고 말할 것 같은 사람들에게, 하코네에서 있었던 일 따위는 조금도 재미있을 것 같지 않았다.

"잠깐 실례하네"라며 스게가 아래층으로 내려간 후, 아다치와 기시모토 두 사람은 다시 산 위에서 있었던 이야기를 꺼냈다. 활짝 핀 백일홍이 아직도 두 사람의 눈에 선했다.

"오키미 말야?"라고 기시모토는 도노사와에 있던 소녀의 이름을 말하며

"자네는 그 사람을 어떻게 생각하나?"

"음, 꽤 성격이 좋은 것 같더군. 그러나 참 신기한 일이야. 스게 군이 그렇게 될 줄이야. 다른 사람이라면 모르지만, 스게 군이 그러니까 재미있잖은가." 이렇게 말하며, 아다치는 쾌활하고 애교있는 미소를 띠었다.

아다치가 보기에 스게는 앞뒤 따지길 좋아하는 사람이었는데, 지금은 뜻밖에 무모한 사람이 되었다. 장중한 말투가 과격해졌다. 의외로 열정적인 사람이 되었다. 그는 때로 아주 용기있는 사람처럼 보인다. 그런가 하면 또 놀랄 정도로 섬세한 부분도 있다. 신중하고 근엄하다고 할 만한 스게 같은 친구도, 사랑 때문에 앞뒤를 가리지 않게 된 것이다. 그는 세상도 부모도 거의 안중에 없다. 아다치는 스게의 안타까운 마음을 헤아려서 언젠가 기회를 보아 다시 여행을 계획하자고 말했다. 차츰 친구들이 모였다. 이치카와도 오고 아오키도 왔다. 아다치와 아오키는 그날 처음으로 함께 만났으므로 첫인사를 나누었다.

17

이렇게 얼굴을 맞대고 모인 것도 모토하코네의 모임 이후 처음이었다. 요시와라에서 모였을 때는 아주 평온하게 들렸던 스게의 웃음 소리에, 지금은 활기와 고통이 동시에 담겨 있었다. 그것만으로도 2층에 모인 친구들 사이의 분위기가 달라졌다. 더욱이 아다치라는 새로운 얼굴이 나타났다. 기시모토는 동북 지방으로 떠나려 하고 있었다.

"아오키 군." 하고 이치카와가 말을 꺼냈다.

"벌써 고우즈로 이사했나?"

"응, 지난 1일에"라고 아오키는 약간 창백한 얼굴로 말하며 "동생도 함께 가고, 집사람 여동생도 가고, 복잡한 여행이었어."

"아오키 군도 자주 이사다니는군. 내 기억으로 벌써 네 번째야"라고 스게는 생각난 듯이 웃었다.

"학교는 어떻게 할 건가?"라고 이치카와는 걱정스러운 듯이 물어 보았다.

"기차로 통근하려고." 아오키가 대답했다.

"그거 힘들겠는걸."

"아냐, 시간표를 조정하면 3일 정도면 끝나―그렇게 힘든 일도 아니야."

아오키는 기둥에 기댔다가 갑자기 몸을 바로 세워 어깨를 흔들었다. 그는 애써 피로를 풀려는 듯했다.

스게 지하루(菅千春)[21]의 이야기가 화제가 되었다. 그는 잡지에 활발하게 기고하는 사람으로, 나이로 보나 사상으로 보나, 이 젊은 무리와는 상당히 달랐다. 그 사람이 쓰는 분야는 오카미 군의 영역에 가까웠다. 같은 성이라 착각하기 쉬워서, 친구는 스게 군이라고 하고, 그 사람은 스게 씨라고 불렀다. 지하루 씨라고도 불렀다. 벌써 지하루는 좋은 아버지로,

딸이 다섯이나 있었다.

아오키는 여느 때와 같은 말투로,

"지하루 씨는 열심히 일해야 해, 풍선을 사도 다섯 개를 사야 하니까 말이야."

이렇게 농담을 하는 아오키의 얼굴에는 어딘지 모르게 근심이 어려 있었다. 그는 상심한 사람처럼 보였다. 다만 흥이 나서 이야기를 할 때는 아주 건강한 것 같았고, 곧장 다다미 위에 눕는 것도 이 사내의 버릇이어서, 다른 친구들은 그다지 신경 쓰지 않았다. 아다치는 볼일이 있다며 그리 오래 있지 않았다. 남은 친구들은 2층에서 해가 질 때까지 이야기를 계속했다. 마음에 드는 글을 친구들에게 들려주는 일이 이치카와의 장기였다. 그날도 스게 책상 위에 있던 신간 잡지를 펼쳐 보고 버릇대로 몸을 흔들면서 읽기 시작했다. 그것은 아오키가 여자 친구의 죽음을 애도한 글의 한 구절이었다.

"이세(二世)의 인연에 이세가 있는 것이 적고, 삼세(三世)라는 것에 삼세 있는 것도 역시 적다."

이치카와는 음미하는 듯한 맑은 목소리로, 재미있을 것 같은 부분만 골라서 읽었다.

"아무래도 그녀에겐 날 사랑하는 감정이 있었다고 생각돼"라고 아오키는 태연하게 세쓰코(節子)에 관한 이야기를 꺼냈다.

"우리 애를 대단히 귀여워했거든."

"하여튼, 아오키 군은 여복이 있다니까"라며 모두가 재미있어 했다.

이치카와를 비롯해서 스게와 기시모토는 이런 아오키의 말을 농담삼아 웃었지만, 아오키만은 웃지 않았다. 처자가 딸린 그는 젊은 친구들의 얼굴을 번갈아 보며

'이제 자네들도 웃을 수 없게 될 거야' 라는 듯 야릇한 표정을 지었다.

18

이치카와와 기시모토 두 사람은 기념으로 함께 사진을 찍었다. 기시모토가 동북 지방으로 가는 여비는 덴마초에 사는 친구가 마련해 주었다. 이 정도 된 것도 이치카와가 힘을 써 준 덕택이었다. 친구의 정은 단지 그것뿐이 아니었다. 적어도 한 번 가쓰코를 만나고 가라고 스게가 기회를 만들어 주었다.

드디어 만나기로 한 전날 밤이 되었다. 꿈에도 잊지 못했던 연인과의 재회를 생각하며 기시모토는 잠들지 못했다. 모리오카에 있는 오래된 명문 집안의 처자라는 것과, 지금은

고지마치에 있는 언니 집에 있다는 사실은 기시모토도 간접적으로 알고 있었지만, 아무튼 가쓰코와는 떨어져 있었고, 또 가족들과도 헤어져 있었으니 어렴풋하게나마 기시모토에게 가쓰코에 관한 일을 알려준 것은 미네코였다. 가쓰코에게 부모가 정해 준 약혼자가 있다는 것도 기시모토는 교토에 가서 처음 알았다.

붉그스레하고 부드러우며 여자다운 통통한 손, 기시모토의 눈에는 어둠 속에서도 잘 보였다. 미네코의 손. 그것은 아직 세상의 더러움이 배지 않은 처녀들의 손이었다. 그 손이 가쓰코와 꼭 닮았다고 기시모토가 미네코에게 말하자, 미네코는 살짝 웃으면서 감춘 적이 있었다. 기시모토는 그의 누나다운 여심(女心)을 통해서 가쓰코의 손을 발견했던 것이다. 두 여자 사이에는 때때로 편지 왕래가 있어서, 가쓰코가 보낸 편지에 '내가 살찌는 것도 지금이 절정인가 봐요'라고 적혀 있었다는 것도 기시모토는 들어서 기억하고 있다. 어느 날 그 두 사람의 편지 왕래가 끊겼다. 기시모토는 이런 일들을 밤새도록 가슴에 떠올리며 가쓰코와의 재회를 상상해 보았다.

마침내 꿈 같은 날이 왔다.

사려 깊은 스게는 식객인 친구의 신세를 동정해,

"차와 과자를 내놓도록 아래층에 말해 놓았다네. 그리고 나는 볼일이 있어서 잠깐 나갔다가 올게." 이렇게 말하고 나 갔다.

기시모토는 스게의 공부방에서 가쓰코를 기다렸다. 시간은 더디게 흘러갔다. 안쪽에 하숙하고 있는 사람들도 전부 나가 버렸고, 여자아이는 학교에 가고 없었다. 툇마루에서 다다미 위로 비치는 햇빛도 조용히 빛났다. 바람이 없는, 이상하리 만치 덥고, 답답하고, 왠지 정신이 아득해지는 9월 초의 아침이었다.

가쓰코는 인력거를 타고 왔다. 전후 사정을 보아하니, 허락을 받아서 만나러 온 것이 아닌 듯했다. 눈에 띄지 않는 옷을 입고, 그 무렵 젊은 사람들처럼 비스듬히 머리를 묶고 꽃도 꽂지 않았다. 기시모토는 빛 바랜 흰 홑옷에 허리띠를 맨, 부끄러울 정도로 볼품 없는 모습으로 가쓰코를 맞이했다. 그는 절실하게 자신의 신세가 초라함을 느꼈다.

19

가쓰코는 지금 기시모토 앞에 있다. 만일 만난다면 이렇게 이야기할까, 저렇게 이야기할까, 여러 가지 물어 보고 싶은 것과 이야기하고 싶은 것 등을 생각해 두었지만, 막상 만나 보니 생각한 것처럼 이야기할 수도 없었다. 이렇게 오랫동안 있는 것은 사정이 허락하지 않는다는 듯이, 어딘지 모르게 가쓰코는 안절부절하고 있었다. 게다가 한때 서로 사제지간이었다는 사실이 자유로운 이야기를 방해했다. 이렇게 짧은 만남의 순간에도 두 사람은 그것을 지키려고 했다. 선생답지 못한 교사들 이야기가 나오면, 이마를 찌푸리는 쪽은 기시모토였고, 더욱이 가쓰코 앞에서는 엄격하게 되었다. 무엇보다도 사제지간이라는 관계가 기시모토에게는 깊은 고통을 불러일으켰다. 그는 하치노헤에 있는 양조장 주소를 가쓰코에게 건네주면서 기회가 있으면 다시 만나자고 약속했지만, 마음속으로는 약혼자가 있는 사람을 만나 이야기하는 것도 이번이 처음이자 마지막인 것처럼 느껴졌다. 가쓰코는 작별을 고하고 갔다. 차부는 입구에서 기다리고 있었다. 격자문을 나와서도, 가쓰코는 미련이 남는 듯 기시모토를 쳐다보았다. 두 사람은 말없이 생각을 주고받았다. 그때만은 사제간의 예의를 지켰다고 할 수 없었다.

오후가 되어 스게가 돌아왔다. 기시모토는 이야기를 잘 나눌 수 없었다고 말하며 웃음지었다. 그날의 만남은 기시모토가 생각하고 있었던 것만큼도 잘되지 않았다. 그러나 뒤에 남은 인상은 잊을 수 없었다. 기시모토는 마음에 생생하게 그려 낼 수 있었다. 아직 가쓰코가 눈앞에 서 있는 듯한 느낌이 들었다. 더욱이 누나같이 생각하고 있었는데, 만나 보니 의외로 여성스러운 점이 많았다. 왠지 딴 사람을 만나는 듯한 기분도 들었다. "당신한테 잘못한 일이 있어"라고 기시모토가 말했을 때, 가쓰코는 "잘못했다고 생각하세요?"라며, 제자로서 웃어 보였던 예전의 그 입술로 미소지었다. 가쓰코는 입고 온 두루마기가 답답한 듯 벗고, 보랏빛 띠 사이로 손을 넣으면서 벽 쪽 가까이에 앉아 있었다. 아래층에서 스게의 사촌누이가 준비해 온 차를 기시모토는 가쓰코에게 권하는 등 마치 이전 학교의 다른 사람 이야기라도 하듯이 가쓰코의 약혼자의 이야기도 했다. "좋은 분이라고 하더군, 나도 한번 만나고 싶어"라고 기시모토가 말하자, "만나 보는 것도 좋지요"라고 가쓰코가 대답했다.

그때 가쓰코는 모리시타(森下)라는 청년에 관한 이야기를 꺼냈다. 자신을 종교로 안내해 준 것도 그 사람이라며, 모리시타를 한 번 만나 봐요라고 권했다. 이 청년에 관한 소문은 예전에 기시모토도 들은 적이 있다. 모리시타의 형—성실한 학자였다—과는 함께 하숙 생활을 했던 적도 있다. 그러나 기시모토는 여자가 칭찬하는 사람과는 그다지 만나 보고 싶지 않았다. 하치노헤에 있는 양조장 주소를 써 주려고 했을 때, 마침 가쓰코가 앉아 있던 바로 옆이 스게의 책장이었고, 그 위에 두루마리 종이가 있었다. 가쓰코는 집어 주려고 했고, 기시모토는 일어나려고 하다가 무심결에 두 사람의 손이 닿았다. 스스럼없는 사이지만 이런 사소한 접촉은 잊을 수가 없었다.

그날부터 그는 더욱 괴로웠다. 그는 가쓰코를 만나지 않은 편이 더 좋았을 것이라고 생각했다. 여행을 떠날 무렵엔 그녀의 모습만을 그리워했다. 결국 간신히 오카미의 누이를 통해서 마음을 전했지만, 그것만으로도 그는 만족했다. 그런데 이렇게 만나서 이야기해 보니, 더 더욱 목소리가 듣고 싶어졌다. 이제 그는 생각만으로는 만족할 수 없었다. 진정으로 가쓰코를 원하게 되었다.

20

빨리 어딘가로 멀리 떠나라―이런 소리가 기시모토 귓전에 들렸다. 멀리 떠나라, 약혼자가 있는 사람을 잊어야겠다고 생각하면 할수록 그의 가슴은 견딜 수 없게 되었다. 그래서 하치노헤로의 출발을 서둘렀다. 작별을 고하고 스게네 집을 나오기 전에 기시모토는 미네코가 보냈다는 단검을 꺼내서 흰 비단 보자기째 친구에게 맡겼다.

그는 여비를 얻기 위해 오덴마초로 갔다. 닌교초(人形町)

를 향하는 모퉁이에 있는 커다란 광으로, 옛날식으로 어둡게 상호를 쓴 천으로 장식한 가다랭이포 도매상과, 이 광 사이에 따로 오카미를 위한 입구가 마련되어 있었다. 기시모토는 왠지 이 집에 들어가기가 망설여졌다. 여행을 떠나기 전에 여러 가지 신세를 지고, 오이소(大磯)까지 배웅해 주고, 가쓰코에 관한 일로 걱정을 끼쳐 놓고는, 사이교의 포로가 되어 돌아왔다는 점에서 아무래도 이 집의 문지방을 넘기가 망설여지는 것이었다. 그렇지만 달리 여비를 걱정해 줄 사람도 없었다. 마음을 크게 먹고 벨을 누르자, 보통 때처럼 하녀가 나와서 여닫이문을 열어 주고는, 기시모토를 다실 같은 방으로 안내했다. 매월 그곳에서 잡지를 편집하기로 되어 있었다. 젊은 주인 세이노스케(淸之助)는 이치카와와 같은 고등학교에 다녔다. 그날은 귀가가 조금 늦어진다면서 어머니가 나와서 기시모토를 접대해 주었다.

료코(凉子)도 와서 함께 이야기했다. 료코는 소박한 느낌의 아주 마른 아가씨로, 꼭 집어 말하자면 체형이 작아서 나이보다도 어리게 보였다. 안타깝게도 몸이 약했기 때문에 세상의 기쁨이나 슬픔을 일찌감치 이해한, 영리하면서도 사려 깊은 모습이었다. 보통 여자로 보이려고 재주를 깊게 감추는 듯한 느낌도 있었다. 먼저 오빠의 가르침이 다르다고 자주 친구들은 말했다. 덴마초라고 하면 이 사람을 지칭하는 것으로 두 오빠의 사업에 동정을 보내고 있을 뿐만 아니라, 오빠의 친구들이 쓴 것까지도 열심히 읽었다. 료코, 미네코, 가쓰코—그 밖에 아오모리(青森)도 있었다—친구들 뒤에는 이런 형제자매와 같은 젊은 여인들이 있어서, 열심히 그들을 도우려고 하거나, 혹은 애모의 정을 바치고, 동정을 보내면서 조금이라도 그들과 사상을 같이하려고 했다. 특히 료코는 이치카와 편이었다. 기시모토가 여행을 떠날 때, 료코는 오빠인 오카미와 함께 오이소의 별장에서 요양을 하고 있었는데, 이별의 선물로 가방을 만들어 주었다. 그의 마음을 가쓰코에게 전한 것도 바로 그녀였다. 대화 나누기를 좋아하는 아가씨여서 여러 사람에 관한 소문을 나누었는데, 사이교라는 말은 한마디도 나오지 않았다. 등불이 켜질 무렵 상냥한 어머니는 저녁밥을 지어 기시모토를 대접했다.

마침내 세이노스케가 돌아왔다. 그는 아다치와 동년배였다. 희고 침착한 이마와 남자다우면서도 우아한 뺨은 그의 면밀한 성격과 잘 조화를 이루어 다른 형제와는 재미있는 대조를 이루었다. 그는 과묵한 느낌의 미남이었다. 또 그는 친구들의 사업을 뒤에서 도와주는 쪽으로, 드러나지 않는 곳에서 많은 일을 했다. 귀찮은 일은 대개 이 사람이 맡아서 처리했다.

"하치노헤라면, 그다지 먼 곳은 아닌 것 같군."

이렇게 빙 돌려 말하는 것이 세이노스케의 버릇이었다.

그날 밤 두 사람은 늦게까지 이야기를 나누었다. 기시모토가 여행을 떠나려고 할 때, 처음 잤던 곳도 이 방이었다. 그때는 진눈깨비가 내리는 1월의 쓸쓸한 밤이었다. "대강 짐작은 하고 있지만 만일 틀리면 안 되니까, 그 사람 이름만이라도 들어 두자"라고 세이노스케가 이런저런 말을 꺼내서, 기시모토가 밤 두 시까지 이야기하게 한 적이 있었다. 앞으로 기시모토는 어떻게 될까? 하고 세이노스케는 생각했다. 약혼자도 있고 따라다니는 사람도 많다는 가쓰코를 제 사람인 양 생각하는 기시모토가 걱정스러웠다. 세이노스케는 웃어야 할지 어처구니없다고 해야 할지 알 수 없었다.

다음날 아침 기시모토는 이 친구한테서 여비를 받았다.

이때 어머니가 들어와서,

"세이야, 이제 기시모토 군이 추운 곳으로 간다는데 겉옷이 없으면 더욱 힘들지 않겠니?"

라며 기시모토를 보고는

"이거, 줄 만한 것은 아니지만—"

하면서 가여운 듯한 목소리로 말했다.

료코는 벌써 그것을 가지고 와 들고 있었다. 기시모토는 모두가 보는 앞에서, 줄무늬가 있는 홑옷 위에 친구가 준 것을 입고, 색 바랜 겉옷의 끈을 고마운 듯이 매었다.

21

 기시모토가 동북 지방으로 가는 사실을 아오키는 고우즈에서 들어 알고 있었다. 마에카와(前川) 마을은 사가미(相模) 만 연안에 위치한 어촌으로, 잘 익은 밀감밭이 많은 골짜기를 하나 사이에 두고 고우즈 마을로 이어져 있었다. 그 어촌에는 아오키의 조상을 모신 절이 있었다. 그 절의 한귀퉁이를 빌려서 아오키는 가족들과 이사해 온 것이다. 그러니 전혀 연고가 없는 곳으로 이사온 것은 아니었다.

 절은 나지막한 언덕 위에 있었다. 차양이 얇아 추위와 더위를 쉽게 타던 지금까지의 도시 생활과 비교해 보면, 그는 복작복작한 나무 아래를 나와서 큰 나무 그늘로 옮긴 듯한 편한 마음이 되었다. 높다란 나무 끝처럼 생긴 지붕, 가지를 펼친 것처럼 보이는 처마, 나뭇잎의 뒷면을 보는 듯한 천장 —전부 그의 마음에 들었다. 기분 좋은 햇살이 본당 옆 창을 통해 비쳐 들어오는 모습도 마음에 들었다. 더욱이 도시와는 달리, 신선한 생선을 값싸게 먹을 수 있었다. 해안의 공기도 마실 수 있었다. 밀감의 향기도 맡을 수 있었다.

 왜 일찍 이런 곳으로 이사해 오지 않았을까 하고 후회할 정도였다. 그 정도로 이 어촌 마을에서의 생활이 병치레가 잦은 그의 몸에 알맞다고 생각한 것이다.

그러나 그것은 한때의 기쁨이었고, 아오키는 또다시 안달하기 시작했다. 한 시간쯤 책을 읽으면 벌써 맥이 풀리고 끈기가 다해 버렸다. 생각하는 것도 역시 마찬가지여서, 짧은 논문을 쓰는 데도 4, 5일이나 걸렸다. 이런 상태는 전에 없던 일이었다. 그는 자신에게 정신적인 이상이 있음을 느끼고 두려움에 휩싸였다.

아오키의 말에 따르면 이 일 저 일 모두 심각한 이유 때문에, 자신이 오랫동안 한 고생이 물거품으로 돌아가 버렸다. 거의 정신을 수습할 여유가 없었다. 다만 공허하고 벗어날 수 없는 일에 혹사당하고 있었다. 이렇게 살면서 어찌 정신이 흐트러지지 않겠는가. 나는 불안의 원인을 분명히 알고 있다. 그러나 그것을 어찌할 수도 없다. 이렇게 아오키는 탄식했다. 그는 많은 것에 속았다고 생각했다—희망에도, 생명에도.

그래서 이제까지 참아 온 모든 것을 타파하자, 아내에 관한 일도, 처가에 관한 일도, 자신의 집에 관한 일도, 사업에 관한 일도 모든 일, 그가 참고 견뎌야 했던 모든 일을 부서뜨리려고 했다. 자신이 하고 싶은 일 외에는 아무 일도 하지 말아야지 하고 생각했다. 자신의 독립—이를 위해서는 사랑마저도 희생해야 한다고 생각했다. 끝내는 삼계걸식(三界乞食) 경지에 몰입할 각오만 있다면, 그것으로 족했다. "아아,

남자가 어찌 이처럼 오랫동안 하릴없이 걱정만 하고 있는가'라고 생각할 정도로 아오키의 생각은 어두웠다.

마침 아내가 딸을 데리고 도쿄에 있는 친정에 가서 집이 비어 있을 때였다.

"미사오는 이제 돌아오지 않는 것은 아닐까?"

빈집에서 이런 생각도 했다.

22

도카이도(東海道)선 하행 열차는 마에카와 역을 지나 고우즈 역에 정차했다. 머리를 묶은 24, 5세의 부인이 열차에서 내렸다. '쓰야—아빠가 기다리고 계시니까 빨리 집에 가자꾸나'라며 고개를 돌려 업고 있는 아이를 들여다보고, 마침내 마에카와 마을을 향해 서둘렀다. 하룻밤 머물 예정으로 도쿄의 친정에 갔던 아오키의 부인이 지금 돌아온 것이다.

친정집의 모습이 아직 미사오(操) 눈앞에 어른거렸다. 놀러 와서 출세를 자랑하는 듯한 친구들의 얼굴 표정, 화려한 머리 내음—그것을 떠올리기만 해도 미사오는 어질어질 압도당하는 기분이 들었다. 그 사람들의 눈빛은 미사오에게 무슨 말을 했을까. 그것은 '당신 남편은 수입이 얼마냐'로 귀결되었다. 여동생은 여동생대로 언니를 불쌍해 하는 듯한 표정을 지었다. 남편의 재능을 믿는 아버지조차, 어떻게 된 거냐, 후회할 일을 했다, 딸 하나를 죽였구나 라는 식의 말씀을 하신다. 미사오는 친정에 갈 때마다 억누를 수 없는 분함과 허영을 미워하는 마음과 집요한 반항심을 품고 돌아왔다.

누런빛을 띤 햇살은 풍요로운 골짜기를 음지와 양지로 나누었다. 그것을 바라보고 있자니 즐거웠던 추억이 강렬하게 미사오의 가슴속에 되살아나기 시작했다. '당신을 친구삼아 세상을 살아갈 수 있다면, 그 밖에 무슨 행복을 구할 필요가 있겠소' [22] 남편이 사랑을 속삭일 때 한 말이었다. 미사오는 아직 그것을 잊지 않고 있었다. 두 사람은 얼마나 많이 고상한 말을 서로 나누었을까? 세속을 벗어난 자라고 오만하게 스스로를 칭하던 청년의 기풍이 얼마나 미사오의 마음을 설레게 했던가. 교육도 받고 지식도 있고 아버지에게서 영예(榮譽)도 이어받은 미사오가, 명예도 없고 재산도 없고 다만 장쾌하고 재능 있는 남자에게 마음을 허락한 것이었다.

꿈만 같았던 신혼의 나날—그 기억은 아직도 미사오의 가슴에 생생하게 남아 있었다.

실제로 두 사람의 결혼은 세상에 흔한 그런 것은 아니었다. 사랑하고 사랑해서, 모든 것을 희생하고, 겨우 함께하게 된 사이였다. 이 사람을 위해서는 어떤 괴로움도 마다하지 않겠다. 이렇게 결심하고 남편을 따랐다.

괴로움은 일찍 찾아왔다. 젊은 부부는 이 세상 살아가는 일이 뜻대로 되지 않음을 고통스러워하며 운 적도 있었다. 그 사이에 쓰루코가 태어났다. 신혼에 비해 생활은 더욱 어려워졌다. 그러나 미사오는 끝까지 남편을 도우려고 생각했다. '그래 힘내자.' 이렇게 그녀는 걸으면서 생각했다. 근처 소녀들을 모아서 재봉이라도 가르치자, 그리고 하녀를 한 사람 부탁하자, 아무래도 지금 상태로 아이를 교육시킨다는 것은 무리다. 이것이 친정에서부터 생각한 미사오의 결론이었다.

마에카와 마을의 절에 도착했을 때, 미사오는 남편의 창백한 얼굴빛에 무척 놀랐다.

23

"여보, 쓰는 이렇게 좋은 앞치마를 받았어요"라고 미사오는 남편 얼굴을 바라보면서 말했다. "어때요, 쓰에게 잘 어울리지요?"

가장자리만 수를 놓은 희고 우아한 앞치마는 천진한 쓰루코의 얼굴을 한층 귀여워 보이게 했다.

"도쿄의 숙모님이 주셨어요"라고 미사오는 덧붙였다.

"그래, 좋은 것을 받아 왔구나"라고 아오키가 대답했다.

"쓰야, 아빠에게 얘기해 보렴?"

미사오는 어머니다운 미소를 지었다. 잠시 후에 아이에게 젖을 물리고는 친정 이야기를 시작했다. 아오키는 눈앞의 세상사에 흥미를 잃은 듯, 담배만 피우고 있었다.

"어떻게 됐어요? 일은? 그 뒤에 뭔가 하셨어요?"

라고 미사오가 물었다.

"나 말야?"라고 되물으며 아오키는 불안한 표정으로 "생각하고 있었어"라고 대답했다.

"생각? 호호호, 당신은 요즈음 담배만 피우고 있잖아요. 담배는 좋지 않아요."

"바보 같은 소리 마. 담배라도 피우지 않으면 견딜 수 있겠어?"

아오키는 묘한 곳에 힘을 주며 말했다.

"우치타(內田)[23] 씨가 번역한 『죄와 벌』에도 나와 있어. 돈 벌러 가지 않고 도대체 무엇을 하고 있냐고 하숙집 여인이 물었을 때, 생각하는 일을 하고 있다고 주인공이 말하는 대목이 있어. 벌써 그런 말을 한 사람이 있다는 게 놀라워. 생각하는 일을 하고 있다—내가 꼭 그런 셈이야."

미사오는 남편이 하는 말의 뜻을 잘 이해할 수 없었다.

"당신 어디 아프신 거 아니에요? 얼굴빛이 아주 나빠 보여요"라고 말하려고 했지만, 입 밖에 내지는 않았다.

친정을 다녀 온 미사오의 눈에는 임시 거처의 모든 것이 초라하게 보였다. 칸막이로 나누어진 방을 빌린 넓은 방안에는 가구다운 가구 하나 놓여 있지 않았다. 오래된 산사 특유의 물건 썩는 냄새도 났다. 미사오는 소박한 편이라서 이런 가난한 처지를 그다지 고생으로 생각하지도 않았지만, 도쿄의 친구들을 생각하면, 역시 기가 죽는 것 같았다. 친정에서 생각해 온 일—하녀 한 사람 등의 말을 꺼낼 상황이 아니라고 생각했다. 근처 소녀들을 모아서 바느질을 가르친다는 생각도 남편에게는 말하지 않았다.

"여보, 아이를 좀 봐 주세요"
라며 미사오는 부엌으로 가려고 했지만, 일하기 전부터 벌써 이마에 땀이 흘렀다. 갑자기 쓰루코가 울기 시작했다. 아오키는 쓰루코를 껴안고 여기 저기 본당 곁을 걸었다. 자기 마음에 들게 알맞게 흔들어 주지 않으면 쓰루코는 곧장 투정하기 시작한다. 어떻게든지 재우려고 일부러 어두운 쪽으로 데려 가기도 하고, 잠이 오도록 자장가를 불러 주기도 했지만, 쓰루코는 잠을 자려고도 하지 않는 듯했다. 억지로 재우려 할수록 아이는 더욱 크게 눈을 떴다.

"자 아가야, 자자"라고 아오키는 꾸중하듯이 말했다. 이상한 분노가 마음속에서 솟아올라 갑자기 그의 몸을 떨게 했다. 무의식중에 그는 입술을 깨물었다. 그리고 '아야'라고 소리칠 정도로 사랑하는 아이를 꼭 껴안았다.

울부짖는 쓰루코의 소리를 듣고 미사오가 그곳까지 달려왔다.

"괜찮아요, 제가 업을 테니까."

이렇게 빠르게 말하고는 퉁명스럽게 부엌 쪽으로 안고 가 버렸다. 요란한 바다 소리는 잠잠해졌다. 부엌 쪽에서는 미사오의 훌쩍이는 소리가 들렸다.

24

젊은 부부는 애처롭게 마주보며 나날을 보냈다. 이런 괴로운 경험은 꿈같던 연애 시절에는 상상도 할 수 없는 일이었다. 가난과 싸워야 하는 한편 쓰루코를 키워야만 한다. 두 사람은 생각에 빠져, 얼굴도 쳐다보지 않고 묵묵히 밥을 먹은 적도 있었다.

신기하게도 또다시 이런 고통을 잊게 만든 아침이 왔다. 하룻밤 사이에 미사오는 마음을 고쳐 먹었다. 그녀는 희망을 가지고 일할 마음을 다졌다.

그날 아침, 아오키는 길가에 쓰러져 죽은 사람을 보았다며 산책에서 돌아왔다.

"여보, 기시모토 씨가 돌아왔대요"라며 미사오는 엽서를 가지고 다가왔다.

"벌써 돌아왔어?" 아오키의 눈이 반짝였다. "오슈(奥州) 쪽으로 간 지 얼마 되지 않았잖아?"

아오키는 아내로부터 엽서를 받아 들었다. 정말로 기시모토는 가마쿠라에 있는 절로 돌아와 있었다. 오늘 스게와 함께 이곳으로 찾아온다고 씌어 있었다. 부부는 잠시 서로의 얼굴을 쳐다보았다.

"정말, 기시모토 씨는 당신을 꼭 닮았군요"라고 미사오는 뭔가가 생각난 듯이 말했다.

"나도 예전에는 그랬었나?" 이렇게 아오키가 대답했다.

"어머, 그런 것은 아니지만—."

"하여간에 미치광이 같은 점만은 닮았지"라면서 아오키는 어깨를 흔들었다. "그래도 그 친구는 자신도 모른 채 하고 있고, 나는 그것을 의식하고 있어—그것이 다르지."

미사오는 남편 얼굴을 바라보며 휴 하고 깊은 한숨을 쉬었다.

점심때가 지나자 스게와 기시모토 두 사람이 절로 찾아왔다. 스게는 보자기 속에서 과자 상자를 꺼내서 "쓰야에게"라며 미사오 쪽으로 내밀었다.

"여보, 선물을 주셨어요"라고 미사오는 남편을 보며 말했다.

"스게 군은 그런 걱정을 하니까 못써"

라고 아오키는 기쁜 듯이 웃었지만, 평상시 물건을 주고받는 일이 드물어서 그런지 이 선물이 진기하게 생각되었다.

"기시모토 군, 자네는 또 바보같이 빨리도 돌아왔군 그래." 이렇게 아오키가 말했다.

"실은 나도 놀랐다네"라고 스게는 기시모토의 옆얼굴을 바라보며 말했다.

"이렇게 빨리 돌아오리라고는 생각하지 못했어—적어도 1개월이나 2개월은 하치노헤에 있으리라고 생각했지."

"그쪽에 일주일 정도 계셨나요?" 미사오도 말을 곁들였다.

"네"라며 기시모토는 머리를 긁적였다.

스게는 웃지 않을 수 없었다.

"뭔가 있구먼, 갔나 싶더니 바로 돌아오게 말이야."

25

 여기에 오기 전에 스게는 기시모토를 끌고 도노사와에 있는 사람의 생가를 찾아갔다. 아다치를 후원자로 삼았던 일의 진행이 그에게는 상당히 희망적으로 보였다. 그래서 드디어 이 이야기가 잘 매듭지어진 새벽에는, 당사자를 데리고 와서 우선 아오키 집에 맡기고 싶다, 그리고 신부 수업을 받게 하고 싶다, 이렇게 앞일까지 생각하고 아오키 부부에게 부탁할 참으로 온 것이었다.

 스게는 전에 한번 아오키 집에서 만났던 불행한 식객에 관한 일을 기억하고 있었다. "아오키 군이니까, 나 같은 사람을 돌보아 주고 있습니다"라고 그 사내는 말했다.

 "자네, 밀감밭 구경한 적 없지? 잠깐 주위를 산책하지 않겠나?" 이렇게 말하는 아오키의 뒤를 따라서 두 젊은 친구는 함께 절을 나왔다.

 넉넉하고 완만한 경사가 세 사람 앞에 펼쳐졌다. 기복이 있는 주변의 땅—작은 언덕 위, 골짜기 밑바닥, 모두 밀감밭이었다. 작은 길로 나오자 양쪽에는 큰 과일나무가 웅크리고 있었고, 빛나는 잎, 깊고 어두운 그림자, 아직 덜 익은 열매가 얼굴을 내민 모습들이 따뜻한 지방 같은 느낌을 주었다. 힘껏 알통을 세운 듯한, 땅 위까지 늘어진 가지가 양쪽으로 펼쳐졌다.

기시모토는 도중에 잠깐 멈춰 서서 진한 밀감나무의 향기를 맡으며 "스게 군, 자네는 하코네를 어떻게 할 셈인가?"라고 물었다.

"어떻게 하다니?"

스게도 짙은 녹색 향기에 압도된 듯한 표정을 하고 있었다.

기시모토는 스게와 자신을 비교해 보았다. 결혼―젊은 시절 가슴을 설레게 하는 문제―까지 이야기를 끌고 가려는 스게의 태도를 보고, 친구가 자신보다 훨씬 현실에 가까운 길을 걷고 있다고 생각했다. 친구는 어떻게 여자를 벌어먹일까. 이런 생각까지도 해 보았다.

"아, 나도 안심이야, 저렇게 아다치 군이 도와주니까"라고 말하면서, 스게는 생각에 잠겼다가 "아오키 군 이야기는 아니지만, 매일 책상 옆에 와서 감자나 푸성귀 이야기만 한다면―역시 그것도 질색이겠지."

두 사람은 웃으며 아오키의 뒤를 따랐다.

작은 언덕을 따라서 좁은 언덕길을 올라가자 드디어 세 사람은 전망 좋은 곳으로 나왔다. 몇 층쯤 되는 밀감밭이 정원처럼 내려다보였다. 앉기 좋은 풀 위에 앉아 서로를 바라보았다. 기시모토는 쓸쓸했던 동북 지방 여행에 관한 이야기를 시작했다. 하치노헤에 있는 양조장의 주인을 비롯하여, 친절한 가족들로부터 위로받았던 일을 이야기했다. 젊은 주인의 안내를 받아 술창고, 장서 창고, 그리고 눈이 튀어나올 정도의 좋은 그림으로 장식된 별채를 구경한 일 등을 이야기했다. 오슈에 있는 동안은 겹옷에 바지를 빌려 입고도 떨었는데, 도쿄로 돌아와 보니 아직 홑옷으로도 충분하다는 이런 이야기를 덧붙였다.

바다는 푸른빛을 띠며 빛났다. 어느새 아오키는 풀 위에 누워 죽은 사람처럼 가만히 있었다. 스게와 기시모토 두 사람은 아오키가 이 정도로 괴로움에 지쳐 있는 줄 몰랐다. 아오키가 불쑥 일어났을 때, 부인이 아이를 업고 골짜기 아래쪽에서 이쪽으로 오고 있었다. 스게는 왜 이렇게 찾아왔는지 아오키에게 털어놓았다. "부인에게는 귀찮겠지만" 하면서 스게는 정색하며 말했다.

"쓰야."

이렇게 스게가 돌아보며 불렀다. 미사오가 다가왔다. 세 사람은 벌써 저녁 준비가 다 되었다는 것을 알았다.

26

저녁 밥상. 다랑어가 잡히는 때였으므로, 부인이 정성을 다해 손수 만든 요리 외에도 신선한 회도 상 위에 올랐다. 미사오는 눈치 빠르게 술잔을 내왔다. 본당을 향한 창 아래는 밝아서 먹고 마시기에 좋았다.

아오키는 즐거운 듯 술 향기를 맡았다. 마비될 것만 같았던 신경 세포가 강한 자극 때문에 서서히 흥분되었다.

"스게 군은 좋겠어."

이렇게 말하며 술잔을 들었다. 그는 기시모토의 얼굴을 보자 그가 가여워졌다. 너무나 마음이 아팠다. 그보다는 균형잡힌 스게의 성품이 부러웠다.

"두 분들에 관한 이야기를 들었어요"라고 미사오도 곁에 와서 아이를 안으면서 말했다. 말할 때마다 예쁜 흰 이가 드러나는 것은 미사오의 타고난 애교였다. "두 분께서는 반 홉을 주문하신 일이 있으시다면서요?"

"야, 대단한 이야기를 들으셨군요."

스게는 웃으며, 기시모토의 얼굴을 쳐다보았다.

"알고 있어요." 미사오도 웃었다.

"기시모토 씨에 관한 일은 잘 알고 있어요. 저이는 학교에서 돌아오면, 언제나 그 이야기였어요. 대단히 온순한 사람이라면서."

이 말을 듣고, 스게는 오른쪽 팔꿈치로 기시모토를 쿡쿡 찔렀다. 기시모토의 얼굴이 붉어졌다.

"쓰야, 자 이리온. 잠깐 안아 보자."

스게는 미사오의 품에서 쓰루코를 건네받아 안았다. 이 사람한테는 어린아이까지 따르는 듯했다. 쓰루코는 목을 움츠리고 기쁜 듯이 손을 움직였다.

"좀, 창피한데." 스게가 말했다.

"스게 군, 나도 한 번 안아 보세." 기시모토도 팔을 내밀었다. 쓰루코는 스게에게 안긴 채 잠시 기시모토의 얼굴을 바라보다가는 마침내 울음을 터뜨릴 것 같았다.

"자네는 싫다는데." 스게가 웃었다.

"스게 씨는 아이를 좋아하지요. 아무래도 달라요, 좋아하시는 분은."

미사오는 웃으면서 쓰루코를 받았다.

이런 이야기를 나누는 동안 아오키는 안으로 들어가 자신이 쓴 원고를 가지고 왔다. 새로 지은 나비 노래가 있었다.

오늘 아침 불기 시작한 가을 바람에,
자연의 빛은 변했네.
높은 나무 꼭대기에 매미 소리 가냘프고,

무성한 풀숲에 벌레 노래 슬프다.
숲에는
갈가마귀 소리조차 마르고,
들판에는
여러 풀꽃도 시들었네.
가련하다, 가련하다, 나비 한 마리.
꺾인 꽃에 잠들어라.

빨리도 왔네. 빨리도 왔네, 가을,
만물이 모두 가을이 되었네.
개미는 놀라서 구멍을 찾고,
뱀은 알아차리고 동굴로 들어간다.
농사꾼은
아침 별에 벼를 베고
나무꾼은
달에 읊조리며 겨울을 채비한다.
나비여, 바로 그대 나비여,
꺾인 꽃에 잠드는 것이 어떻겠니.

꺾인 꽃도 잠자리 빌리면
〈운명〉이 준비한 잠자리가 되는 것을—

초봄에 헤매 나와서
가을인 오늘까지 취하고 취해
아침에는
많은 꽃 이슬에 질리고
저녁나절에는
꿈 없는 꿈의 수(數)를 거친다.
다만 이처럼 〈적막〉하게
모든 꽃과 함께 사라지는구나[24)]

평소의 맑고 힘찬 목소리로 아오키는 이 노래를 두 친구에게 들려주었는데, 다 읽고 난 뒤에 애처로운 표정을 지었다. 그는 술의 힘을 빌려 피곤함을 잊으려고 했다. 우선 책상다리를 했다.

27

"여보." 미사오는 남편을 보고, 친밀한 어조로 "지금 읊은 노래 중에 〈운명이 준비한—〉이라는 곳이 있지요, 그 부분을 약간 고치면 어떨까요?"

이렇게 말을 꺼냈기 때문에 스게도, 기시모토도 똑같이

부인의 얼굴을 바라보았다.

"〈운명의 결정—〉이라는 표현이 좋다고 생각해요."

아오키는 웃을 수밖에 없었다.

"우리 마누라 이래 봬도 상당한 시인이라네."

이런 농담이 두 친구를 웃겼다. 미사오는 쓴웃음을 지으며 부엌으로 나갔다.

아오키가 가져온 원고 중에는 미완성인 희곡도 있었다. 여름 이래로 아직 조금밖에 쓰지 못했다. 그는 연극에 관계된 일을 해 보고 싶다고 말할 정도로, 그 분야에 깊은 흥미를 느끼고 있었다. 그래서 이 신작에도 상당히 마음이 끌리는 듯했다. 5연(緣), 10몽(夢)이라는 식으로 써 볼 작정이었다. 이것은 그 계획의 일부분이었다. 요컨대 그 1몽이다, 라고 그는 말했다. 어쨌든 세상이 세상이라서 그런 새로운 형식은 용납되지 않았으므로, 넘칠 만큼 많은 정도의 생각을 가지고 있어도 그것을 적당한 그릇에 담아낼 수가 없었다.

아오키는 자기가 자신의 냄새를 맡듯이 주인공의 독백 한 구절을 읽었다. 두 친구는 귀를 기울였다.

"자랐구나, 자랐구나, 스스로도 뻣뻣하게 느껴지는 이 검은 머리. 2개월 정도 독경을 중단하고, 향도 피우지 않고, 계(戒)도 지키지 않고, 이 머리카락처럼 내 마음속도 검게 검게 사물에 집착하는 노예가 되누나, 분함이여—."

스게와 아오키는 이 새 작품을 듣고 어떤 역사상 인물도 떠올릴 수가 없었다. 다만 종이 위에 그려진 아오키 자신의 환영을 보는 듯한 느낌이 들었다.

"과연 아오키 군이야."

스게가 말했다. 사실, 이 희곡은 그의 논문만큼 친구의 마음을 움직이지 못했던 것이다. 아오키 스스로도 불만족스러워 보였다.

"좀더 고쳐야만 하는데."

이렇게 그는 혼자말처럼 말했다.

해질 무렵 스게는 작별을 고하고 떠났다. 그날 밤 기시모토만 머물면서, 아오키 부부와 베개를 나란히 하고 잤다.

"참으로 순수하고 좋은 부부야."

기시모토는 되풀이하며, 벽 쪽을 향해서 잠을 청했다. 미사오는 아이에게 젖을 물리더니, 낮의 피곤함이 밀려왔는지 금방 곤하게 잠들어 버렸다.

아오키만 잠들지 못했다. 이런 상태가 계속된다면 결국은 어떻게 될까? 그는 생각했다. 심한 두려움에 휩싸였다. 아무튼 자자. 자려고 같은 동작을 끊임없이 되풀이하면서, 몇 번이나 몸을 뒤척여 보았지만, 아무래도 잠들 수가 없었다. 그는 괴로운 나머지 잠자리에서 일어나 앉았다. 작은 램프 빛이 친구와 아내의 잠든 얼굴을 아련하게 비추었다. 자신의 그림자만이 어두컴컴하고 쓸쓸한 오래된 벽 위에서 몸부림 쳤다.

바다 소리가 들렸다.

"큰 파도가 화를 낸다, 심한 파도가 춤추고 있지 않은가, 인간이 어찌 혼자서 조용히 있을 수 있는."

이렇게 중얼거렸다. 자신의 생명의 불이 무서운 기세로 모두 타 없어질 듯했다.

28

"Roll on, thou deep and dark blue Ocean—roll!
Ten thousand fleets sweep over thee in vain;
Man marks the earth with ruin—his control
Stops with the shore; upon the watery plain
The wrecks are all thy dead, nor doth remain
A shadow of man's ravage, save his own,
When, for a moment, like a drop of rain,
He sinks into thy depths with bubbling groan,
Without a grave, unknell'd, uncoffined, and unknown."

(계속 파도쳐라! 너 깊고 검푸른 대양이여—파도쳐라!
수만 척의 배가 네 위를 지나가도 아무런 표시를 남기지
못한다.
인간은 대지에 폐허의 자국을 남기지만,
그의 힘은 해변에서 그치고 마는 것.
망망한 대양 위에서의 난파는 모두 너의 소행,
인간은 자신의 잔해 외에는 파괴의 흔적을 남기지 않는다.
인간이 뽀글뽀글하는 신음 소리를 내며
물방울처럼 네 심연으로 가라앉는 것도 잠시뿐
그는 무덤도 없이, 조종도 울리지 않고, 관도 없이,
아무도 모르게 사라진다.)[25]

이 노래를 읊으며 아오키는 기시모토와 함께 바다를 보러 가기로 했다. 가서 얼굴을 씻어야지 하고 생각했다. 다음날 아침의 일이다.

신선한 밖의 공기는 아오키에게 어느 정도 소생할 수 있을 듯한 힘을 주었다. 기찻길은 이 절 경내를 떡 하니 가로지르고 있어서 마을로 가기 위해서는 건널목을 건너야만 했다. 오른쪽 계단을 내려갔다가 다시 올라가자 그곳에는 오래된 산문이 있었다. 절 입구는 언덕이 끝나는 바로 그곳에 있었다. 미사오는 아이를 업고 그곳까지 따라왔다.

"여보, 쓰가 가고 싶어하니까 함께 데려가 줘요."

"나에게 아이를 맡기면 곤란해."

아오키는 멈춰 서서 말했다.

"그래도 이렇게 가고 싶어하는 걸요." 미사오는 등뒤에 있는 아이의 얼굴을 남편에게 보이며 "자, 쓰야. 아빠와 함께 갔다 오렴."

쓰루코는 아버지에게 안기고 싶어했다.

"안 돼―친구가 있잖아"라고 아오키는 묘한 이유를 대어 억지로 아내에게 밀어붙이듯이. "아이는 당신한테 부탁해."

"여보―."

이렇게 미사오는 부탁하듯 말했다.

울어대는 쓰루코 소리에 개의치 않고, 아오키는 도망치듯이 어부 집 모서리를 돌았다. 기시모토는 어느 편을 들어야 좋을지 곤란했다.

모래를 밟으며 소나무 숲으로 나오자 두 사람은 벌써 아침 햇빛 속에 있었다. 바다는 눈부실 정도로 반짝였다. 둘 모두 혈기왕성한 때, 얼굴을 씻는 것만으로는 성이 차지 않았다. 마침내 옷을 모래 위에 벗어 두고, 풍덩 바다 속으로 뛰어 들어갔다. 그들은 밀려오는 파도를 향해 경쟁하며 헤엄쳤다.

29

파도는 거셌다. 하마터면 기시모토는 떠내려갈 뻔했다. 아오키는 이 해변에서 태어났기 때문에, 친구보다 헤엄을 잘 칠 수 있었다. 그는 자신의 체력이 아직 그렇게 실망할 정도는 아니라고 생각했다. 이런 생각에 힘을 얻어 친구와 함께 떴다가 가라앉았다 하는 동안에, 어느새 언덕 위에는 많은 어부가 모여 두 사람 쪽으로 무시무시한 낚싯바늘을 던졌다. 바늘은 소리를 내며 왔다. 오른쪽에도 왼쪽에도 떨어졌다. 두 사람은 깜짝 놀랐다. 언덕을 향해 헤엄쳐 겨우 닿는가 싶더니, 파도 때문에 반대 방향으로 흘러가 버렸다. 다시 파도가 밀려와, 물가 쪽으로 두 사람을 데리고 가는가 싶더니, 얼마 뒤에 무너져 내리는 듯한 커다란 울림이 들렸다. 그제서야 두 사람은 흰 거품 속에서 일어설 수 있었다.

오늘은 운이 좋은 날이었다. 여자와 어린이들 무리가 낚시에 걸린 다랑어를 끌어내어 수없이 육지로 올렸다. 이 모습을 바라보며 잠시 두 사람은 그곳에 발을 뻗고는 따뜻하고 기분 좋게 느껴지는 모래를 몸에 바르고 있었다. 등을 말릴 셈으로 기시모토가 엎드려 고개를 기울이자 귀에서 바닷물이 흘러나왔다. 그 순간 기시모토는 료코쿠(兩國)의 물가에서 헤엄치던 일, 집을 뛰쳐나온 지 벌써 9개월이 된 일, 오슈 끝까지 멀리 여행한 일 따위를 생각했다. 아오키는 자신의 무릎을 안고 조화롭지 못한 세상에 지친 표정을 지었다. 결국은 이마를 무릎에 대고 괴로운 머리를 수그렸다. 이런 상태로 가만히 눈을 감고, 언덕에 부서지는 파도 소리를 들었다.

돌아갈 준비를 시작한 것은 얼마 되지 않아서였다. 어촌을 가로질러 모래가 섞인 길을 걸어서 돌아왔다. 두 사람은 절문 앞에서 미사오를 만났다. 어린아이도 함께 있었다. 미사오는 그곳까지 마중온 듯했다.

"쓰야."

아오키가 불렀다. 아오키는 딸아이를 부르는데도, 입버릇처럼 "이 녀석아"라고 불렀고 "쓰야"라고는 좀처럼 말하지 않았다.

미사오는 잠자코 쓰루코를 업은 채 서 있었다. 아오키는 옆으로 갔다. "쓰야"라고 다시 부드럽게 부르고는 아무렇지도 않은 듯 웃으면서 비위를 맞추듯이 손을 내보였다. 그 순간 미사오는 남편의 모습을 바라보다가 무엇을 생각했는지 한숨을 쉬고는 아이를 업은 채로 서둘러서 절을 향해 걷기 시작했다. 기시모토는 약간 어안이벙벙했다. 안타깝게도, 부인은 벌써 계단을 내려가서 건널목 있는 곳으로 급히 걸어가고 있었다.

봄·93

"미사오, 미사오."

아오키는 아내를 달래듯이 불렀다.

절로 돌아와서 아오키는 깊은 슬픔을 느꼈다. 약한 사람한테는 도저히 당할 수 없다고 탄식했다. 뒤에 남겨진 쓰루코가 나중에 몹시 울었다는 것이다. 듣고 보니 그가 질 수밖에 없는 상황이었다.

"많이 울었단 말이에요."

미사오는 쓰루코의 얼굴을 바라보면서 원망스러운 듯이 되풀이했다.

다행스럽게도 오후에는 아오키가 도쿄로 나가는 날이었다. 미사오는 남편을 위해 옷과 가방을 준비했다. 얼마 뒤에 기시모토도 친구와 함께 절을 나왔다. 두 사람은 고우즈에서 오후나(大船)까지 같은 기차를 탔다. 그곳에서 기시모토는 가마쿠라행으로 바꿔 탔다.

30

기시모토가 머물고 있는 곳은 엔카쿠사(円覺寺) 경내의 오래된 선사(禪寺)로, 이끼가 낀 돌계단을 다 올라간 곳에 문이 있었다. 주지는 친절한 사람이었고, 문 앞의 밥집과도 친했으므로, 이전부터의 친분으로 기시모토는 다시 이 절에 머물기로 한 것이다. 오슈 쪽으로 갈 때와 비교해 보면, 그는 한층 눈앞이 캄캄해져서 돌아왔다.

하치노헤에서 이별금으로 받은 돈은, 도중의 여비를 제하고도 아직 한 달 이상 견딜 정도는 남아 있었다. 그 돈으로 그는 도쿄에서 사진을 찍었다. 한 장은 사이교에 보냈고, 한 장은 가쓰코에게 보내고, 나머지는 친구들에게 나누어 주었다. "자네는 꽤 정치가같군." 하고 스게가 말했다. 그 밖에도 기시모토는 책을 한 권 사서 신세를 진 답례로 그것을 사이교에게 보냈다. 그리고 미네코 앞으로 마지막 편지를 썼다. 동생이 되어 오랫동안 교제를 계속하고 싶다고 써 보냈다. 얼마 뒤에 답장이 왔다. 약간 몸이 좋지 않아서 누워 있었기 때문에 답장을 쓰는 것이 늦어졌다며, 동생이란 말이야말로 행복하다고, 오랫동안 돌보아 달라는 뜻이 분명하게 적혀 있었다. 어리석어 보이는 말은 한마디도 씌어져 있지 않았다. 뿐만 아니라, 도리어 기시모토의 뜻에 격려를 보냈다.

얼마 뒤에 사이교가 세탁한 옷들을 보내 왔다. 그 안에는 청심환 등이 들어 있었다.

이렇게 세심하게 배려를 하는 것은 미네코의 천성이었다. 그 천성이 오히려 그녀를 괴롭히는 것이다. 미네코의 고독하면서도 순결한 삶은 이 때문에 이해하기 어려운 괴로운 빛을 띠었다. 그런 친절함으로 그녀는 기시모토를 받아들였고, 또 그를 소개해 준 오카미의 형과도 친한 관계를 유지했다. 아마도 미네코는 오카미를 오빠처럼 생각하고, 기시모토를 동생처럼 생각한 것이겠지. 오카미와 기시모토 두 사람이 나라 지방에서 만나서, 서로 얼굴을 마주보았을 때는 마치 슬픈 희극 속의 인물들 같았다. 그리고 두 친구는 묘하게도 편히 웃을 수 없었다.

이런 사정으로 보나, 이제까지 신세를 많이 진 관계로 보나, 기시모토는 오카미에게 새삼스럽게 돈을 부탁할 수 있는 처지가 아니었다. 누나나 어머니처럼 보살펴 준 미네코—그 사람에게도 기시모토는 이제 긴 작별을 고했다. 이제 그를 도와줄 사람은 없었다.

31

기시모토는 점점 앞뒤를 살피지 않게 되었다. 결국 친구의 힘도 빌리지 않고, 가쓰코의 집으로 직접 편지를 보내는 무모한 행동까지 했다. 기시모토의 가슴은 너무 뜨거워서 생각하는 것을 충분히 말로 표현할 수 없었다. 그에 비하면 가쓰코에게서 온 편지는 자유롭게 씌어 있었다. 진심이 잘 나타나 있었다. 가마쿠라의 절에서 매일 어떻게 지내시느냐는 뜻의 글로 시작해서, '그대'라는 말이 여기저기 쓰여져 있었다. 가쓰코는 이미 스승과 제자 관계를 잊고, 솔직하고 가련한 마음을 열어 보였다. 당신이 무모한 짓을 한다고 사람들이 자주 말한다, 나 때문에 당신이 그렇게 된 것인가 하고 생각하면 가슴이 아프다고 했다. 원래 나는 문학을 그리 좋아하지 않았는데 그대 때문에 좋아졌다, 그래서 이제까지 몰랐던 세계를 알았고 그것도 그대가 준 선물이다, 교제를 순수하게 계속하기는 어려운 것인가 하는 의문도 들지만, 그대 마음에 의지해서 나도 여자의 길을 걷고 싶다고 쓰여져 있었다. 가정을 가진 사람의 이야기를 들으면, 생각한 것과는 많이 다르다고 한다. 그러나 아버지라 부르고 어머니라 불리고, 남편이라 부르고 아내라 불리는 것이야말로 이 세상에 태어난 보람이다, 우리 두 사람은 얼마나 인연이 없는가라고도 쓰여져 있었다. 세상을 둘러보면 뛰어난 여자는 많다, 여자가 나 혼자만은 아니다, 이런 말도 쓰여져 있었다. 이 마음을 모르는 사람은 혹 미치광이 같다고 하겠지만, 뭐하든 상관도 없고 들리지도 않는다고 쓰여져 있었다. 그리고 "아, 제 몸은 벌써 죽었고, 남은 것은 다만 그대를 그리워하는 마음뿐"이라고 했다.

편지 속에서 순수한 교제도 계속하기 어려운 것인가라고

묻는 문장이 이상하게도 기시모토의 가슴을 울렸다. 이상한 말이라고 생각되었지만, 솔직하고 자연스럽게 다가왔다. 사진도 왔다. 조금 살이 쪄서 이상하게 이마 부분이 빛나고 있어선지 왠지 다른 사람처럼 보였다. 눈매도 그다지 닮아 보이지 않았다. 입술을 대면 화상이라도 입을 것 같았다. 이상한 사진이었다. 오히려 기시모토는 기분 나쁘게 생각했다. 다만 그 사진을 보고 지금이 한창 처녀 때라는 것을 분명히 느꼈다. 가쓰코도 역시 기시모토처럼 누를 수 없는 동정(童貞)의 괴로움을 느끼는 듯했다.

본당 옆 밝은 방은 기시모토가 기거하는 곳으로, 긴 복도를 따라 광 쪽으로 통하게 되어 있었다. 새 소리 외에 경내의 적막을 깨뜨리는 것은 없었다. 찾아오는 사람도 없었다. 기시모토는 자주 해가 비치는 다다미 위에 누워 선잠을 잤다.

32

4, 5일 동안 뭐라고 할 수 없는 깊은 고통에 휩싸인 그런 날이 이어졌고, 그럴 때는 갑자기 몸이 떨리거나, 가슴에 동요가 일어나기도 하고 자신도 모르는 사이에 눈물이 흐르기도 했는데, 그 순간을 참아내면, 다시 어딘가 쓸쓸하고 안절

부절못하는 날이 계속되었다. 이런 상태가 계속되는 동안 기시모토는 계속 가쓰코를 생각했다. 진심을 담은 편지를 받고, 거기에 자극을 받아 그는 사랑의 정열에 더욱 불탔다. 가쓰코가 없으면 이 세상은 살아갈 가치가 없는 것처럼 느껴졌다.

10월 중순이 되었다. 기시모토는 아오키가 보내 준 잡지를 받았다. 잡지 속에는 아오키의 글이 실려 있었다. 그것을 보자 그리운 친구가 사는 근처 해안의 하늘과 어촌의 모습 따위가 눈앞에 떠올랐다. 친구가 지금 하고 있는 생각도 알 수 있었다.

이렇게 씌어져 있었다.

"어느 초저녁, 나는 창가에 누웠다. 장소는 바다의 고향. 가을은 높고 하늘은 청명하고, 만물이 늠름하게 나에게 다가온다. 마치 나의 진솔하지 못함을 비웃는 듯하다. 마치 내가 초조해 하는 것을 비웃는 것 같았다. 내가 힘없고 능력없고 말없고 기운없음을 저주하는 것 같았다. 그는 이처럼 나를 꿰뚫어 보고 있다. 하물며 나 같은 하찮은 하나의 미물이, 그에게 이른다는 것은 얼마나 어려운 일이랴.

달은 아직 떠오르지 않는다. 우러러 창공을 보노라니 수많은 별들이 서로 뒤얽히듯 내 머리 위에 떠 있다. 내 몸을 보고, 다시 자신을 보고, 나의 내부를 관찰한다. 그와 나 사이의 거리가 아주 먼 것에 놀란다. 죽지도 않고 썩지도 않고 그와 함께 있다. 노쇠병사(老衰病死)가 나와 함께 있다. 선미투량(鮮美透凉)한 그에 비해서, 휘어지기 쉽고 부러지기 쉬운 내가 어떻게 바르고 단정할 수 있겠는가? 여기에 이르러 나는 일종의 비탄에 빠지는 듯했다. 성스럽고 열렬한 비탄이 내 마음과 머리에 있다. 비난하는 사람들의 목소리가 귓가에 들리는 것 같다. 내가 일하지 않고 말하지 않고 가지 않는다고 책망한다. 나는 일어나 오막살이집을 나와서 한편으로는 우러러보고 다른 한편으로는 내려다보며, 비난하는 자에게 대답할 수 있기를 원했다. 가슴속 괴로움이 아직 완전하게 풀리지 않았다. 가을풀이 깊은 곳에 이르면 어느새 들리는 벌레소리가 실처럼 귀를 찌른다. 내 마음은 바뀌었다. 다시 듣고는 번민이 한층 분명해졌다. 먼저 고민이라고 생각했던 것은 고민이 아니었다. 보라, 사무치게 가을을 슬퍼하는 것, 그에게 무슨 슬픔이 있으리. 그를 슬프다고 보는 것이 나 또한 슬픈 것이다. 그를 읊조린다고 생각하는 것이 나 또한 읊조리는 것이다. 마음을 바꾸어 버리면 그도 없고 나도 없다. 막막한 하늘에 많은 등불을 들고 있을 뿐이다.

나는 물가로 걸어 내려갔다. 흰 파도가 만고(萬古)의 울림을 전해 주고, 물은 창백하게 영원한 색을 담고 있었다. 팔짱을 끼고 창공을 본다. 나는 '나'를 잊고, 표연하게 누더기 같은 '시간'을 벗어난 듯하다. 아득한 수평선은 순수한 역사 그 자체다. 호머가 있었을 때, 플라톤이 있었을 때, 그 북두칠성은 지금과 같은 광명을 비추었다. 그와 나를 똑같이 비추었다. 인간의 역사는 많은 몽상가를 태워 왔다고 하지만, 천애의 역사는 태초부터 오늘날에 이르기까지 거대한 현실로 남아 있다. 인간은 이것을 미스테리로 생각하며 두려워하지만, 거대한 현실은 처음부터 끝까지 현실로 남는다. 인간은 때론 현실을 읊고, 때론 몽상을 칭송한다. 이로써 서로 조화로울 수 없는 원소처럼 다투는 사이에 천지의 수수께끼는 의연하게 거대한 현실로 남는다."

여기까지 읽고 기시모토는 친구의 사상이 고조에 이르고 있음을 느꼈다. 분명히 이 친구는 자신의 선구자이다. 이렇게 생각할 정도로 기시모토는 마음이 동요되었다.

33

"나는 스스로 대답하고, 편안한 마음으로 창가로 돌아왔다." 아오키가 쓴 문장은 계속되었다.

"내가 본 수많은 별들이 아직 머리속을 떠나지 않는다. 조용히 불을 밝히고 책을 읽으려고 해도 내 마음은 더욱 그에게 있다. 내가 읽으려고 하는 책도 그에게 있다. 막막한 창공은 사상이 넓은 역사의 종이와 비슷하다. 그곳에 호머가 있고, 셰익스피어가 있고, 혜성처럼 천계를 흩뜨리는 바이런과 볼테르 등도 있다.―아, 유유한 천지, 끝없고 한없는 천지, 거대한 역사의 한 페이지, 옳다는 것에 대해 잠시 망연해졌다."

깊이를 알 수 없는 불안이 아오키가 쓴 문장에 나타나 있었다. 걸핏하면 아오키는 그 불안으로 격해져서 반항과 분노의 태도를 나타냈지만, 한편으로는 이런 심오한 명상을 썼다. 기시모토는 탄식했다. 다시 잡지를 펼쳐 보았다. 얽혀서 풀리지 않는 그의 가슴은 어떤 말로 표현해야 좋을지 알 수 없었다. 쓰려고 생각한 것은 대개 눈물이 되어 흘러 버렸다.

"기시모토 씨, 손님이에요."

이렇게 말하며 절에서 잡일하는 사내가 기시모토를 놀래킨 날은 묘하게도 하늘이 맑은 밤이었다. 사람을 그리워하던 참에, 게다가 해가 저물고 나서 찾아온 손님이 있다고 생각하니 이상하였다. 나가 보았다. 아오키였다. 방으로 안내했다. 갑자기 만나고 싶어서 찾아왔다고 했다. 밤 기운에 젖은 겉옷 자락을 약간 걷어올리고, 예의 없이 앉은 모습은 옷 따위는 상관없는 듯했고, 아주 표연(飄然)하게 보였다.

아오키는 기시모토 때문에 가슴이 아파서 온 듯했다. 두 번 다시 하치노헤행과 같은 이야기는 나오지 않았다. 오히려 그는 자신에 관한 이야기를 했다. 아내와 아이를 친정에 보내고 당분간은 따로 지내 볼 작정이라고 말을 꺼냈다.

"아무리 절약해도 우리 집은 매월 30원은 필요해. 그보다 적게 쓸 수가 없어"라고 말했다.

"집사람은, 하녀라도 두지 않으면, 있을 수 없다는 여자니까 말야."

이런 말까지 했다.

"무리도 아니야." 아오키는 무엇인가 생각난 듯이 탄식하며, 잠시 기시모토의 얼굴을 바라보고,

"뭐야, 그런 슬픈 뜻으로 헤어진 것은 아니야." 결국은 이렇게 말하며 웃었다.

갑자기 아오키가 귀를 기울였다.

"아, 누군가 나를 부르는 소리가 났어"
라면서 그는 두 손을 귀에 대고 약간 고개를 기울이더니, 잠시 후 큰 소리로 이런 노래를 부르기 시작했다.

"한 가지에 두 나비,
날개를 접고 쉬고 있구나.
이슬 무게에 밑을 내려다보고
풀은 생각에 잠기누나,

가을의 무정함에 몸을 책망하고
꽃은 수심에 색이 바랬네."

거칠고 마른 듯한 아오키의 눈은 처참한 빛을 띠었다. 적막한 본당으로 그의 목소리가 울려 퍼졌다.

"말없는 나비 두 마리가,
같이 일어나 춤추며 날아갔다.
뒤를 보니 들판은 적막하고,
앞을 보니 바람은 차갑구나,
지나간 봄은 꿈이련만,
방황하며 가는 곳은 어드메뇨.

같은 슬픔의 나비 두 마리,
무거워 보이는 네 날개.
나란히 날아도 차가워지는
가을이란 검의 두려움이여.
암수 모두 하늘거리며,
원래 왔던 곳으로 사라져 가네.

원래 한 가지를 다시 보금자리로,

잠시 쉬는 나비 두 마리.
저녁나절 알리는 종소리에,
놀라서 날아가는 나비 두 마리.
이번에는 동서로 헤어져서,
뒤돌아보면서 사라져 가네."[26]

이 노래는 기시모토가 고우즈에서 들은 것과는 다른, 새로 지은 나비 노래였다. 아오키의 새로운 작품이었다. 목소리는 애처로웠다. 기시모토는 이 친구와 함께 미칠 듯한 무서운 곳으로 빠져드는 듯한 느낌이 들었다.

"아오키 군." 기시모토가 말했다.

"나 같은 건 그렇게 오래 살 인간이 아닌 것 같아. 25살이 되면 아마 죽을 거야."

"자네는 곧장 그렇게 약해져 버려서 탈이야."

34

아오키는 바람처럼 왔다가 바람처럼 가 버렸다. 그는 기시모토의 방에서 하룻밤 머물고, 다음날 아침 문 앞의 밥집에서 아침밥을 먹고 그곳에서 친구와 헤어졌다.

"모리오카도 많이 약해진 것 같아."

이런 말을 남기고 가 버렸다.

가쓰코의 장래에 관해서 말할 수 있는 사람은 아무도 없었고, 또 벌써 운명이 정해진 사람이고 보면, 설령 어떻게 하려고 말해 보았자, 그렇게 될 리가 없었다. 그래도 하여간에 친구들 사이의 문젯거리로, 스게의 하코네와 마찬가지로, 끝없이 친구들의 골치였다. 오카미는 평소의 의협심 때문에 기시모토와 가쓰코 사이에 끼여들어 걱정했지만, 이것도 되는 대로 맡겨둘 수밖에 없다고 체념했다.

드디어 기시모토는 막다른 곳에 다다랐다. 첫째로 먹는 게 문제였다. 이렇게 초조해지기 시작했을 때는 벌써 11월 초였다. 이제 절에서 우물쭈물 할 수도 없게 되었다. 마침 3일에 가마쿠라를 떠나기로 하고, 문 앞에 있는 밥집에 계산하러 들렀다가 주인에게도 작별 인사를 했다. "이것도 무슨 인연이겠지요." 이런 말을 하면서, 주인은 누렇고 커다란 손을 잡고 작별을 아주 애석해 하는 듯했다. 점심에는 팥밥을 한 것이 있다며, 단출한 야채에 두부국으로, 여행중인 상인과 함께 기시모토는 22살 때 맞이하는 천장절[27]을 축하했다.

미래는 아주 어두웠다. 가쓰코가 죽을지도 모른다는 비애에 떨면서, 그날 오후 그는 도쿄를 향해서 떠났다. 몸과 마음 할 것 없이 그는 지금 싹트는 나뭇잎 같은 자신의 생기에 억

눌려서 가슴이 꽉 막힐 정도로 괴로웠다. 그는 이제 스스로를 제어할 수 없었다. 다만 두려운 힘에 의해 떼밀려 갔다.

이치카와는 야나카(谷中)에 있는 절에서 하숙하고 있었다. 우에노에 있는 도서관과 가까워서 편하기 때문이었다. 그는 고등학교에 다니고 있었다. 단고자카(團子坂)에서 열리는 국화 장식 인형이 나올 무렵이었다. 공원 쪽으로 어슬렁어슬렁 산책하다가 돌아와 보니 기시모토가 와 있었다. 매일 도시락을 가지고 책을 베끼러 다니는 노인도 슬슬 돌아갈 준비를 하고 나갔다. 저녁때부터 기시모토는 자신의 이야기를 시작했는데, 이치카와의 힘으로는 어쩔 도리가 없었다.

친구를 위로할 마음으로 이치카와는 자신의 이야기를 꺼냈다. 그의 말에 의하면 료코(凉子)가 한 번 이 절에 찾아왔었다고 말했다. 그녀가 인력거를 기다리게 해 놓고 이야기를 하기에 "괜찮으시면 머무셔도 좋습니다"라고 이치카와가 농담했을 때, 료코는 얼굴을 붉히면서

"아직 거기까지는 수양이 되지 않아서"라며 돌아갔다고 했다. 이 이야기를 들었을 때는 기시모토도 웃지 않을 수 없었다. 두 애인의 체면이 이 짧은 대화 속에 나타난다고 생각했다. 덴마초에서 온 편지를 둘 곳이 마땅치 않아서, 사쿠라모치(櫻餠)[28]를 넣었던 빈 상자에 넣어 매달아 두었더니, 어느 날 숙부님한테 들켰다는 일까지 이야기하며 머리를 감쌌다.

그날 밤 두 친구는 이불을 서로 끌어당기며 잤는데, 기카쿠 란세쓰(其角嵐雪)29)와 자신들을 비교하면서 웃었다. 기시모토는 몸에 열이 있다며 새벽녘까지 제대로 잠들지 못했다.

"기시모토에게는 정열이 있다"며 이치카와는 날이 새고 나서 웃었다.

"이렇게 흥분하니 손을 댈 수가 없군." 그의 눈이 사려 깊게 말하는 듯이 보였다.

35

스게는 고비키초에서 이케노하타에 있는 하숙으로 옮겼다. 기시모토는 그곳에도 찾아가서 하룻밤 신세를 졌다. 이치카와는 기시모토에게 엽서로 '자네는 너무 지나치게 성실하다'는 뜻의 영문을 보냈다. 스게도 역시 이치카와와 마찬가지로 기시모토 때문에 얼마나 걱정했는지 모르지만, 그렇다고 갑자기 뛰어든 친구를 어떻게 도와줄 수도 없었다. 그는 연장자인 만큼 '자 놀고 있게나' 라고 위로했다.

시간이 되어 스게는 고지마치에 있는 학교로 가르치러 갔다. 기시모토 혼자 하숙에 남았다. 저택이라고 할 만큼 넓은 정원에 둘러싸인 집, 한쪽 구석에 스게의 방이 있었다. 방의 배치도 알맞게 되어 있었다. 따로 하숙하는 사람 소리도 들리지 않았다. 창가에 스게의 책상이 놓여 있었고, 장지문이 열린 틈으로 시노바즈(不忍) 연못과 가까운 하늘도 보였다. 기시모토는 창가로 갔다. 기대 서서 앞일을 생각해 보려 했지만, 사랑하는 사람에 관한 일밖에는 아무것도 생각할 수 없었다.

기러기가 울면서 지붕 위를 지나갔다. 그 거친 울음 소리는 소름끼치게 기시모토의 머리 속에서 울렸다. '아—내 머리 속의 소리다.' 눈을 감으면서 그는 이런 생각을 해 보았다. 그래서 가만히 있기가 힘들었다.

기시모토는 훌쩍 스게의 하숙집을 나왔다. 오후 3시가 지나서였다. 철도 마차가 지날 무렵이어서, 우에노 히로코지(廣小路)에서 긴자(銀座)까지 타고 갔다. 어느 시계 상점 앞에서 멈춰 섰다. 그곳 주인은 기시모토의 얼굴을 잊지 않고 있었다. 기시모토가 소학교에 다닐 때, 덴킨(天金) 옆 마을에서 이 근처까지, 코를 흘리면서 자주 놀러다녔던 곳이다. 옛날에 안면이 있던 사람에게 호주머니에서 쇠줄로 된 시계를 꺼내며 얼마라도 좋으니까 교환해 달라고 말했을 때 주인은 약간 묘한 얼굴을 지었다. 안면이 있는 덕분에 3냥이라면 사겠다고 했다. 기시모토는 3냥이 아니라 2냥이라도 좋았다. 그는 안절부절하고 있었다. 그 자리에서 곧 거래가 성립되었지만, 주인 쪽에서는 별도로 이름을 쓰라고도 도장을 찍으라고도 하지 않았다.

이렇게 해서 기시모토는 돈을 조금 마련했다. 친구 집으로 돌아가고 싶지 않았다. 그는 잠시 긴자 거리에 서서, 회색빛을 띤 버드나무 가로수와 볼일이 있는 듯이 오가는 사람들, 축축한 습기에 싸인 거리의 모습을 바라보며, 숙부 가족과 함께 제삿날 나무나 금붕어를 사러 가던 그 옛날 일을 가슴에 떠올렸지만 마침내 뚜벅뚜벅 신바시 쪽으로 걷기 시작했다.

"하여간에 한 잔 마시자."

이렇게 분수에 맞지 않는 혼잣말을 했다. 이상한 전율이 그의 몸을 따라서 흘러 내렸다. 술 냄새라도 맡지 않으면 견딜 수 없을 듯한 괴로운 마음은 자신조차 놀랄 일이었다. 그러나 그는 자기 자신을 억누를 수 없었다. 그래서 두리번거리면서 먹고 마실 곳을 찾았다. 신바시 근처까지 가자, 그곳에 고깃집이 있었다.

36

고기와 기름이 끓는 강한 냄새는 금세 기시모토의 코를

자극했다. 2층에는 여러 종류의 손님이 있었다. 혼자서 홀짝홀짝 마시는 직공 같아 보이는 사내도 있었고 기시모토와 같은 또래로 세 사람 정도의 서생 무리도 있었다. 여기저기서 나는 김과 연기, 손님들 이야기 소리와 먹는 소리, 그 사이에 섞인 종업원의 웃음 소리 이렇게 북적북적대는 광경 속에서 기시모토는 구석에 자리를 잡았다. 고기 냄비가 마련되었다. 얼마 뒤 지글지글 끓는 소리가 났다. 파도 연하고 맛있게 익었다. 그 냄새를 맡자, 울고 싶은 마음이 되어서 가슴이 미어져 왔다. 일부러 먹으러 왔건만 마음이 내키지 않았다. 술도 알맞게 데워져 있었지만 입맛 탓인지 맛이 없었다. 그 뜨겁고 쓴 것을 억지로 입에 처넣고 얼굴을 찡그리면서 꿀꺽 마셨다. 요즈음은 서너 잔만 마셔도 금방 얼굴이 붉어지는 그였는데, 그날만은 붉어지지 않았다. 마셔도 마셔도 취하지 않았다. 결국은 몸이 부들부들 떨렸다.

등불이 켜질 무렵 기시모토는 2층에서 내려왔다. 그러나 몸의 떨림은 멈춰지지 않았다. 학질을 앓는 사람처럼 스스로도 그것을 어찌할 수가 없었다. 그때 길에서 계속 다투는 사람들이 있었다. 기시모토와 함께 먹고 마시던 서생 패거리 세 명이었다. 모두 비틀거리는 발걸음으로 간다, 안 간다 하고 있었는데, 그중 두 사람은 물욕에 굶주린 짐승 같은 표정을 지으면서 억지로 한 사내를 끌고 가려고 했다. 완력으로 친분을 강요당하는 사내는 위험에서 빠져나가려고 발버둥치며 소란을 피웠다.

불쌍한 포로가 끌려가는 쪽으로 기시모토도 걸었다. 저녁 나절의 하늘이 거무칙칙하게 바뀌었다. 그는 자신의 삶도 마찬가지로 어두컴컴하게 변해 가는 것을 느꼈다. 이렇게 무서운 힘으로 인해 거칠고 황폐해져 버릴 것만 같은 느낌이 들었다. 걷다가 문득 소맷자락을 뒤지자 가쓰코의 편지와 사진이 있었다. 무슨 생각에선지 기시모토는 그것을 찢어 버렸다. 마치 인정 없는 소녀가 가슴에 안고, 잘 만큼 소중히 여기던 인형의 머리카락을 잡아 뽑기도 하고 옷을 찢고 손발을 비틀고 결국은 진흙 속에 던져 버리는 것처럼, 왜 그런 짓을 하는지 자신도 알 수 없었다.

세찬 바람이 불어왔다. 그는 그 바람이 시나가와(品川) 바다 쪽에서 불어오는 것을 알았다. 이윽고 오래된 연극의 배경을 보는 듯한 풍경이 그의 눈앞에 펼쳐졌다. 어둡고 음울하고 감옥 같은 공기가 도시 안에 넘치고, 그것이 축제 같은 색채로 억지로 화려하게 보였다. 처마 밑에 내려진 발그림자에는 한 사람씩 사내가 서서 손짓과 인사와 천한 말로 담배를 권하는 여자가 있다는 표시를 했다.[30]

그 밖에 안내를 영업으로 하는 집도 있었다. 해학과 웃음을 가장한 듯한 사람들이 초저녁 어둠에 섞여 오가고 있었다.

37

 이 낮과 밤이 바뀐 듯한 곳을 떠나서 시나가와 정류장 근처에서 아침밥을 먹었을 때 기시모토는 조금 제정신으로 돌아왔다. 그가 처음 만난 사람은 나이가 27, 8세가 되는 살결이 바래고, 광대뼈가 튀어나온 여자로 아무리 얼굴을 치장해도 못생긴 바탕을 감출 수가 없었지만, 다만 세상살이의 경험을 쌓아서 함부로 몸을 팔 것 같지 않아 보이는 사람이었다. 밥을 먹으면서 기시모토는 그 사람에 관한 일을 생각해 보았지만, 이제는 상대할 손님도 없어진 쓸쓸하게 타락한 여자의 모습이 그의 눈에 떠올랐다. 그는 하룻밤의 바보스러운 행동을 되돌아보며 애써 평온함을 유지하려고 했지만, 스스로 자신을 비웃지 않을 수 없었다. 그는 자신 또한 부끄러워해야만 하는 인간 중에 하나라는 것을 느꼈다.

 이상한 결심은 얼마 뒤에 기시모토를 이발소로 이끌었다. 그곳은 외따로 떨어진 더러운 가게였다. 이른 아침이라서 다른 손님은 보이지 않았다.

 "손님, 깎으실 겁니까?"

 라고 이발소 주인이 흰 보자기를 꺼내면서 말했다.

 "글쎄요." 기시모토는 머리를 긁적였다. "한 번 말끔하게 밀어 주시겠습니까." 식전부터 이상한 손님이 왔다는 듯한 표정을 지으며, 주인은 잠시 기시모토의 모습을 바라보더니 "머리 상태가 좋지 않은 것 같군." 이렇게 입 속으로 중얼거리면서 숫돌에 면도칼을 갈기 시작했다.

기시모토는 머리를 길게 해서, 아다치나 스게처럼 가리마를 타고 있었다. 이것은 세 사람 모두 같은 학교에 있을 때부터의 모습이었다. 말하자면 동창생의 유품이었다. 다만 사람들이 보통 왼쪽 가리마를 타는 것을 기시모토는 오른쪽 가리마를 탔다. 그 거칠고 건강한 머리카락도 이제는 쓸모없다는 듯이 한쪽부터 깎여 떨어졌다. 흰 보자기 위로도 떨어졌다. 단단한 돌배와 같은 머리 모습이 점차 모습을 드러냈다.

귀엽긴 하지만 아주 비린내나는 풋내기 중이 드디어 그곳에 모습을 드러냈다. 파랗게 깎인 머리를 커다란 거울에 비추어 보며, 기시모토는 스스로 자신의 그림자에 빙그레 웃음 지었다. 그는 스스로가 그렇게 어울리지 않는다고는 생각하지 않았다.

"머리는 됐다. 이제는 복장이야."

이렇게 중얼거리면서 기시모토는 이발소를 나왔다. 그의 주머니에는 시계를 판 돈 이외에, 아직 얼마간의 돈이 있었다. 가마쿠라까지 기차를 타도, 1엔 정도 남을 계산이었다. 그래서 예전에 있던 절을 향해 시나가와를 출발했다. 날씨는 쾌청했고 구름도 없었다.

38

"야, 기시모토 씨, 아주 말끔해지셨군요."

기시모토가 퍼런 까까중 머리로 찾아온 사실은 주지를 대단히 놀라게 했다.

그곳은 기시모토가 두 번이나 신세를 진 가마쿠라에 있는 절이었다. 부엌 가까이 있는 난로를 피운 방의 낡은 선반에는 차와 술 도구가 함께 놓여 있었다. 주지는 중년 때부터 승려에 입적한 사람으로 원래는 조닌(町人) 출신이라서 그런지 아주 겸손했다. 말투도 정중한 사람이었다.

"이런, 무슨 일이 있었던 것은 아닐까?" 하는 표정을 지으면서, 주지는 차를 내놓았다. 기시모토는 말하기 어려운 듯 우물쭈물하다가, 실은 결심한 바가 있어서 법의(法衣)를 부탁하러 왔다는 뜬구름 잡는 식의 말을 열심히 털어놓기 시작했다.

"그것은 곤란하네." 주지는 기시모토의 마음을 헤아리지 못하고 있었다.

"이렇게, 절에 있으면, 그렇지만, 안타깝게도 마련된 것도 없고—"
라며, "기시모토 씨는 십덕(十德)[31]이 어울릴지도 모르겠습니다만."

이런 상태로는 결말이 나지 않았다. 주지는 정해진 법의를 구할 수 없는 것은 아니다, 다만 그러기 위해서는 제자로 입문하지 않으면 안 된다, 시간이 필요하다고 말했다. 그처럼 지치고 귀찮은 일을 기시모토로서는 할 수 없었다. 드디어 그는 주머니에서 지갑을 꺼내어 주지 앞에 내놓았다. 그는 몸에 지닌 것을 전부 버릴 수도 있다는 결심을 보여 주었다. 주지가 지금 입고 있는 보통 법의라도 좋다고 말했다. 이런 결심이 주지의 마음을 움직였다. 그때까지 주지는 자신의 직분을 잊고 기시모토의 얼굴만 이상한 듯이 바라보고 있었는데, 갑자기 이 미쳐 버린 듯한 청년을 비웃을 수 없게 되었다. 갑자기 주지는 눈물을 보였다. 그리고 무엇인가 생각난 듯한 표정을 지었다.

"도움이 되신다면."

이렇게 말하면서 시원스레 자신이 입고 있는 것을 벗어 주었다. 기시모토가 주지로부터 받은 것은 정식 법의보다 약간 짧은 것으로 검게 물들였고 보랏빛 띠가 붙어 있었다. 말하자면 선승(禪僧)의 승려가 입는 겉옷이었다. 외출복이라고 말할 만한 것이었다. 이런 약식의 옷으로 기시모토의 목적을 달성할 수 있을지 어떨지가 의문이었다. 그러나 그는 그런 일에 개의치 않았다.

11시쯤 기시모토는 절을 떠났다. 진짜 방랑, 진짜 떠돌이 생활은 이제부터라는 표정으로, 그는 오히려 덩실거리며 나갔다. 참으로 이상한 모습이었다. 위쪽은 승려 같았다. 그러나 법의와 비슷하면서도 법의가 아닌 것을 입고 있었다. 아래쪽은 완전히 보통 여행자였다. 게다가 삿갓조차도 준비하지 않았다. 어디를 보아도 격식에 맞지 않았다. 뿐만 아니라 그는 이제 한푼도 없었다.

39

어디로 갈지는 기시모토 자신도 알 수 없었지만, 발길 닿는 대로 정처 없이 걸었다. 오로지 걸었다. 그의 발은 가마쿠라에서 서쪽을 향했으므로, 도카이도(東海道)를 내려가고 있다는 사실만은 자신도 알고 있었다. 수확할 무렵이라서 잘 익은 곡식이 길 양쪽에서 물결치고 있었다. 농부는 햇빛을 받으면서 일에 열중하고 있었다. 그중에는 허리를 펴고 땀을 닦으면서 기시모토가 지나가는 것을 바라보는 사람도 있었다. 기시모토는 점점 배가 고파 옴을 느꼈다. 우연히 어느 마을에 닿아 농가 앞을 지날 때, 붓꽃이 누래진 초가 지붕 아래서 오십 정도의 할멈이 나왔다. 앞마당에는 말리려고 펴 놓은 콩 따위가 널려 있었다. 그 할멈은 기시모토의 모습을 보자, 젊은 탁발승이라고 생각했는지 합장을 하고 무엇인가 염불이라도 외우는 듯했다. 무의식중에 기시모토는 미소를 띠었다. 합장을 할 정도라면 밥 한 그릇이라도 공양받고 싶다. 이렇게 생각할 정도로 그는 굶주렸다.

저녁나절이 가까워질 때까지 기시모토는 먹지 못하고 계속 걸었다. 얼마 뒤에 소나무가 많은 작은 산을 넘어서 인가가 있는 곳으로 나왔다. 절이 있었고 저녁밥 짓는 연기도 보였다. 벌써 너무 지쳐서 걸을 수가 없었다. 그래서 하룻밤을 부탁할 생각으로 절 주지를 만나기를 원하자, 문설주 있는 곳에 나와서 맞이한 사람은 사십 정도가 되는 얼굴빛이 까맣고 표정이 험악한 스님이었다. 스님은 곧장 기시모토가 어딘지 미심쩍다는 것을 알아차렸다. 설마 너구리라고 생각하지는 않겠지만, 하여간에 이상한 녀석이 왔다는 얼굴로, 출가하려면 출가한 사람답게 하고 와라, 이런 요상한 모습을 한 녀석은 절에 재워 줄 수가 없다고 거절했다.

"빨리 꺼져, 거지 녀석아"라고 스님의 눈이 말했다. 기시모토는 아직 구걸해 본 경험이 없어서, 사람의 동정을 끄는 말투도 몰랐고 그만큼의 인내심도 없었다. 그래서 그는 갑자기 화가 났다. 곤란한 사람을 도와주는 것은 출가한 사람들이 할 일이 아닌가. 싫은 것을 억지로 재워 달라고는 하지 않겠다며 "아 그러십니까." 하는 식으로 뭔가 중얼거리면서 그

절을 나가려고 했다.

"잠깐만요."

이렇게 기시모토를 불러 세운 것은 짚신을 신은 절에서 잡일을 하는 할아범이었다.

할아범은 정원 입구에서 목소리를 죽이며

"어느 곳에 사시는 분인지 모르겠지만, 아마 어려우시겠지요. 이것을 가지고 가세요. 자 주먹밥을 드리겠어요"

커다란 주먹밥 세 개에 단무지를 두 조각 곁들여서 기시모토의 수건에 싸 주었다.

기시모토 눈에서 눈물이 뚝뚝 떨어졌다. 인사를 하고 그곳을 나왔을 때는 벌써 어두워졌다. 이렇게 해서 겨우 그날의 양식을 얻고 주먹밥을 먹으면서 걸었다. 막 깎은 까까중 머리가 차가운 밤이슬에 젖었다. 그날 밤은 딱히 어느 곳에 머물 만한 목적지도 없었다.

40

"쉬고 가시구려."

어둠 속에서 종종걸음으로 다가와 이렇게 말을 거는 사람이 있었다. 목소리는 할멈이었다. 별빛으로 기시모토 쪽을 바라보며 숙박료는 7전인데 자지 않겠느냐고 계속 권했다. 우연히도 기시모토의 왼쪽 소맷자락에서 10전짜리 은화가 한 개 나왔다. 이 정도라면 하룻밤 재워 주고, 목욕물을 데워 주고, 아침밥까지 지어 준다고 했다. 기시모토는 그런 약속에 이끌려 들어갔다.

화로에는 불이 피워져 있었다. 없다고만 생각하던 돈이— 그래도 10전이라도 나온 덕택으로 뜻밖에 기시모토는 싸구려 여인숙에 머물 수 있었다. 수건에 달라붙은 밥알을 더러운 목욕탕에서 씻어내고, 겨우 하루의 피로를 잊을 즈음, 이미 완전히 지쳐 있었다. 그는 내일의 일 같은 건 생각할 수도 없었다. 천장이 낮은 2층, 낡은 신문으로 붙인 벽, 가느다란 칸델라 불빛, 그리고 몇 사람인가 가난한 여행자가 그 위에 누워 잤음직한 느낌이 드는 차갑고, 때가 묻은 나무토막 냄새—어쨌든 하룻밤을 남의 처마 밑에서 떨면서 보내는 것에 비하면, 그다지 고생은 아니었다. 방에는 따로 손님이 없었다. 그는 먼저 잠자리에 누워서 큰 대자로 몸을 젖혔다. "아, 지쳤다"라고 마음속으로 지친 듯 내뱉는 소리가 무의식 중에 터져 나왔다. 이상하게도 이런 말이라도 하고 나니, 어느 정도 마음이 편안해졌다. 얇은 이불이 한 장밖에 없었다. 그는 그 속으로 파고들어 이불 하나로 덮고 깔고 잤다.

다음날 아침 기시모토는 바쁜 듯이 그 여관을 나왔다. 그리고 전날과 같은 방향으로 걸어갔다. 눈앞에는 여러 가지 풍경이 펼쳐졌지만, 이렇다 할 정도로 마음을 끄는 것은 적었다. 그는 지금까지 몇십 리를 걸었는지, 지금 어디를 걷고 있는지도 몰랐다. 그 상태로 터벅터벅 걸어가는 동안 점심때가 되었다. 먹을 것이 없었다. 벌써 부모형제는 물론이고 친구와도 멀리 떨어졌다. 간혹 도중에서 만나는 사람은 모두 모르는 사람뿐이었다. 결국은 걷다가 지쳐서 자신의 몸을 길가 땅 위에 내던졌다.

엷은 해가 서리로 말라 버린 풀 위로 비쳤다. 기시모토 눈에 비치는 것은 지금, 그 움직이는 빛뿐이었다. 멍청히 바라보았다. 그의 머리속도 약간 밝아져 왔다. 물씬 흙내음을 맡으면서 그는 자신의 주위를 바라다보았다. 다만 혼자서—이렇게 되니 쓸쓸함을 넘어서서 조용해져 버렸다. 이제 아무것도 없다고 해도 좋았다. 단지 엷은 햇빛과 전율하는 자신뿐이었다—이렇게 기시모토는 힘없이 바라보고 있었다. 잠시라도 쉬지 않으면 안 되었지만 쉬고 있을 수만은 없었다. 해가 한정되어 있었다. 기시모토는 다시 기계처럼 걷기 시작했다.

41

 계속 개가 짖어댔다. 길에는 괭이를 어깨에 메고 귀가하는 농부가 있었다. 벼를 지고 오는 사람도 있었다. 기시모토는 서둘러서 인가가 있는 곳을 지나치려고 했다. 이상한 녀석이 지나친다는 듯 개가 짖으며 쫓아왔다. 평소와는 달리 단지 개 짖는 소리라고 생각할 수 없을 정도로, 기시모토의 귀에는 두렵게 들렸다. 그쪽에서 도망치려고 하면 할수록 더욱 심하게 와서 짖어댔다. 결국은 서너 마리가 함께 이를 드러내며 당장이라도 뒤에서 달려들 것 같은 기세를 보였다.
 "개새끼."
 기시모토는 화를 냈다. 그는 슬픈 표정을 지으며 돌을 주워서 던졌다.
 개 짖는 소리가 멀어져서 이제 들리지 않게 되었을 때 그는 어떤 언덕을 내려갔다. 갑자기 파도 소리가 쓸쓸하게 들려왔다. 그것을 듣고 그는 해안과 가까운 곳으로 나왔다는 것을 알았다. 언덕을 내려가서 다음 마을로 들어가는 곳에 다리가 있었다. 그 다리 위에 섰을 무렵 누렇게 빛나는 서쪽 하늘이 그의 눈에 비쳤다. 고통과 굶주림과 피로에 지친 여행의 하루는 점점 저물어 갔다. 그는 아침밥 이후로 물 한 모금 마시지 않았다. 마을 변두리 집들에서 피어오르는 연기,

저녁나절을 서두르는 사람들의 얼굴, 이 모두가 그의 눈에는 하나가 되어서 흔들흔들 움직였다. 다리 밑에선 소리 없이 물이 흐르고 있었다. 난간 위에서 내려다보니, 갑자기 현기증이 나서 그 물 속으로 굴러떨어질 듯한 느낌이 들었다. 이렇게 물을 보자 참으로 뜻밖의 생각이 가슴에 떠올랐다.

몇 번이나 기시모토는 다리 위를 오갔다. 마지막으로 마을 쪽으로 반 정(町)32) 정도 걸어갔다가 서둘러서 그곳에서 되돌아왔다. 그의 발은 파도 소리가 나는 쪽을 향했다. 다리 옆 대숲 같은 곳을 지나서 나지막한 모래산이 있는 곳으로 나오자, 한 줄기 좁은 길이 마른 풀 속에 있었다. 해변길이었다. 길을 더듬어 바다 쪽으로 가기 전에 그는 먼저 주위를 둘러보았다. 오른편에 묘지가 있었다. 꽃 등이 놓인 새로운 묘지도 있었다. 죽은 사람에게 바친 물도 있었다. 그는 그 그릇을 집어서 마른 목을 축였다. 그리고 오래된 석탑이 무너진 것을 발견하고 그 위에 앉아서 생각했다.

"모든 것이 끝이다."

이렇게 생각하고 일어났을 무렵엔 벌써 바다도 저물어 가고 있었다. 망망하게 그의 눈앞에 펼쳐진 모습은 영원히 위대한 자연의 그림도 아니고, 신비한 힘이 깃들인 음악도 아니었다. 바다는 다만 그의 묘지였다. 차갑고, 무의미한 묘지였다. 불행한 여행자는 지금, 스스로 자신의 희망과 사랑, 그리고 자신의 젊은 생명을 파묻으려고 묘지 쪽으로 걸어가는 것이었다. 드디어 그는 묘지 앞에 정면으로 섰다. 어두운 파도가 무서운 힘으로 그에게 밀려왔다.

42

"이 세상에는 내가 모르는 것이 많다—지금 여기서 죽으면 시시하다."

이렇게 기시모토는 생각을 고쳐 먹었다. 그는 파도가 닿는 곳에 멈춰 서서 그곳에서 다시 인가 쪽으로 되짚어갔다. 우연하게도 기시모토가 지금 걷고 있는 곳은 마에카와(前川)의 옆 마을이었다. 아니 구역이 다를 뿐이지 같은 마을의 연속이라고 해도 좋을 정도로 가까운 곳에 와 있었다. 이런 말을 마을의 어부한테 들었을 때 기시모토는 뛰며 기뻐했다. 그러고 보니 그가 물에 빠지려고 했던 곳은 고우즈와 가까운 사가미(相模) 만의 해안으로, 전에 한 번 아오키와 함께 수영했던 곳과는 1km도 떨어지지 않았다.

그날 저녁 아오키는 근처 마을에 있었다. 부인이 달려와서 "사이쿄(西行) 씨가 오셨으니까 빨리 오세요"

라고 말하고 부인이 돌아갔을 때 아오키는 참으로 이상하게 생각했다. 설마 기시모토가 중이 되어서 이처럼 가까운 곳까지 헤매다니고, 더욱이 물에 빠져 죽으려다 그만두었으리라고는 생각지도 못했기에, 누가 찾아왔지? 라고 생각하면서 서둘러 절로 돌아왔다. 그는 먼저 무척 변한 친구의 모습에 놀랐다.

"응, 자네였군."

무심코 아오키는 말했다.

"사이교 씨가 왔다고 해서 누군가 했지."

방랑에 대한 생각은 아오키의 가슴속에도 끝없이 있었다. 그것을 아오키는 입버릇처럼 '사이교적, 사이교적'이라고 아내에게 들려주었다. 그래서 엉뚱한 곳에서 미사오가 '사이교 씨'라고 한 것이다.

절에서 목욕물이 마련되었다고 해서 아오키는 기시모토와 함께 광 뒤쪽으로 목욕하러 갔다. 잠시 후에 저녁 식사 준비가 되었다. 예전과 마찬가지로 창가에 앉아서 아오키는 자신도 먹고 지친 친구에게도 권했다.

"기시모토 군한테도 놀랐어"라고 아오키는 부인 쪽을 보며 말했다.

"묘지의 물을 마시다니."

미사오도 시중들다가 이 말을 듣고 놀랐다. "주먹밥을 주었다는 곳은 어디 절인가?" 아오키가 물었다.

"글쎄." 기시모토는 머리를 긁적이며 "어디였을까? 아무리 생각해도 잘 기억이 나지 않아."

"어느 절일까? 한 번 그 할아범을 찾아가서 인사를 하고 싶군."

"그렇지? 미사오."라고 아오키는 반은 농담으로

"같은 스님이라지만 기시모토 군은 다르군, 왠지 달라, 고승(高僧)이라고 해야 될 것 같은 풍채잖아?"

기시모토는 쓸쓸한 표정을 지었다. '무슨 말이든지 해봐라'라고 그의 눈이 말했다. 무엇보다도 이와 같은 바보스런 농담을 듣고 놀림을 당해도 그는 한마디도 할 수 없는 위치에 있었다. 그는 다만 '우후후후' 하고 웃음으로 넘기고 있었다.

"그러나." 하고 아오키는 진실한 표정을 지으며 말했다. "자네는 몸이 좋으니까. 몸이라도 약해 보게나, 어떻게 그런 결심을 할 수 있겠나"라며 기분을 바꾸어서 "아무래도 한번 부수고 나온 곳은 다시 부수고 나오는 것이야—결국 부수고 부수며 나가는 것이 중요해." 이렇게 그는 젊은 친구를 격려했다.

벌써 밀감이 익어갈 무렵이었다. 미사오는 아이를 재워놓고 마을까지 밀감을 사러 나갔는데, 얼마 뒤에 무거운 바구니를 안고 돌아왔다. "자, 기시모토 씨, 드세요. 전에 스게

씨와 함께 오셨을 때는 아직 파랬지요. 벌써 이렇게 노랗게 익었어요."

이렇게 말하면서 미사오는 맛있게 익은 것을 골라서 손님에게도 권하고 남편에게도 권했다. 기시모토는 신선한 과일 향기를 맡았다. 그리고 그날 저녁까지의 일을 생각하고, 용케도 친구 부부의 얼굴을 볼 수 있게 되었다고 생각했다.

43

"당신 정말로 남의 일이 아니에요"라고 미사오는 창으로 얼굴을 내밀고 아침 산책에서 돌아온 남편을 맞이했다. "기시모토 씨처럼 되면 어떻게 해요."

"내가 그런 엉뚱한 흉내를 내겠어?" 이렇게 아오키는 창 아래 서서 대답했다.

기시모토는 아직 자고 있었다. 아오키는 창틀에 손을 걸치고 정원에서 방안을 들여다보았다. 안쪽 어두운 벽 쪽에 이불이 깔려 있었고, 위를 보며 자는 친구의 까까중 머리가 약간 빛나 보였다. 기시모토는 아직 날이 샌 것도 모르는 듯했다.

"야, 잘도 자네"라고 아오키는 미소지으며 말했다. "상당히 지치신 거예요"라고 미사오도 웃었다.

"그렇게 그냥 자게 두는 것이 좋아. 이틀 동안이나 제대로 먹지 못하고 걸은 사람이니까."

그때 쓰루코의 울음 소리가 들렸다. 쾌활하고 명랑한 아내의 웃음 소리는 창가에서 사라졌다.

아오키가 처자식을 처가에 맡기고 당분간 따로따로 살아 보려는 계획은 수포로 돌아갔다. 앞서에 밝히진 않았지만, 사이교처럼 방랑 생활을 지내 보고 싶다는 것도 이 부부가 별거하는 계획도, 결국은 같은 곳에서 나온 고민이었고, 그것이 미사오에게는 그다지 달갑게 들리지 않았다. 왜 그렇게 생각하는 것일까? 왜 그리 재미가 없는 것일까? 왜 이대로 가정생활을 즐기려는 마음이 들지 않는 것일까? 이렇게 미사오는 생각하고 있었다. 그녀의 말에 따르면 좋은 시절이 올 때까지 고생한다고 생각하면 지장이 없는 이야기이고, 먹여 살릴 수 없다면 같이 일하자(실제로 미사오는 근처 아이들을 모아 놓고 절의 본당에서 재봉과 습자를 가르치고 있었다). 그녀는 이처럼 여자다운 생각을 하며 그래도 남편만큼 괴롭지는 않을 거라고 생각하고 있었다. 부부의 정이 문제였다. 이를테면 잠시라도 헤어지자는 이야기가 시작되면 바로 헤어지기 곤란한 문제가 생긴다. 아오키는 가정에 속박된 자신을 비웃으면서도 한층 더 아내를 사랑하게 되었다.

기시모토가 왔을 무렵, 아오키는 고지마치에 있는 학교에서 가르치는 일과, 어느 미국 선교사를 위해 종교 사업을 도와주는 일 때문에 작품 쓰는 일은 잠시 중단하고 있었다. 스야마가 하는 회사에서 부탁받은 서양 문호의 전기를 3분의 2 정도 쓰다가 그만두었다. 앞서 나왔던 희곡도 그대로 둔 채였다. 무엇인가 쓰려고 하면 머리가 아팠다. 몸의 피로와 쇠약함을 느끼는 것도 한층 심해졌다. 그래서 미사오의 권유를 받아들여 당분간 조용히 요양하려고 마음을 쓰고 있는 참이었다.

날씨는 좋았다. 그 해 가을은 아주 따뜻했다. 절 주위는 어디를 가도 해가 잘 비치는 경사가 있었다. 골짜기 곳곳에서 늦가을 향기가 가득 넘쳐흐르고 있었다. 밭은 오히려 정원이라고 해도 좋을 정도로, 산책하기에 알맞은 좁은 길이 몇 갈래나 그 사이에 만들어져 있었다. 아오키가 가장 마음에 들어한 곳은 밀감밭으로, 깊은 느낌이 드는 나무 그늘에 노랗게 익은 과일이 늘어져 있는 것을 보면 그 빛깔이 눈에 들어오고, 언제까지나 마음에 남아서 왠지 우울함을 잊게 해 주었다. 아오키는 잠시나마 평생 몇 번 경험할 수 없을 듯한 즐겁고 산뜻한 날을 보냈다. 그런 참에 기시모토가 아주 달라진 모습으로 도착했다. 감수성이 매우 예민한 아오키는 무심히 친구의 얼굴을 바라볼 수가 없었다.

44

 뱃길 여행에서 멀미를 한 사람은 육지에 올라온 뒤에도 계속 몸이 흔들흔들거린다—아오키 집에서 눈을 뜬 기시모토가 마치 그런 상태였다. 지친 친구를 위로하기 위해 아오키는 그날을 함께 보내려고 생각했다. 그는 기시모토를 고우즈 마을 변두리로 데리고 가서 그곳에 살고 있는 지기(知己) 한 사람을 방문했다. 이 사람은 도쿄의 사립 학교에서 정치학을 배우고 나서 고향에 내려온 남자로, 지금은 상당히 큰 저택의 주인이었다. 스스로 싸우려는 새로운 시대의 청년을 바라보면서 자신은 아무것도 하지 않는다라고 말하는 듯한 사람으로, 굵고 우람하며 힘줄이 나온 팔을 가슴 위로 공허하게 팔짱낀 모습은 이 남자와 잘 어울렸다.

 그날 기시모토는 법의를 벗었으나 차림만은 평소와 마찬가지 모습이었다. 머리카락이 한 올도 없어 왠지 위 아래의 조화가 맞지 않았다. 그는 하나의 두통거리이거나 흥을 돋우는 사람처럼 보였다.

 "이 사람은 제 친구입니다"라며 아오키는 기시모토를 소개했는데,

 "안친(安珍)과 기요히메(淸姬)[33]가 바뀐 것 같은 사람입니다"

라고 덧붙였다. 이 농담에는 기시모토도 질린 듯이, 쓴웃음을 지으며 머리를 긁적였다. 그런가 하면 다른 사람이 없을 때 아오키는 기시모토의 얼굴을 바라보면서

"정직하게 말하자면 자네는 약간 함부로 나가는 편이었지—자네처럼 지나치게 빠져 버리면 자유롭지 못해"라고 염려했다. 차가운 사람이라든가 뜨거운 사람이라든가 하는 말이 아오키의 입에서는 번갈아 나왔다.

세 사람은 나란히 바다 쪽으로 걸어갔다. 저택의 선생이 한턱 낸다고 하니 두 사람은 함께 배에서 놀았다. 특히 아오키는 자기 하고 싶은 대로 하겠다는 듯이 하늘을 보며 배 안에서 뒹굴었다. 맨얼굴이면서도 취한 것 같았다. 과도한 상심과 격앙으로 그의 신경은 벌써 상당히 지쳐 있었다. 걸핏하면 그는 노 끝과 뱃머리를 잡고 어지러운 듯한 표정을 보였다.

저녁나절 바다가 보이는 여관 2층으로 갔다. 그곳은 요릿집을 겸하는 곳으로 난간 옆은 푸른 소나무 사이로 망망한 노을빛을 바라볼 수 있었다. 차차 오시마(大島)도 사라졌다. 술이 시작되고 나서 아오키는 아주 정색을 하고 침통강개한 말투로 옛 습관과 형식에 속박된 많은 사상을 공격하기 시작했다. 그는 당시의 가짜 애국자, 자기 자신도 알지 못하는 낙천가, 다른 세상의 관념을 잘 모르는 종교가, 그리고 덧

없는 세상의 영웅 따위를 꼽으면서, 장엄한 위용을 갖춘 인간이 하는 일도, 대개는 불쌍하고 슬픈 장난에 지나지 않는다고 탄식했다. 아오키의 말에 따르면 지금의 조국은 청년의 묘지일 뿐이다. 아무런 새로운 생명을 인정할 수도 없다. 아무런 창의도 없다. 다만 천박한 태평가가 들릴 뿐이다.

파괴! 파괴! 파괴해 보면, 혹시 새로운 것이 태어날지도 모른다. 오늘날까지의 자신의 고투는 모두 그 정신에서 나온 노력에 지나지 않는다. 이렇게 아오키는 말을 꺼냈다. 이상하게도 기시모토의 귀는 약간 열리기 시작했다. 그는 자신을 잊고 친구 이야기에 귀를 기울였다. 그날 저녁만큼 아오키가 정색하며 말하는 것을 기시모토는 본 적이 없었던 듯했다. 기시모토는 오히려 약간 기분이 나쁠 정도였다.

45

다음날은 아오키가 도쿄로 가는 날이었다. 기시모토는 친구가 내면적으로 괴로워하는 것을 알고 있었기에 너무 길게 신세지려고는 하지 않았다. 앞으로의 방향을 결정하고 싶다, 그리고 하루 빨리 친구 집을 떠나고 싶다고 그는 생각했다.

"미사오, 기시모토 군을 잠시 우리 집에 있게 할까? 어때,

당신 생각은?"

"네, 좋아요."

아오키 부부는 기시모토를 앞에 두고 이런 말을 주고받았다. 괴로운 중에도 이렇게 말해 주니, 기시모토는 기뻤다.

"잠깐 나에게 생각할 시간을 줘." 이렇게 기시모토가 말했다.

"그럼 천천히 생각해 봐"라고 아오키는 위로하는 듯한 말투로 말했다.

시간이 되었다. 미사오는 남편을 위해 윗저고리와 바지를 꺼냈다. 귀가 울려서 힘들다라든가, 목덜미에 움푹한 곳이 아프다든가, 아오키가 자주 이런 증세를 호소해서 미사오는 남편의 건강에 신경 쓰고 있었다. 그렇다고 해서 지금 여기서 남편이 쉬면 자신이 어떻게 할 수도 있는 처지도 아니었다. 미사오가 근처 아이들을 가르치는 정도로는 아무리 고생을 한다 해도 뻔한 것이었다. 싫든 좋든 아오키가 일하지 않으면 안 되었다.

보통 때처럼 아무렇지도 않게 아오키는 바지를 입으면서

"언제라도 내가 사이쿄처럼 떠나도 좋다는 것만은 아내에게 허락받아 두었다네"라고 기시모토 쪽을 보면서 말했다.

그때 미사오는 "또 사이쿄 이야기가 시작됐다"라는 식의 표정을 지었다.

"여보, 다녀오세요."

라고 미사오는 아이를 안아 보이면서 잠시 동안 출근하는 남편을 배웅하면서 창가에 서 있었다. "여보 스키야초(數寄屋町)에 들르실 거예요?"

이렇게 불러 세우고 물었다. 모토스키야초에는 아오키의 친가가 있었다. 아담한 상점을 내서 붓과 먹 같은 걸 팔고 있었다. 그 상점은 아오키 어머니가 혼자서 꾸려가고 있었다.

"글쎄, 도쿄에 가 보고 나서 결정할 일이야."

이렇게 대답하고 아오키는 고우즈 정거장을 향해서 서둘렀다.

미사오는 잠시 창에 기대었다. 아무래도 남편 모습이 이상하다고 그녀는 생각했다. 어째서 저렇게 좋아하는 일을 할 수 없는 것일까? 미사오로서는 이해할 수가 없었다. 지쳤다, 지쳤다며 아무것도 할 마음이 없는 것같이 보이다가도, 친구를 상대로 이야기하는 것을 보면 아주 건강해 보였다. 남편의 병은 눈에 보이지 않는 병이었다. 전혀 병세를 알 수 없었다. 이렇게 생각하고는 한숨을 쉬었다.

30분 정도 지나자 상행 열차가 마에카와 마을을 지나갔다. 미사오는 남편을 대신해서 기시모토를 위로하려고 했다. 그녀는 남편의 옛 이야기를 했다. 그리고 무엇인가 생각난 듯한 표정을 지었다.

"참으로 기시모토 씨는 그이와 닮으셨어요."

"그러세요. 아오키 군에게도 저 같은 때가 있었나요?"

기시모토는 자기 자신을 비웃듯이 웃었다. 그는 자신의 앞날을 정하고 싶다고 생각했고, 그 생각을 정리하려고 밀감밭 쪽으로 갔다.

46

가지에 매달린 밀감을 가져가는 것은 안 되지만, 밭에서 먹는 것은 괜찮다는 것을 기시모토는 아오키 부인에게서 들어 알고 있었다. 밭에는 좋은 것이 많았다. 가는 곳마다 맛있어 보이는 잘 익은 열매들이 있었다. 두세 개 옷소매에 넣고 그것을 먹으면서 기시모토는 계곡 사이를 걸었다. 생각하기에 좋은 장소도 있었다. 마른 풀 위에서 뒹굴며 바라보자니, 살고 싶어하는 것은 그뿐이 아닌 듯 보였다. 즐거운 햇빛! 나뭇잎이라는 잎은 모두 앞을 다투며 햇살을 받으려 하고 있었다. 과일은 과일대로 햇살을 받으며 물들고 있었다.

등걸이에 밀감을 가득 담아 가지고, 아마도 시장으로 운반하는 것이겠지. 등걸이를 진 사내가 때때로 기시모토 앞을 지나갔다. 나무 그늘에서는 사람들이 속삭이는 소리도 들렸다. 흙냄음도 났다. 그것을 맡으니 그는 부모형제가 그리워졌다.

여행에서 죽으려고까지 마음먹고 가출한 그는 이제 다시 한 번 '세상'으로 돌아가기로 생각을 고쳐 먹었다. 하여간에 대개의 결심은 그곳에 있었다. 그렇다면 어디로 돌아가느냐는 것이 문제였다. 하지만 길은 그렇게 쉽사리 발견되지 않았다. 은인의 집―순서대로 하자면 그곳으로 돌아가는 것이 지당했다. 그러나 아무 말 없이 집을 나온 채로 편지도 하지 않았고, 아주머니가 위독하다는 전보를 형한테 받았을 때도 답을 하지 않았다. 게다가 그 전보가 세 번이나 왔지만 고집을 부려 가지 않았고 지금은 병자의 생사조차 모르는 곳으로, 다시 돌아간다는 것은 쉬운 일이 아니었다.

기시모토는 비와 호수에서 가까운 미네코 생가에서 받은 친절을 아직도 잊지 않고 있었다. 그곳은 고슈세타(江州瀨多) 마을의 변두리에 있었다. 미네코의 남동생이 젊은 주인이 되어 그 집을 경영하고 있었다. 그 사람은 미네코와 배다른 형제였는데, 성격은 비슷한 점이 있었다. 마침 미네코가 교토에서 왔을 때, 기시모토는 그 동생의 안내를 받아서 세상을 떠났다는 오빠가 남긴 사업, 많은 장서, 그리고 많은 과일나무밭, 꽃을 심은 정원 따위를 본 적이 있었다. 가족들과 함께

붕어회를 먹은 일도 잊을 수 없는 일 중 하나였다. 기시모토의 마음은 그 조용한 전원 생활로 쏠렸다. 그는 세타로 가 볼까도 생각했다.

기시모토 앞에는 지금 두 갈래 길이 있었다. 하여간에 숙고해야만 하는 문제여서, 그래 이거야라고 정해 버릴 수 없었다. 친구가 돌아온 뒤에 이 일을 상담해 보자고 생각하면서 절로 돌아왔다.

저녁나절 아오키는 돌아왔다. 그는 아주 격앙되어 있었다. 그날 도쿄에서 있었던 사건을 기시모토와 미사오에게 이야기해 주었다. 아오키가 일방적이라고 할 만한 종교적 생애—이제까지 3년간 집착해 온 생활을 타파할 때가 왔다. 이유는 간단했다. 교회에서 불평이 생겨서, 목사인 하야시(林)에 대한 반동이 일어났다. 따라서 아오키도 그쪽 일을 버려야만 하는 처지가 되었다. 미국 선교사와도 인연을 끊었다. 아오키는 이것도 좋은 기회라고 했다. 이제부터는 자신의 의지를 많이 관철시킬 수 있었다. 이제까지는 자신의 고집을 죽이고 재미도 없는 일에 쫓겼던 것이다. 빨리 평전을 마무리짓자. 그것을 탈고하면 곧장 희곡을 착수하자. 재미있다. 재미있다.

"보아라, 나의 용맹한 뜻을."

이렇게 아오키는 혼자서 되풀이하며 지친 듯이 벽에 기댔지만, 이마에서는 기름 같은 차가운 땀이 배어 나왔다. 그날 교회 회의에서 아오키는 의장으로서 재미있는 익살을 떨었다. 그는 이 같은 말을 덧붙인 것이다.

47

"아, 오늘처럼 마음이 바빴던 적이 없었어."

이렇게 아오키는 미사오를 보면서 말을 꺼냈다. 그는 무거운 짐을 내려놓고서 오히려 약간 멍한 모습으로, 아주 지친 듯이 깊은 한숨을 쉬었다.

"훗." 하고 아오키는 생각난 듯이 웃으며,

"오늘은 마치 눈이 돌 정도였어. 오전에 스야마 군이 있는 회사에 들르고 나서 고지마치에 있는 학교에 가려고 했더니, 차부가 자꾸 타라고 하지 않겠어. 값을 깎아서 탄 것까지는 좋았는데 도중에서 엉뚱한 실수를 저지른 거야"라고 머리를 껴안으며

"마차 위에서 담요를 떨어뜨린 거야."

"어머, 모르고 계셨나요?"

미사오는 어이없어 했다.

"나중에 그 차부가 대단히 화를 냈어."

"호호호호호. 당신도 좀 어떻게 되었군요."

기시모토도 웃지 않을 수 없었다.

미사오는 남편의 모습을 바라보며 왠지 신경 쓰여서 견딜 수 없다는 표정을 지었다. 교회 일을 그만둔 것은 좋다고 하더라도, 펜으로 그에 대한 보충을 할 수 있을 것인지. 아 머리가 아프다. 아프다기보다는 불안하다. 이렇게 미사오는 가슴 아파했다. 고지마치의 학교에서 받는 약간의 보수 외에 이제는 따로 정해진 것이 없었다. 아오키네 집은 돈벌이에서 더 멀어졌다.

"아, 나도 바빠졌어."

아오키는 녹초가 되어서 담배를 피우고 있었다. 기시모토는 앞날의 문제를 꺼냈다. 은인이 집으로 돌아갈 것인지? 세타를 의지해서 갈 것인지? 그가 취할 만한 길은 이 두 가지라고 이야기했다.

아오키는 기시모토로부터 세타에 관한 설명을 듣고

"헤어졌던 남녀가 다시 화합한다는 말도 있으니까"

라고 말하며 쾌활하게 웃었다.

이 친구의 한마디로 기시모토도 드디어 마음을 결정했다. 다음날, 아오키도 다시 도쿄로 간다고 해서 기시모토도 함께 은인 집을 향해서 마에카와 마을의 절을 떠났다. 그는 친구 부부에게 용돈 걱정까지 끼쳤다. 고우즈에서 신바시로 향하는 기차 안에서 두 친구는 그다지 말이 없었다. 걸핏하면 아오키는 창 입구를 굳게 잡고 어딘가 두려운 곳으로 끌려가는 것처럼 불안을 견딜 수 없는 듯한 표정을 지었다.

이렇게 해서 드디어 세 번째로 기시모토는 괴로운 생각에 싸여 그리운 도쿄로 돌아올 수가 있었다. 신바시에서 친구와 헤어지고, 니혼바시까지는 마차를 타고, 그러고 나서는 걸었다. 아라메바시(荒布橋)를 건널 무렵 그는 혼후나초(本船町)를 바라보며 지나쳤다. 그곳에는 약종(藥種) 도매상이 있었다. 이치카와가 태어난 집이었다.

은인의 집은 오가와바타(大川端)에 있었는데, 불쑥 나타나서 숙부 모습을 보기가 왠지 거북해서, 기시모토는 우선 형이 있는 하숙을 방문하기로 했다. 그 하숙은 메이지좌(明治座) 뒤 편에 있었다. 헷쓰이가시(竈河岸)에 가자, 사람들이 연극하는 곳 앞에 모여 서서 그림 간판 등을 보고 있었다. 찻집의 격자문 앞에는 가로닫이막의 장식물도 내걸려져 있었다. 새로운 교겐(狂言)[34]이 시작된 것 같았다. 숙부는 요코스카(橫須賀)에 상점을 가지고 있었는데, 극장에도 돈을 변통해 주기 때문에 그 영업 담당자나 찻집 주인이라는 사람들이 오가와바타에 있는 집을 드나들었다. 기시모토는 자주 숙부를 따라서 교겐이 바뀔 때마다 보러 왔었다. 강가에는 단골인 나무통 집도 보였다. 그의 가슴은 뛰었다.

48

"기시모토 씨 계십니까?"

"지금 안 계십니다. 해변에 가셔서 저녁때나 되어야 돌아오십니다, 댁은―."

"저도 기시모토입니다."

메이지좌 뒤편에 있는 하숙 입구에서 이런 말이 기시모토와 하녀 사이에 오갔다. 하녀는 이해가 안 된다는 얼굴로 빤히 손님을 바라보고 있었다. 그때 안쪽에서 안주인이 나와서 '어머나' 라며 눈을 반짝였다.

"기시모토 씨 동생분이야"

라고 안주인은 작은 소리로 하녀에게 말했다.

그곳은 하숙이지만 상점 안에 있는 집과 같은 구조로, 말끔한 격자문으로 된 집이었다. 기시모토의 형은 벌써 몇 년이나 그곳에서 하숙 생활을 하고 있었다. 안주인의 안내를 받아서 기시모토는 2층으로 가는 계단을 올랐다. 그리고 오동나무 화로가 놓인 곳에서 형을 기다리기로 했다.

형 이름은 다미스케(民助)였다. 그 무렵에 요코하마 거류지의 상관(商館)과 관련하여 기계 파는 일을 하고 있었다. 아마도 그쪽 볼일로 항구에 나간 듯했다. 니혼바시 고쿠초(石町)에 있는 실 도매집 주인이 오가와바타에 있는 숙부의 물

주이기도 하고 형의 물주이기도 했다. 우두머리라면 고쿠초에 있는 주인을 칭하는 것이며, 숙부는 그 우두머리의 상담역이고 형도 숙부를 이어서 그 일을 하고 있었다.

기시모토가 여행 떠날 무렵과 비교해서, 형 방에는 훌륭한 물건이 놓여 있었다. 골동품을 수집하는 버릇이 있는 다미스케는 책상 위까지 진기한 물건을 놓고 즐기는 편이었고, 한편으로는 일일장부 종류가 바르게 쌓여 있었고, 한편으로는 벼루에서 꽃병 자리까지 분명하게 하지 않으면 성이 차지 않은 듯이 깔끔하게 정리되어 있었다. 쓴 붓은 물로 빨아서 늘어놓은 것을 보아도, 다미스케가 이렇게 청결한 것을 좋아하고, 사물의 질서를 존중하는 사람임을 잘 보여 주었다. 방구석에는 새로 두껍게 만든 바둑판까지 놓여 있었다.

"많이 기다리셨습니다"라고 안주인이 말했다.

"기시모토 씨도, 머지않은 장래에 살림을 차리신대요. 그래서 조금씩 여러 가지 물건을 모으고 계셔요. 얼마 뒤에 고향에서도 모두 올라오신대요."

이 안주인의 말로 기시모토는 여러 가지를 알게 되었다. 방에 물건이 늘어난 이유도 알았다.

저녁나절이 되어도 다미스케는 돌아오지 않았다. 정어리 장수가 외치는 씩씩한 소리, 두부 장수의 나팔, 그리고 또 여러 가지를 팔러 다니는 상인이 덜커덩덜커덩 끌고 지나가는 수레 소리와 함께 혼잡한 기억을 기시모토의 가슴에 불러일으켰다. 얼마 뒤에 시끄러운 소리도 잠잠해지고 과연 마을 한가운데서도 밤은 밤다워지고, 영락한 예인(藝人)이 쓸쓸하게 흉내를 낼 무렵, 드디어 다미스케가 돌아왔다.

"아, 스데구나."

라고 다미스케는 동생을 보고 말하며 계속 콜록콜록 기침을 했다. 기시모토의 이름은 스데키치(捨吉)였다.

49

"그 차림새가 뭐니?"

형 다미스케는 상인용 앞치마를 입은 채로 긴 화로 앞에 앉았다. 다미스케는 집안을 이을 계승자였고, 기시모토는 찬밥 신세였다. 나이로 말하자면 13살이나 차이가 있었다. 얼굴 모습은 닮은 곳이 많았지만, 그중에도 코가 기시모토 집안 특유의 같은 오뚝코로 오랜 선조의 긍지와 욕망을 보여주었다. 이 두 사람은 300년 이상이나 이어온 구가 태생의 형제로 특히 다미스케는 가장다운 위엄과 관대한 풍모를 갖추고 있었다.

기시모토는 잠자코 머리를 숙이고, 형을 두려워하며 앉아 있었다. 그의 까까중 머리와 검게 물들인 법의는 수많은 말과 변명보다 더 강하게 지난 세월 사이에 있었던 일을 이야기하는 듯했다.

"참으로 놀랍구나"

라고 감탄하며 다미스케는 약간 노여운 말투로

"그만큼 전보를 쳤는데 한 번도 답을 보내지 않다니."

이렇게 말하면서 뜨거운 차를 끓여서 동생에게 주고 자신도 마셨다. 얼마 뒤 다미스케는 기시모토가 오랫동안 없는 사이에 일어난 여러 가지 사건—오가와바타에 있는 숙모의 병도 지금은 좋아지고 있다는 것, 고쿠초에 있는 우두머리의 딸이 죽은 일, 그리고 곧 고향에 있는 어머니를 비롯한 가족 모두를 부를 생각이라는 것 따위를 들려주었다.

다미스케는 원만한 성격을 가진 사람으로 통했는데, 동생에 대해서는 오히려 엄격한 편이었다. 이 무서운 사람 앞에서 기시모토는 여행을 떠난 이유를 설명하지 않으면 안 되었다. 이러한 비밀을 형제 앞에 털어놓는 것만큼 기시모토에게 부끄러운 일은 없었다. 그는 마음으로 식은땀을 흘리기도 하고, 얼굴을 붉히기도 하며 이야기했다.

형의 마음속을 헤아리려는 듯이 기시모토는 두려워하면서 다미스케의 얼굴을 올려다보았다. 그리고 지금 당장에라도 '이 바보야'라는 말을 들을 것이라고 생각했다. 뜻밖에도 정직한 고백은 형의 마음을 움직였다. 다미스케의 분노는 연민으로 바뀌었다. '그래, 너 같은 벽창호에게도 그런 맛이 있었냐'라는 표정을 지었다.
 "그렇다면 그렇다고 처음부터 나와 의논을 하는 것이 좋았을 텐데"
라고 다미스케는 동생의 얼굴을 뚫어지게 보았다.
 "뭐야. 약혼자가 있는 여자야? 인연이 없는 건 어쩔 도리가 없지."

50

 그때 긴 화롯불을 쬐고 있던 기시모토의 손이 묘하게 다미스케의 눈에 띄었다. 못생겼고 손가락이 짧고 푸른 힘줄이 굵게 새겨진 것이 아무리 보아도 영락없는 돌아가신 아버지 손 그대로였다. 아버지는 버선도 문수가 없는 것을 신을 정도의 골격이라서 크기는 비교가 안 되지만, 동생 손은 아버지의 젊은 시절의 손 모양뿐 아니라 핏기 없는 혈색까지 참으로 많이 닮았다. 그것을 보니, 17살 때부터 재산을 맡아서 효자라는 말을 들을 정도로 고생을 계속해 온 자신의 지난날이 그의 가슴에 떠올랐다. 다미스케의 눈에는, 유신(維新) 때는 근왕설(勤王說)을 주장하기도 하고, 여러 지방을 돌아다니며 지사(志士)와 교제하는 등, 거의 집안은 돌보지 않은 사람의 손 그대로였다. 걸핏하면 잠자코 집을 나가서, 2, 3개월이나 돌아오지 않았고, 그때마다 고갯마루에 있는 할아버지에게 부탁해서 모시고 왔던 사람의 손이 이렇게 생겼었다. 평소에는 참으로 좋은 할아버지로, 집 사람들에게나, 고향 사람들에게도 친절해서 한 마을의 어버이처럼 존경받았지만, 약간 짜증이 나서 마음에 들지 않는 것이 있으면, 화살 부러진 것으로 다미스케를 때린 사람의 손이 이러했다. 국학(國學)과 신도(神道)에 너무 열중했다지만, 깊은 산골 마을에 파묻혀서 평생 번민하다가 드디어 정신에 이상이 생긴 사람의 손이 이것이다. '아버지, 자식이 부모를 묶는 일은 없겠지만 병이시니까 참으세요.' 이렇게 다미스케가 사죄를 드리고 나서 뒤로 묶어 버린 것도 이 사람의 손이다. 지나칠 정도로 많은 생각을 품고 있으면서 이렇다 할 사업 하나 남기지 못하고, 결국은 자신이 갇힌 방의 격자문을 잡고 비장하게 세상을 떠나는 노래를 읊은 사람의 손이 이러했다.

"스데키치도 적령기야. 슬슬 아버지의 병이 도지는 것은 아닐까?"

다미스케는 가슴 아파했다. 아버지는 20살인가에 처음으로 발병하여 그때 낫기는 나았지만, 중년이 되고 나서 재발했다. 그 사실을 다미스케는 생각해 냈다. 20살이라서 어쩌면 동생도 같은 이유 때문에 이러는 건 아닐까. 이렇게 상상해 보았다.

그날 밤, 기시모토는 오랜만에 형 하숙집에서 잤다. 오가와바타에 있는 숙부댁에도 언제 기회를 보아서 형이 함께 가 주기로 했다. 얼마 뒤에 그 은인의 집으로 돌아갈 날이 왔다.

"스데야, 이리 와. 내가 오가와바타에 데려다 줄게"
라며 다미스케는 동생을 보고
"뭐야, 법의는 벗는 게 좋겠구먼."
법의, 법의 하는 데는 기시모토도 질색이었다.

숙부댁은 료코쿠(兩國)보다 오하시(大橋)에 가까운 편으로, 어느 화족(華族) 저택에 붙어서, 스미다(隅田) 강 언덕에서 약간 들어간 듯한 위치에 있었다. 다나베(田邊)가 숙부집의 성(姓)이었다. 원래 이 숙부는 기시모토에게 진짜 숙부는 아니었다. 같은 고향이고 형과 절친한 사이라서 기시모토도 인도되어서 어렸을 때부터 대단한 신세를 진 것이었다. 말하자면 기시모토의 제2의 부모였다. 주인을 숙부님, 부인을 숙모님이라고 불러야 했지만 두 분의 나이 차이가 많이 나서 누님이라 불렀고, 아직 히로시(弘)라는 외아들이 태어나기 전부터 그렇게 부르는 것에 익숙해져 있었다. 숙부는 서생(書生)을 좋아하는 분으로, 한때는 네댓 명이나 집에 둔 적이 있었다.

기시모토는 형을 따라간다기보다는 거의 끌려갔다. 한 걸음도 주저할 수 없었다. 오가와바타의 파출소가 있는 곳까지 가자, 버드나무 아래 뚱뚱한 사람이 앉아서 아무 생각 없이 낚시를 하고 있었다. 그 사람이 숙부였다.

51

"잡히나요?"

다미스케는 숙부 쪽으로 가며 이렇게 말을 걸었다.

"글쎄, 오늘은 문절망둑을 잡는 참이야."

숙부는 이렇게 대답하며 낚싯대를 잡은 채로 뒤돌아보았다.

"숙부님, 이 사람을 데리고 왔습니다."

숙부는 키가 작고 뚱뚱한 몸을 일으키면서 놀란 듯이 기시모토의 얼굴을 보았다. 기시모토는 꾸벅 인사를 하고 잠자코 숙부 앞에서 고개를 숙였다.

"음, 잘 돌아왔다."

무사다운 위엄을 띤 숙부는 잠시 기시모토의 모습을 바라본 뒤 말했다.

오가와바타에는 버드나무가 많을 때여서, 서리맞은 누런 잎이 땅에 떨어져 있었다. 물 위에도 떨어졌다. 숙부와 형은 자주 웃으며, 나무 아래서 상업상의 이야기로 옮겨갔다. '대장', '대장'이라는 말을 두 사람이 되풀이하였다. 언제 와 보아도 마찬가지인 스미다 강이 기시모토의 눈앞에 펼쳐져 있었다. 물결이 밀려왔다. 돛단배는 순풍을 타고 나무와 나무 사이를 조용히 지나갔다. 1전을 내고 타는 증기선도 오가고 있었는데, 그때마다 제멋대로인 파도가 밀려와서는 물 위에 뜬 먼지를 버드나무 아래로 밀어붙였다.

"어쨌든 집으로 가자."

숙부가 말을 꺼냈다.

"스데야, 거기 있는 여러 가지 물건을 모아 가지고 오너라."

숙부는 낚싯대만 들고서 형과 이야기를 나누면서 집 쪽으로 갔다. 나무 아래 흩어져 있는 도구나, 갯지렁이를 넣은 양철 깡통 따위를 들고 기시모토도 뒤에서 어슬렁어슬렁 따라갔다.

숙부집은 바로 거기였다. 저택을 따라서 맞닿으면 문이 있었다. 벌써 몇 년이나 기르고 있는 마루라는 개가 검은 털이 있는 꼬리를 흔들며 갑자기 기시모토에게 달라붙었다. 묘하게 신음하는 듯한 소리를 내기도 하고, 몸을 문지르는 흉내도 냈다. 마루는 기시모토를 잊지 않은 모양이었다.

숙모의 침상은 안방 벽쪽에 깔려 있었다. 병자는 일어나 있었다. 그 옆에는 할머니가 있었다. 기시모토가 머리를 박박 깎고 온 것은 용서를 빌기 위한 것이라고 먼저 집 사람들을 생각했다. 형은 숙부 맞은편에, 정원이 보이는 쪽에 자리를 잡았으나 동생보다도 자신이 상당히 거북하다는 듯이 콜록콜록 계속해서 기침을 했다. 원활한 '중재자'로 세상을 살아 온 숙부는 집안에서도 조화를 꾀하는 사람으로 쾌활하게 웃으며 주인다운 아량을 나타내는 듯했다. 기시모토는 전부터 이곳의 서생이기보다 거의 식구와 마찬가지로 생각되었다. '형'.이라든가, '스데'로 불렸다. 숙모는 자신의 병도 오래 되었다는 듯한 표정을 지으며, 기시모토의 얼굴을 보면서, 잘도 그 해 여름을 넘겼다고 생각했다.

"다미스케가, 이상한 녀석을 데리고 왔다고 해서, 나는 누군가 생각했지—그래, 그게 너였어."

이렇게 숙모가 말했다.

차를 준비하기 위해 할머니가 병자 곁을 떠났다. 얼마 뒤에 차를 담는 쟁반을 꺼내 그것을 닦으면서, 북청(北淸)에 가 있는 다미스케의 동생—기시모토에게는 둘째 형에 관한 말을 꺼냈다. "중국에 있는 형은 확실히 안목이 높아. 네가 없어졌을 때, '언젠가 그 애는 돌아올 것이다. 그때까지는 내버려두라'고 했는데, 과연 네 형이 말한 대로야."

52

숙부는 다나베 집안의 양자로 고생을 많이 하였고, 여러 사람을 좋아하는 친절한 성격이었는데, 기상이 꼿꼿한 점은 오히려 부인 쪽이었다. 그래서 할머니는 기시모토에게 할 말을 하지 않는 듯한 숙부의 태도가 미적지근해서 견딜 수 없었다.

"너는 그렇게 무르니까 안 돼. 이럴 때 말해 두지 않으면, 당사자를 위해서도 도움이 안 돼. 내가 말하지."

할머니는 마음속으로 이렇게 생각하고 우선 모두에게 차를 대접했다.

숙모는 여자이지만 예리한 눈초리로 병상 위에서 옷차림을 고치면서 "외국이라도 다녀오는 게 좋아"
라고 기시모토를 보며 말을 꺼냈다.

"정말이야"
라고 할머니가 받아서

"그런 여행을 할 시간에 외국 여행이라도 해 보렴—그거야말로 스데도 훌륭한 일이라고 생각하겠지만—."

기시모토는 잠자코 자신의 손을 바라보고 있었다.

할머님은 긴 담뱃대를 한 번 빨고,

"이제 너도 훌륭한 사람이 되나 했더니."
라며, 비웃듯이 웃은 후, 여행중에 있었던 일을 생각하듯이

"덴마초에 있는 오카미 씨가, 네 편지를 들고 책장을 가지러 왔기에, 그때 내가 인사하러 나가서 이렇게 말했지—'당신과 스데와는 어떤 관계인지는 모르겠지만, 이 편지에는 날짜가 적혀 있지 않습니다. 그러나 필적만은 스데 것입니다. 그렇다 해도 날짜도 없는 불확실한 편지는 받을 수 없습니다. 이것은 거절하겠습니다' 이렇게 내가 분명하게 거절했다."

아직 할머니가 무엇인가 말하려고 했는데, 부엌 입구에서 극장 안의 찻집에서 일하는 젊은이 목소리가 들렸고, 그가 프로그램을 가지고 와서 한때 이야기가 끊어졌다. 숙부와 다미스케는 새로운 교겐 이야기로 옮겨 갔다. 숙부의 마음은 여자들이 하는 말은 기시모토를 격려하려고 하는 것이므로, 자신도 물론 찬성이었다. 그러나 머리를 빡빡 깎고 용서를 빌려는 사람을 그렇게 추궁할 것도 아니다. 이렇게 생각하고 있었다.

"도대체 어쩔 생각으로 그렇게 오랫동안 멀리 가 있었던

거냐."

이 할머니의 질문은 누구나 물어 보고 싶은 것이었다.

"속세를 버린 것이겠지."

숙부는 숙부다운 해석을 내렸다.

기시모토는 말이 없었다. 그가 말이 없는 것은, 말할 수 있는데 하지 않는 것이 아니라 말할 수 없어서 못하는 것이었다. 방랑을 떠나게 된 것은 다미스케에게 말한 대로이다. 그가 가쓰코를 만나고 나서 격렬한 정신적 동요를 느낀 것도 사실이다. 자신의 집이 자신의 집이 아니게 된 것도 사실이다. 사물 깊숙이 숨겨진 뜻을 생각하게 된 것도 사실이다. 홍수가 넘쳐오듯이 밀려난 것도 사실이다. 그가 그날까지 지내온 것은 모두 갑자기 생긴 '신생(新生)'의 모습이었다. 무슨 목적으로 그와 같이 긴 여행을 했느냐고 추궁받아도 그것은 입으로 말할 수 없고, 눈에도 보이지 않았다.

53

"다녀왔습니다."

아들 히로시가 학교에서 돌아왔다.

"히로시, 형이 돌아왔단다."

이렇게 말하면서 할머니는 손자의 가방과 도시락을 받아 들었다.

히로시는 10살밖에 되지 않았지만, 영리하고 귀여운 아이인데다가 소탈하게 자라 인사도 잘했다. 히로시는 어린 마음에도 방 분위기를 잘 알아차렸다. 왠지 사람들의 생각을 읽은 듯이 기시모토 곁으로 가지 않았다. 그때 할머니는 찬장에서 히로시가 좋아하는 것을 꺼내어 그것을 기시모토에게 권하기도 하고 손주에게도 먹였다. 이 노부인 눈에는 언제까지나 기시모토가 어린애로 보였다. '할머니, 다친 곳이 아파요' 라며 울 때의 기시모토와 지금과는 그렇게 대단한 차이가 없는 것처럼 느껴졌다.

"무엇이 부족해서 집을 뛰쳐나갈까?"

할머니는 이렇게 생각하면서 기시모토와 히로시를 비교해 보며 두 사람 모두 자랐구나라고 말하는 듯한 표정을 지었다.

숙모는 병상 위에 앉아 가만히 기시모토의 모습을 주의해서 보았다. 이 병자의 날카로운 신경은 할머니나 숙부가 느끼지 못하는 것을 느꼈다. 이제까지 많은 서생을 둔 경험으로 보아, 방탕하다든가 생각이 다르다고 해서 상당히 걱정을 했던 것이다. 젊은 사람이 어떤 마음으로 용서를 빌러 왔나 하는 정도는 곧장 알 수 있었다. 이는 10년도 전의 일이었다.

기시모토에게선 전혀 '잘못했습니다'라는 기색이 보이지 않았다. 멋쩍은 탓인지, 어딘가 시치미떼는 듯이 보였다. 그리고 '누님에게 이야기해도 모른다'라는 듯한 10년 전의 서생과는 다른 점이 있었다.

"너도 상당히 괴짜구나."

그렇게밖에 말할 수가 없어서 숙모는 이처럼 말했다.

얼마 뒤에 숙모의 병에 관한 이야기가 나왔다. 기시모토가 없는 동안에 몇 번이나 위독한 때가 있었다는 이야기도 나왔다. 여름엔 기시모토가 심어 놓은 뒷마당의 딸기가 꽃을 많이 피워서, 열매가 맺을 무렵 매일 아침 히로시가 따와서 접시에 담아 흰 설탕을 뿌려 가지고 와 병자를 즐겁게 했다고 했다. 그때마다 기시모토에 관한 이야기를 나누었다. 이런 이야기들이 나왔다. 숙모는 또 어느 박사의 권유로 척추를 보호하기 위해 이런 물건을 댄다며, 가슴을 펼쳐 보였다. 그것은 격검(擊劍)의 도구 같아 보이는 가죽으로 만든 가슴받이였다.

이제 동생의 용서도 이루어졌다는 듯이 다미스케가 돌아갈 무렵, 히로시는 벌써 기시모토 옆에 와서 장난을 치고 있었다. 숙모는 하녀를 불러서 가슴받이의 끈을 풀게 했다. 그리고 병상 위에 누워서 피로한 듯 깊은 한숨을 쉬었다.

"스데야, 셔츠 단추를 채워라. 그렇게 하고 있으니 왠지 더

바보 같아 보이는구나."

 누워도 마음은 편치 않다는 듯이 숙모는 기시모토의 급소를 찌르듯이 말했다. 기시모토는 가슴의 단추를 잠그고 쓴웃음을 지었다. 금세 히로시는 기시모토의 손을 끌고 가서는 '형, 형' 하고 놀고 있었는데, 툇마루에서 4장 반 방으로, 그 방에서 현관과 부엌까지 맴돌며 장난치는 동안에 어떻게 했는지 기시모토를 부엌 기둥에 매달아 놓고 웃었다. 하녀도 보고 웃었다.

"히로시, 형을 때려 주려무나—본색이 드러날지도 몰라."

 숙모의 이런 농담이 장지문 너머로 들려왔다. 순진한 히로시는 자를 찾아와서, 장난삼아 기시모토를 때리는 흉내를 냈다. 묶인 기시모토도 히로시와 하녀도 함께 웃었다. 다시 히로시가 웃으면서 때렸다. 말없는 눈물이 기시모토의 얼굴을 따라서 뚝뚝 떨어졌다.

"히로시, 히로시."

하고 웃으면서 부르는 숙모의 소리가 들렸다.

"너처럼 그렇게 모질게 하는 게 아니야. 이제 그만둬라. 형을 용서해 줘라."

54

 2층은 특별 손님이라도 있을 때 사용할 뿐, 보통 때는 그다지 쓰지 않았는데, 그 구석에는 숙부의 반생을 말해 주는 법률에 관한 책이 놓여 있었다. 그것은 니혼바시로 아직 이사하지 않았고 숙부가 아름다운 수염을 기를 무렵, 아침저녁으로 손에 들었던 것이다. 숙부의 장서 중에는 다나베 집안에 전해 오는 경서(經書)와 자류(子類), 그리고 숙모의 오빠가 전해 주었다는 노래책 사본 따위가 있었다.

 2층에는 또 기시모토의 책장도 놓여 있었다. 그중에는 학교 생활 때 기숙사 창가에서 열심히 읽었으나 지금은 그다지 흥미를 잃은 책과, 졸업한 뒤에 잠시 요코스카(橫須賀)에 있는 상점을 돕던 무렵 카운터 책상 아래 숨겨두고 읽은 책과, 숙부나 형에게는 잠꼬대처럼 들릴 듯한 새로운 생각을 쓴 여러 종류의 책이 함께 소장되어 있었다. 오랜만에 애독서들을 보기 위해 잠깐 기시모토는 2층으로 올라갔다. 책장 뚜껑을 열고 먼지투성이인 장서를 바라보고, 곧 다시 뚜껑을 닫아 버렸다. 그는 당분간 그러한 책을 잡지 말아야지 하고 생각했다. 두 번 다시 같은 길을 걷지 말아야지 생각했다. 다시 한 번 세상을 새롭게 보려고 생각했다. 이 생각을 스스로 자신에게 밀어붙이듯이 잠시 후 서생으로 일하기 위해 그는 계단을 내려갔다.

 마당은 꽤 넓었다. 옛날부터의 습관으로 기시모토는 맨발에 옷자락을 걷어올리고 자주 이 정원을 쓸었다. 그날도 광에서 비와 쓰레받기를 가지고 와서 먼저 다실 앞에 있는 단풍나무 아래부터 쓸기 시작했다. 마당 구석에는 오래된 석남화가 있어서 젖은 흙 위에 열매가 흩어져 있었다. 벽오동은 처치 곤란한 녀석이다. 뿌리 있는 곳까지 깨끗하게 쓸면 커다란 잎을 와삭 떨어뜨린다. 위를 쳐다보니 아랫가지의 잎은 벌써 대강 떨어졌는데, 꼭대기는 아직 마른 잎이 많이 남아 있었다. 물 없는 연못을 따라서 메밀잣밤나무 쪽으로 걸어가자, 안방이 보였다. 당지(唐紙)를 붙인 문이 열린 틈으로 어두운 광 입구까지 보였다. 마침 통 만드는 집의 여주인이 수수하게 생긴 딸을 데리고 연극에 관해 상의하러 와 있었다. 숙부는 얼떨결에 배우의 성대모사를 하듯이, 천진한 히로시를 상대로 무엇인가 읽는 손동작을 했다. 히로시는 남자 아이답게 눈썹을 치켜 떴다. 이렇게 칼자루에 손을 대면 아버지를 나무라는 듯이 보였다. 즐거운 웃음 소리가 넘치듯이 들렸다.

 "히로시는 정말로 잘하는구나."

 통 만드는 집 여주인이 말했다.

 "하하하하하."

 숙부는 쾌활하게 웃으며,

"히로시의 18번이 간진초(勸進帳)35)예요."

할머니도 웃음 때문에 흘린 눈물을 닦았다.

"글쎄요. 아주머니, 이렇게 연극 흉내를 잘 내도 곤란해요. 얼마 전에는 찻집의 젊은이가 함께하게 해 달라고 해서 데리고 가서는, 도련님, 그곳은 그렇게 하는 것이 아니예요, 이렇게 하는 거예요 하고 가르쳐 주니까, 히로시가 곧장 그대로 따라하는 거예요. 그렇게 귀여워해 주는 것을 거절할 수도 없고 연극장이가 되지 않았으면 좋겠는데 하고 걱정하고 있어요."

"호호호호호. 어머님처럼 걱정하시면 끝이 없어요." 숙모는 병상에서 웃었다.

"그렇지만."

하며, 통집 여주인이 받아 가지고,

"아이가 하는 것은 귀엽잖아요. 히로시야, 많이 하려무나 —게다가 히로시는 공부도 잘하잖아요."

"히로시, 형이 돌아왔으니, 이제부터 영어를 가르쳐 달라고 해라."

숙부가 말을 꺼냈다. 순진한 연극 흉내는 거기서 끝났다. 이런 즐거운 웃음 소리를 들으면서 기시모토는 안방 앞을 말끔하게 쓸었다. 그리고 다실 창 앞에 있는 처녀동백 아래서부터 현관 앞 마당을 쓸고, 쓸어 모은 쓰레기는 뒷 정원으로 운반했다.

55

 그날부터 기시모토는 다나베 집안의 서생으로 돌아왔다. 숙부는 원래 기시모토에게 상업을 가르쳐, 고쿠초 주인으로 발탁해서 장래엔 자신의 오른팔로 만들어야겠다고 생각하고 있었다. 기시모토를 자식처럼 생각하기 때문이었다. 그런데 그가 땅에 자라는 풀처럼 계속 제멋대로 뻗쳐나가서, 숙부는 대단히 실망해 버렸다. 원래 숙부는 무사 출신으로 구식 학문을 한 사람은 친척 중에도 많았다. 한학을 할 수 있는 사람도 있었다. 노래를 읊는 사람도 있었다. 그런 사람들은 대개 영락했다. 숙부는 그런 모습을 봐 왔기 때문에 히로시와 기시모토는 제발 자신과 같은 길을 걷게 하고 싶다고 생각했다. '머지않아 그 녀석도 눈을 뜨겠지.' 이렇게 숙부는 생각하고 있었다. 기시모토는 숙부 마음을 알 수 없었고, 숙부는 기시모토의 마음을 이해하지 못했다. 11개월 정도 없는 사이에 기시모토 주위의 모습도 변했다. 형 다미스케는 우두머리의 집을 빌려서 드디어 미노와(三輪) 쪽으로 옮기기로 되어 있었다. 어머니와 형수가 손녀를 데리고 머지않아 상경하게끔 되어 있었다.

　세상이 변해 기시모토네 고향에서 다른 마을로 이주하는 사람이 많아졌다. 그의 고향은 노송나무와 화백나무가 있는 깊은 계곡 사이에 자리잡고 있어서, 경작에 적합한 땅이 적은 곳이었다. 가도(街道)가 쇠퇴함에 따라 대부분의 가족은 우울한 삼나무밭을 떠났다. 그런 사람 중에는 옛 사족, 역로(驛路)를 지배한 가문들, 여행자를 상대로 생계를 꾸려간 마을 상인들, 또는 노동자들이 있었다. 그들은 익숙하고 조용한 화롯가를 버리고, 베틀이나 양잠 도구를 버려둔 채 옛집을 떠난, 그리운 고향을 떠난 이주민들이었다. 특히 기시모토 집안은 가장 오래 살았던 집안의 하나로, 마을과 깊은 친숙함을 유지했다. 어머니는 자식을, 형수는 남편과 동생들을 만난다는 희망을 유일한 생명으로 삼아 그곳을 떠나려는 여인들의 심정은, 기시모토가 도시에서 상상할 수 있는 것이 아니었다. 드디어 고향에 있던 사람들이 나온다면, 기시모토는 13년 만에 어머니와 함께 살 수가 있었다. 그가 돌아가신 아버지의 명령을 따라 처음으로 도쿄로 유학한 것은, 아직 머리를 어린아이처럼 묶고 있던 무렵으로 사탕을 여행 가방 속에 받아 넣고는 씩씩하게 고향을 떠난 그런 소년 시절이었다.

　하여간에 이상한 까까중 머리로 어머니와 형수를 신바시

로 마중나가는 것은 괴로웠다. 빨리 머리카락이 자랐으면 좋을 텐데 하고 기시모토는 창피하게 생각했다. 심술궂게도 자라지 않아도 좋을 때는 쑥쑥 자랐는데, 이제 자랐으면 좋겠다고 생각하니 쓸데없이 더딘 듯했다. 이전과 비교해 보니 더 뻣뻣한 것이 조금씩 나오고 있었다.

잠시 동안 기시모토는 친구들과도 만나지 않았다. 11월 말 마침 숙부집에서는 병자를 위해 약탕을 끓인다고 했다. 기시모토도 우물가로 나가서 물 긷는 것을 도와주고 있었는데 그곳으로 아오키가 찾아왔다. 아오키는 이제 세상과의 싸움에 지쳐서 힘을 다 소모해 버린 듯한 모습이었다.

56

아오키는 모토스키야초(本數寄屋町)에 있는 자기 집에서 왔다. 기시모토가 간다면 함께 스게가 있는 하숙집으로 갈 참이었다. 그는 벌써 몇 밤이나 잠을 자지 못했다. 고지마치의 학교에도 병가를 내고 쉴 정도였다. 공교롭게도 그날은 일이 있어서 기시모토는 다른 친구들과 함께 모일 수가 없었다. 그래서 아오키 혼자서 나갔다.

연못가에 있는 스게의 하숙에는 벌써 친구들이 와 있었

다. 이는 스게의 친밀함과, 하숙의 편안함, 그리고 모이기에 아주 좋은 위치에 있었기 때문이다. 그래서 그곳에 가면 누군가 와 있었고, 또 오는 식이어서 자연스레 회합 장소가 되었다. '쓸데없이 돈이 든다'며 서로 웃었지만, 메밀국수나 쇠고기 정도면 만사가 해결되었다. 그날도 아오키가 찾아가서 잠시 이야기하고 있으려니, 이치카와가 왔다. 얼마 뒤 이치카와의 제안으로 그가 머물고 있는 절 쪽으로 세 사람이 나가기로 했다. 무리들은 함께 야나카(谷中) 쪽으로 향했다. 덴노사(天王寺) 탑이 저녁 노을에 비치는 모습을 바라보며, 애호정사(愛護精舍)[36] 앞을 지나서, 음식점을 찾았다.

세 사람이 선술집을 밀치고 들어갔을 때는 후지(富士) 산록을 따라서 걸었던 당시의 유흥을 떠올렸다. 그곳은 손님이 조금밖에 들어갈 수 없는 좁고 작은 음식점으로, 학교 식당에나 있을 법한 좁고 긴 식탁이 두 줄로 늘어져 있고, 간장통 대신에 볼품 없는 의자가 놓여 있었다. 세 사람은 나막신을 신은 채로 엇비슷하게 앉아서 술잔을 주고받았다. 안주로는 조갯살무침 정도가 맛있는 편에 속했다. 이런 곳에서라도 친구들이 모이니 즐거워서, 마음껏 이야기하며 웃곤 했다. "오늘은 자네들 얼굴이 보고 싶어서 왔는데, 덕분에 근래에 없던 풍류를 즐겼네"라고 아오키는 두 젊은 친구의 얼굴을 번갈아 보면서 말했다.

"인간의 힘에는 한계가 있어—나는 세상을 부숴 버릴 작정이었는데 도리어 나 자신이 부서져 버렸어. 참으로 안타까운 일이야." 그는 이렇게 아무렇지도 않은 듯이 말하며 감개무량하다는 표정을 지었다. 얼마 뒤에 잠시 생각하고 나서

"도대체 깨닫는다는 것이 마음에 안 들어. 헤매려면 어디까지나 헤매는 것이 좋잖아. 다카우지(尊氏)나, 미스히데(光秀)나 왜 삶의 끝에서 그렇게 깨달음에 속아 넘어갔을까. 왜 기요모리(淸盛)나 마사카도(將門)처럼 끝까지 헤매지 않았을까?"

그때 의미없는 그런 웃음 소리가 구석에서 술을 마시던 사람들에게서 들려왔다.

이치카와와 스게는 처음으로 선술집을 들어가 보았다는 듯이, 그곳을 나오고 난 뒤 아오키와 얼굴을 마주보며 웃었다. 얼마 후에 스게는 가 버렸다. 남은 두 사람은 우에노 공원을 향해 이야기하면서 걸었다. 동물원 앞에서 젊은 신사를 태운 자동차 한 대가 아오키 옆을 지나쳤다. 차에 앉은 사람은 전에 아오키가 어느 사립학교 정치과에 다닐 무렵, 잠시 함께 지냈던 학우였다. 소위 성공한 청년 중의 한 사람이었다. 젊은 신사는 차 안에서 잠깐 아오키에게 인사하고는 아주 득의양양하게 지나갔다. 아오키는 말없는 모욕을 느꼈다.

하지만 그는 그 성공한 사람과 비교해서 자신이 열등한 인간이라고는 생각하지 않았다.

57

공원의 나뭇잎은 대부분 말라서 떨어졌다. 이치카와와 아오키 두 사람은 도쇼구(東照宮) 숲을 따라 어두운 나무 그늘 사이를 빠져 나갔다. 얼마 뒤 넓은 길로 나왔다. 두 사람은 나란히 걸었다. 화제는 계속 다른 친구에 관한 거였다. 기시모토는 그처럼 상처를 입고 돌아왔다. 스게는 역시 스게대로, 다른 친구까지 조용하게 두지 않는 모습이었다.

아오키는 스게의 일이 신경 쓰여서 견딜 수 없었다. 그는 이치카와에게서 스게의 안타까운 이야기를 들었다. 이치카와에 따르면, 그 친구의 이상한 병은 날로 더 심해져 가고 있었다. 아다치도 또 산에서 마음을 빼앗긴 일로 서로 불쌍하다고 말하면서, 한편으로는 친구를 위로하고 또 한편에서는 진상을 알아보러 애써 산을 직접 찾아가 보기도 했다. 그 결과 지금 부모는 그다지 지장이 없다는 것까지 알아냈다. 그런데 한 가지 난관은 고지마치에 있는 숙모가 찬성하지 않는 것이었다. 순결하기 그지없는 스게의 진실된 마음과 친구를 생각하는 아다치의 열성도 그 사람을 움직일 수가 없었다. 이렇게 이치카와는 이야기하면서 걸었다.

"하여간에 그 숙모라는 사람이 꽤 걸림돌이야. 더욱이 숙모도—도키사부로는 평소 들뜬 마음으로 하는 짓과는 다른 것 같다고 말한다지만."

이치카와가 덧붙여 말했다.

이런 이야기를 나누며 가다가 두 사람은 아무렇게나 늘어져 자라고 있는 오래된 상록수나무 아래에 이르렀다. 높은 곳에서는 어두운 나뭇잎이 늘어져 있었다. 나무 사이로 시노바즈(不忍) 연못이 보였다. 마른 연꽃 잎이 남아 있는 모습도 보였다. 시모가야(下谷)부터 혼고다이(本鄕臺)에 걸쳐 맞은편 마을들은 저녁나절의 밝은 빛 속에 있었다.

아오키는

"어차피 그런 아름다운 꿈은 오래 이어지는 게 아니야. 자네 언제까지나 사랑의 그림자 따위에 속고 있을 셈인가? 다만 진심이 남아 있다면 그것으로 족해—나는 그렇게 생각해."

이렇게 이치카와에게 말하고, 깊은 생각에 잠겼다.

합승 인력거를 불러서 이치카와 집 쪽으로 향한 것은 그 직후의 일이었다. 두 사람은 에도바시(江戶橋)까지 함께 타고 가서, 그곳에서 헤어지려고 했다. 다리 아래로 흐르는 탁한

물, 낮게 나는 갈매기, 육지에 매여 있는 배, 그리고 허리를 구부려 널빤지를 씻고 있는 사내―모든 것이 황혼이 질 무렵의 공기와 연기에 싸인 모습이었다. 강을 따라서 늘어선 창고의 흰 벽도 희끄무레하게 가라앉았다. 어딘가에서 생선 비린내가 풍겼다. 이제 하나둘 등불이 켜졌다. 다리 위에는 가방을 메거나 짐을 진 사람들이 덜컹거리는 수레 사이를 피해서 바쁜 듯이 오갔다. 아오키는 이치카와의 뒷모습이 짐수레 그늘에 가려 보이지 않을 때까지 배웅했다. 오랫동안 그는 다리 가장자리에 서 있었다.

58

차가운 바람을 맞으면서 아오키는 모토스키야초로 돌아갔다. 우편회사 창고 부근에서 니혼바시로 가려고, 큰길을 똑바로 더듬어 갔다. 그는 약간 앞으로 고개를 숙이고 오만한 머리를 내려뜨리고 걸었다. 그것은 목의 움푹 패인 곳에 일종의 경련이 일어나서 머리를 높게 들 수가 없었기 때문이다.

그는 이제 아무것도 할 마음이 없었다. 비교적 힘이 들지 않는 고지마치의 학교에 갈 마음도 무엇을 쓸 마음도 없었다. 무엇인가 잡지에 실을 것은 없냐고 이치카와가 물었을 때, "쓰라면 얼마라도 쓰지—아무리 써도 마찬가지잖아." 이렇게 대답할 정도였다. '어차피 세상 녀석들은 건전하지 못해서 틀렸어' 라며 그의 분개하는 마음에 '아오키 군은 자신이 건전하다고 생각하고 있으니까 재미있어' 라고 이치카와는 마음속으로 놀랄 정도였다.

"내가 사물에서 느끼는 것은 세상 중생이 느끼는 것과 다르다. 사물을 통해서 마음에 철저하면 스스로 쉬는 것을 알지 못한다. 형태를 꿰뚫고 정신에 들어가지 않으면 스스로 만족하기 어렵다."

이것은 아오키 자신이 고백한 말인데, 그는 너무나 사물의 속을 보려고 해서, 지금은 오히려 괴로움을 당하는 형편이었다. 그것이 습관이 되어서 쓸데없는 일까지 생각한다. 생각하고, 생각하고, 지쳐 버려도 여전히 생각한다. 조금도 머리를 쉴 때가 없다. 이러한 상태로 계속 생각하는 일이 자신을 괴롭힌다는 것을 알면서도, 또다시 걸으면서 생각하고 멍하니 자신의 집으로 걸어갔다.

긴자 거리를 중심으로 이 주위에는 회색빛을 띤 이층집이 많았다. 입구의 둥근 기둥, 십자 형태의 구멍, 고풍스런 유리창—어느것이나 같은 형태로 지어진 초기 기와 지붕 형태였다. 아오키의 집도 그중의 하나였다. 돌아와 보니 그날 아오키가 없는 동안에 여러 사람이 찾아왔다고 했다. 보통 그는 손님을 기뻐하는 편이었는데, 차차 그것을 꺼리게 되어서, 요즈음은 걸핏하면 아주 싫어하곤 했다. 집에 없어서 오히려 다행이었다고 생각하면서 필묵이 진열되어 있는 상점 앞을 지나 어두운 벽을 따라서 계단을 올라갔다. 미사오는 남편을 염려해서 고우즈에서 와 있었는데, 어쨌든 돈벌이하는 사람이 이런 상태여서는 어쩔 수 없으므로, 모토스키야초에서 함께 살기로 하고, 대강 살림을 정리하려고 고우즈로 돌아갔다. 집은 비어서 2층은 쓸쓸했다. 방 두 개 중에 길을 향한 방이 아오키가 기거하는 곳이었다. 벽에는 커다란 책장이 놓여 있었다. 창 밖은 어두웠다. 아오키는 담배에 굶주린 듯 연거푸 담배를 피웠고 결국은 방안이 몽롱하게 보였다.

"어머나, 대단한 연기구나."

이렇게 말하면서 들어온 사람은 아오키의 어머니였다.

59

아오키의 어머니는 혼자서 상점을 꾸려나갈 정도로 남자 못지 않은 꿋꿋한 기질을 가진 사람이었다. 2층에 올라오기 전에도 집안일에 신경을 써서, 친척 처녀와 하녀는 목욕 보내고 상점 당번은 차남에게 부탁하고 긴 화롯불까지 살려 놓고 나서, 숯 담는 그릇을 가지고 올라왔다.

"내가 하는 말을 듣기만 했어도, 이렇게는 되지 않았을 텐데…."

이렇게 탄식하듯이 말하면서, 어머니는 창가로 가서 여닫이 창문을 약간 열었다. 차가운 밤공기가 방안으로 흘러 들어왔다.

"슌이치(駿一)."

어머니는 아오키의 이름을 부르며, 화로 곁에 앉았다.

"요전부터 너에게 말해야지, 말해야지 하고 생각하고 있었다. 자 오늘밤에는 내가 하는 말을 잘 들어라."

자식을 생각하는 마음에 어머니는 먼저 숯 그릇을 화로에 옮기고 차가운 아오키의 손을 따뜻하게 해 주어야겠다고 생각했다. 어머니의 결벽증은 아오키의 신경질과 아주 비슷해서 무엇이나 자신의 생각대로 하지 않으면 마음이 놓이지 않았다. 나이를 먹을수록 결벽은 인내력의 한계를 보이곤 했다.

아오키는 생각에 지친 듯한 표정으로, 목 뒤 파인 곳에 신경을 곤두세우고 있었다. 그 모습이 어머니 눈에는 가슴 아프게 비쳤다.

"그래서 내가 말하지 않았니?"

라고 어머니는 깊은 한숨을 쉬면서 말했다.

"가정을 갖는 것은 아직 이르다. 가져서 좋을 때가 오면 네가 잠자코 있어도 부모가 알아서 만들어 줄 것이다. 그렇게 일찍 가정을 가져 보렴, 분명히 곤란할 때가 온다—그것이 벌써 눈에 보인다고, 내가 몇 번이나 말하지 않았니? 그때 내가 한 말을 듣고 참았다면, 이렇게 부부가 곤란해질 일은 없었을 거야. 그것을 네가 받아들이지 않고, 어떻게든 미사오를 아내로 맞고 싶다고 하면서, 앞일에 교제가 가능한지 어떤지 그것은 전혀 개의치 않았지. 그때 친척들도 여러 말을 했단다. 어쩔 작정이야, 정해진 수입도 없지 않은가, 머지않아 곤란해질 텐데. 어미가 곁에서 잠자코 보고 있는 법이 어디 있냐고 물론 나도 불만이었지. 어떤 말을 해도 너는 듣지 않고, 미사오도 불쌍하다고 생각했으니, 내가 이 2층에서 임시로 살림을 차리게 해 보고—자 솥 냄비도 다루지 못할 것이다. 젊은애 둘만이라면 오지냄비라도 충분할 것이다, 학문을 할 수 있다는 것과 밥을 짓는 것과는 다르니까, 이렇게 해라 저렇게 해라고 내가 미사오를 가르쳐서 너희들 부부를 세상에 내보냈지. 그것 봐라. 이제 와 보니 내가 말한 대로잖니?"

60

"자 들어보렴."

아오키 어머니는 말을 이었다.

"요즈음 친척들이 무슨 말을 하는가 하면, 그렇게 내버려 두면 너는 머지않아 몸이 망가져 버린다. 부인도 좀더 신경을 써 줘야 될 것 같은데. 그런 말을 들을 때 나도 한심하다고 생각했다. 어떻게 너도 방법을 바꾸어 살아갈 궁리를 해야지 않겠니?"

"머리 상태만 좋아지면—"

이렇게 아오키는 대답하고 얼마 뒤에 이상한 듯이 어머니의 얼굴을 올려다보았다.

어머니는 염려하며 말했다.

"그래서 그거 내가 생각해 주마. 너처럼 몸이 약하고, 게다가 어려서부터 가정을 가지다니—그게 처음부터 무리였어."

"그렇게 어머니처럼 말씀하셔도 곤란해요. 새삼스럽게 어쩔 도리가 없지 않습니까?"

"이렇게 해 보는 것이 어떻겠니? 미사오는 당분간 친정에 가 있고, 쓰루코는 내가 맡아도 좋으니까, 너는 너 혼자서 한 번 해 보는 거야. 함께 이겨낼 것도 아닌데, 가정이 있으면 그만큼 신경이 쓰이고, 쓸데없는 걱정을 하게 되고—."

"함께 있지 않아도, 걱정은 하게 돼요."

"그렇게 말하면 글쎄, 그렇지만."

잠시 모자간은 말이 없었다. 여러 가지 감개가 추억의 정과 섞여서 혼란스런 아오키의 머리속을 지나갔다.

"결국 헤어지라는 겁니까?"

아오키가 말을 꺼냈다.

"그런 바보 같은 말을 하는 게 아니야."

라고 어머니는 눈을 반짝이며

"너는 늘 그렇게 받아들이니까 문제야. 누가 헤어지라고 했니? 당분간 미사오는 친정에 있도록 하자고 지금 내가 말했잖아. 여기서 잠시 따로 지내다가, 네가 몸을 추스리고 훌륭하게 처자식을 부양할 수 있게 되면, 그때 함께 지내는 것이 좋지. 내가 너희 부부의 일생을 위해서 생각한 거야."

"어머니, 병을 앓고 있는 사람에게 그런 말을 하셔도—."

"아니, 네 병은 그렇게 하지 않으면 낫지 않는다."

갑자기 아오키는 눈을 감고 약간 위를 보듯이 머리를 흔들었다. 얼굴빛도 창백해졌다.

"죄송하지만, 모르핀을 집어 주세요."

아오키는 어머니 쪽으로 손을 내밀며 말했다.

"어머니, 저는 지금 아무것도 생각할 수 없습니다."

수면제로 의사가 준 것은 책장에 있었다. 어머니는 일어나서 그 봉지를 꺼냈다. 잠시 후에 아래층에서 찻잔에 물을 담아 가지고 왔다. 자식을 위해 흰 약을 펼쳤을 때 어머니의 손이 무의식중에 떨렸다.

61

그로부터 숙취와 같은 어둡고 괴로운 마음의 날들이 이어졌다. 지금 여기서 견디지 못하고 쓰러지는 것은 아오키 자신에게도 참으로 참기 어려운 일이었다. 그는 어떻게 해서든지 살아갈 힘을 회복하려고 했다. 한때는 종교에 관심을 가지기도 했다. 여러 종교인들과도 만나 보았다. 어느 때는 독한 술 향기를 맡고, 약간의 생명의 불을 북돋우려고 했다. 걸핏하면 그는 자신의 방에서 빠져 나와서 젊고 절제가 없어 보이는 흰 팔 속에서 부들부들 떨고 있는 자신을 발견할 수 있었다. 더욱 거칠어지고 쇠퇴해질 뿐이었다.

미사오는 쓰루코를 데리고 와서, 남편을 위해 간호를 게을리하지 않았다. 친구들은 친구대로 번갈아 찾아왔다. 마침 고지마치의 학교 학생의 총 대표인 가쓰코가 여자 친구들과 함께 병문안 온 날이었다. 아오키 자신이 쓴 글은 어떤 휴지라도 버리지 않고 보존해 두는 습성이 있어서 흩어져 있는 초안을 미사오에게 정리시키고 있었고, 그 속에서 잡지에 투고한 논문의 초고가 나왔다. 그것은 스야마가 하는 잡지사 동료를 상대로 자신의 의견을 발표한 내용으로, '선인(仙人)으로 불리는 것은 그만두자' 라는 등 아주 격렬했을 때의 글이다.

벌써 12월의 그 햇빛이 창가에 비치고 있었다. 초고의 초안을 읽으려고 아오키는 그 옆으로 갔다. 그리고 혼자서 펼쳐 보았다. 살아남은 파리가 유리창을 향해 쓸쓸하게 날고 있었다.

"대장부가 한 세상을 살려면, 반드시 하나의 목표가 있어야 한다. 그렇지만 목표가 반드시 눈에 보이는 공적을 세우는 것을 의미하지 않는다. 건축가에게는 열심히 일해서 많은 세월이 지난 뒤, 분명히 높고 큰 누각을 지을 계획이 있다. 그러나 인간의 영혼을 건축하려는 기사가 투자하는 노력은 당장 유형의 누각이 되어 니콜라이 고탑처럼 대중의 눈을 끌어야만 하는 것은 아니다. 때로는 대중의 눈과 귀를 동요시키지 않는 사업이 크게 세계를 흔든다."

"천하에 아주 말없는 것이 있다. 산악이 그것이다. 그렇지만 그것은 대단한 웅변가이다. 만일 말의 유무를 가지고 웅변의 유무를 따지면, 자연은 아주 불쌍한 벙어리가 될 것이다. 그렇지만 언제나 말이 없으면서도, 언제나 웅변인 것은 자연에 더할 것이 없다. 인간 중에 만약 자연처럼 말이 없는 사람이 있다면, 스야마 군 일파의 논사(論士)는 그 곁에 와서, 너는 어찌 말하지 않느냐고 비웃을 수 있는가."

"인간이 하는 일도 마찬가지다. 아주 졸렬한 생애가 가장 높고 큰 사업을 포함하는 일도 있다. 극히 크고 위대한 사업이, 아주 유치한 생애를 품는 일도 있다. 볼 수 있는 외부는 볼 수 없는 내부를 말하기 어렵다. 맹목인 세상의 눈을 맹목인 대로 흘겨보고, 진지한 영검(靈劍)을 하늘과 땅이 맞닿는 곳에 찌르는 웅사(雄士)는 인간이 감사를 표현하지 않고 은혜를 입는 신과 같다. 천하에 이와 같은 영웅이 있어, 이루지 못하고 끝내고, 사업다운 사업을 남기지 못하고 사라지고, 그래서 스스로 잘 감수하고 그대로 잘 믿고, 타계로 옮기는 것, 나는 여기에 가장 동정을 표한다."

"나는 기억한다, 인간은 싸우기 위해 태어났다는 것을. 싸우는 것은 싸우기 위해 싸우는 것이 아니라, 싸울 만한 것이 있기에 싸우는 것임을 기억한다. 칼을 가지고 싸울 수도 있고, 펜을 가지고 싸울 수도 있다. 싸울 때는 반드시 적을 인정해야 싸우게 된다. 펜을 가지고 싸우든, 칼을 가지고 싸우든, 싸움에는 다를 바가 없다. 어떤 사람을 적으로 삼느냐에 따라, 싸우는 사람의 싸움이 달라지는 것은 그 때문이다. 전사가 적진에 임하여 적을 이기고 개가를 부르며 집으로 돌아올 때, 친구는 축하하며 승리를 말하고, 비평가는 평해서 사업이라 한다. 사업은 존중할 만하고, 승리는 존중할 만하다. 그렇지만 높고 위대한 전사는 이처럼 승리를 가지고 돌아오지 않는다. 그의 일생은 승리를 목적으로 싸우지 않고, 달리 크게 목적하는 바가 있다. 공(空)을 찌르고, 허(虛)를 노리고, 공이 공인 사업을 만들어 내고, 전쟁 중도에 어딘가로 떠나는 것을 보통의 일로 생각한다."

"이 같은 싸움은 문사가 즐겨서 싸우는 것이다. 문사는 이같은 싸움에 운명을 맡긴다. 문사 앞에 있는 싸움터는 벌판의 한 부분이 아니다. 광대한 들판이다. 그는 업적을 가지고 돌아가려고 싸움터로 향하지 않는다. 필사적인 힘을 다해 원두(原頭)의 이슬이 될 각오로 집을 나서는 것이다—."37)

여기까지 읽고, 아오키는 초고를 덮어 버렸다. 그는 초고 위를 기듯이 머리를 다다미에 대고 통곡했다.

62

"아오키 군, 자네는 왜 이런 곳에 와 있는가?"
묻는 사람이 있었다.

"왜라니, 여기는 우리 집이 아닌가?"

이렇게 아오키는 대답했다.

이상하게도 방의 창문에는 쇠로 만든 격자문이 끼워져 있었다. 책장이 있어야 할 곳에 책장이 없고, 그 대신 천연 암석이 있었다. 그 바위 끝에는 지금이라도 넘어질 것 같은 바위가 위험하게 걸려 있었다. 방 입구의 열린 곳으로 호랑이 우리가 보이고, 게다가 그 우리는 이쪽을 향해 문이 열려 있었다. 옆 창에서 무엇인가 들여다보는 것이 있는데, 자세히 보니 무서운 살모사였다.

"여기가 어디지?"

아오키는 모르는 사람에게 물어 보았다.

"알 텐데—감옥이야."

그 모르는 사람이 말했다.

듣고 보니, 방은 단단한 철창으로 둘러싸여 있었다. 아오키 자신은 강철 쇠사슬로 묶여 있었다. 쇠사슬의 길이 이상으로는 걸을 수도 어쩔 수도 없었다.

"왜 자네는 이런 곳에 와 있나."

"나는 법에 어긋나는 일을 별로 한 적이 없어. 보게나, 나는 겁쟁이야. 강도질하고, 살인을 하는 그런 용기 있는 사내가, 아니야. 나는 벌레를 죽여도 양심에 가책을 느끼는—그 정도로 용기가 없는 인간이니까."

이렇게 아오키가 말했지만, 현재 감옥 안에 있다는 것은 사실이었다. 무슨 죄가 있어서 여기에 와 있는가, 누가 묶어서 이런 감옥에 넣어 버렸는가, 그것은 아오키도 모른다. 자신의 집이다, 집이다라고 생각하는 동안에 어느새 이처럼 감옥 속에 들어 있었다.

 방구석에는 여러 사람이 모여 있었다. 그중에는 기분 좋은 향연 흉내를 내며 즐기는 사람도 있었다. 그런 무리들은 감옥의 간수가 지날 때마다 손을 모아서 합장하기도 하고, 고마운 듯이 인사를 하며 자칫 간수의 발을 받들어 보이는 우스운 흉내를 내곤 했다.

 변덕스러운 박쥐가 창으로 날아 들어왔다. '야 누군가 사바 세계에 있는 사람으로 이 박쥐 얼굴과 닮은 것이 없나?'라고 한 사람이 말하니까, '어디 얼굴을 보여라' 라고 또 한 사람이 말을 꺼내서 각자 박쥐를 잡으려고 방안을 쫓아 다녔다.

 왠지 이 소란이 두렵게 느껴져서 아오키는 창 쪽으로 도망쳤다. 그는 자신이 쓴 초고를 읽을 참이었다. 철로 만든 격자문을 잡으면서 창 밖을 보았더니 쓸쓸하게 홀로 서 있는 사람이 있었다. 가슴 위에 팔짱을 끼고 눈을 감고 여자다운 입술을 약간 내민 것은, 무엇인가 하고 싶은 말이 있는데 그 말을 하지 못하고 있는 듯했다. 창백한 뺨에는 이제 예전의 향기가 없었다. '저런' 하고 아오키는 무의식중에 손을 내밀어 그 사람을 감옥 속으로 끌어들이려다가 잠이 깼다.

63

세상을 떠난 친구가 아오키의 꿈에 나타나는 것은 드문 일이었다. 세쓰코(節子)와는 사제간의 인연도 있었고, 한번 친하게 사귀고 나서 2, 3년이 되었다. 친구도 적고, 또 억지로 친구를 사귀려고 하지 않는 아오키의 쓸쓸한 생애도 이 사람이 있어서 비로소 가지에 꽃을 피운 느낌이 들었다. 폭풍에 빼앗긴 듯한 세쓰코의 죽음은 실제로 아오키에게는 무서운 충격이었다. 생에 대한 많은 흥미를 부정하게 된 것도 이 드문 지기(知己)를 잃은 아픔 때문이었다.

"여보, 선잠을 자다가 감기 들면 안 돼요"

이렇게 말하면서 미사오가 들어왔다.

아오키는 아직 반은 꿈꾸는 느낌이었다. 햇빛이 비치는 창가에는 철창이라도 끼워져 있는 듯했다. 무릎을 꿇고, 벽에 기대서 이를 악물고, 그리고 이렇게 무거운 머리를 내리고 있는 그는, 강철 쇠사슬로 묶여 있는 듯했다.

즐거운 웃음 소리가 아래층에서 들려왔다. 잠시 미사오는 귀를 기울였다. 이렇게 아이가 집에 있는 것조차 미사오에게는 보통 신경 쓰이는 일이 아니었다. 더욱이 친척은 친척들대로 귀찮게 여러 말을 하면서 '어떻게 저렇게 약해질 수가 있어?'라고 엉뚱한 의심까지 해서 말할 수 없이 괴로운 심정이었다. 미사오는 약간 여위었다.

"여보, 일전에 어머님이 무슨 말씀 하시지 않으셨어요?"

미사오가 말을 꺼냈다.

깊고 애처로우며 명상적인 눈매로 아오키는 물끄러미 아내의 얼굴을 바라보았다.

"아아."

이렇게 미사오는 탄식하며

"여기까지 고생하며 왔는데, 지금 여기서 헤어져서는 안 돼요. 언제 다시 함께 될 수 있을지—."

"그래, 당신한테도 그런 이야기를 하셨군."

아오키가 말했다.

"조금은 제 입장이 되어서 생각해 주실 법한데."

라고 말하며 미사오는 풀이 죽어서

"이렇게 당신도 병을 앓고 계시니까, 집의 재산을 조금 나눠 주셔도—."

"아니야." 라고 아오키는 고개를 저었다.

"그건 어머니를 잘 몰라서 하는 말이야. 어머님은 결코 그럴 사람이 아니야. 마지막 희망이 있어서 이젠 문제없다고 할 때가 아니면 재산을 나누어 주지 않아. 지금 여기서 나누어 주어도, 모두 우리들이 없애 버릴 거라고 어머님은 걱정하고 계셔. 그래서 섭생할 사람은 섭생하는 것이 좋고, 먹을 수 없으면 스스로 일하는 것이 좋다―남의 신세를 지지 마라. 이것이 어머니의 신조야. 참으로 강한 사람이야. 어머니가 저러시는 것은 결코 잘못된 게 아니야."

"그러나 우리를 생각하고 계시다면, 왜 함께하라고 말씀하시지 않는 거예요?―설령 어떤 고생을 해도 좋으니까 어디까지나 둘이서 함께하라고."

"그렇게 말씀하실 때는 벌써 지났어."

이런 아오키의 말을 듣고 미사오는 이상한 표정을 지었다. 미사오는 남편이 하는 말의 뜻을 이해하지 못했다.

"제가 마음에 드시지 않는 것이겠지요."

미사오는 혼자말처럼 탄식했다.

64

옆방에 재워 두었던 쓰루코가 눈을 떴다. 미사오는 아이를 안고 와서는 과자를 줘 놀게 하고 혼자서 아래층으로 내려갔는데, 조금 있다가 돌아와 보니, 쓰루코는 과자를 빼앗겨서 울음을 터뜨리고 있었다. 남편이 그것을 꾸역꾸역 먹고 있었다. 미사오는 화도 나고 우습기도 해서, 울고 있는 애를 안아 달래며,

"아이, 착한 아가, 착한 아가. 이제 그만 울어. 참으로 한심한 아빠구나. 과자를 빼앗아 먹다니—."

쓰루코는 아직도 훌쩍이며 울음을 그치지 않았다.

"아빠, 맴매."

미사오는 쓰루코에게 혼내는 시늉을 했다.

아오키는 쓸쓸하게 웃으면서 잠시 자기 아이의 모습을 바라보더니 무엇이 생각났는지 갑자기 진실이 담긴 말투로,

"쓰야, 용서해 주려무나. 애비 구실을 다하지 못해 미안하다."

철없는 아이 앞에서 손을 땅에 짚었다. 용서를 비는 모습이 평소와는 다르게 보여서 왜 남편이 그 같은 말을 꺼냈는지, 미사오는 이유를 잘 몰랐지만, 다만 왠지 안타까웠다. 미사오는 남편을 보며 말로 표현할 수 없는 안타까움과 동정을 느꼈다. 신혼 시절, 새 양복 차림으로 함께 나란히 찍었던 남편 사진을 보니, 지금은 알아볼 수 없을 정도로 많이 변했다. 밤낮으로 이어지는 번민과, 불면의 고통과 이유를 알 수 없는 두려움으로 얼굴빛이 이제 완전히 다른 사람처럼 창백

했다.

"이렇게 된 것은 내 운명이야." 아오키는 남자다운 눈썹을 치켜떴다. "어머니 말씀에 따르면, 우리 결혼은 한 푼의 값어치도 없다고 하셔. 아니, 어머니뿐만 아니라, 세상의 많은 사람들이 그렇게 생각하는 것도 무리는 아니야. 그러나 우리는 세상 사람과 비교해서 그리 결코 부끄러운 결혼을 했다고는 생각하지 않아. 우리 가정도 그래. 우리 일도 그래―다만 화살이 다 되었고 칼이 부러진 거야. 미사오, 그렇지."

미사오는 잠자코 고개를 숙이고 있었다.

아오키의 우울한 명상은 도저히 사람의 힘으로 어떻게 할 수 없다고 생각하게 만들었다. 그는 '자신'에게조차 오랫동안 속았다고 생각했다. 부모도, 친구도, 아내도, 자식도―아니, 그런 그 자신조차 이제 일종의 환영이 아닌가, 이렇게 의심할 정도의 정신 상태에 있었다.

저녁 빛은 방안에 넘쳤다. 반항과 분노하는 마음은 아오키의 가슴을 뚫고 끓어 올랐다. 그는 폭탄을 던지는 허무당(虛無黨) 청년의 예를 들며, 적을 무너뜨리는 동시에 자신도 쓰러져서 마찬가지로 연기 속으로 사라지는 것 따위를 말하며, 목적이야 어떻든 간에 적어도 정신만은 용감하다, 는 식의 말을 아내에게 열심히 들려주었다.

"아 당신이 패배자라면, 나도 패배자야—어때, 오히려 나와 함께—."

미사오는 질려서 남편의 얼굴을 바라보았다. 잠시 동안 그녀는 말도 할 수 없었다.

"어머나, 당신 어떻게 되신 거 아니에요?"

그녀의 눈이 말하고 있었다.

"저는 싫어요. 아이가 있어서, 저는 싫어요."

미사오는 잠시 생각한 뒤에 힘주어 말했다.

"아이가 없으면?"

라고 아오키는 반문했다.

"아이만 없다면, 그야 이제, 어떻게 되어도 상관없지만—."

미사오는 이렇게 대답은 했지만, 왠지 두려운 곳으로 억지로 함께 끌려 들어가는 느낌이 들었다.

"여보, 여보, 나는 당신을 위해 이렇게 고생하고 있잖아요, 모든 것을 희생하고 당신 말을 따르고 있잖아요—그래도 아직 부족하세요?"

이렇게 미사오는 마음속으로 말했다.

"하하하하하."

아오키는 웃음으로 흘려 버렸다.

65

 격분한 나머지 아오키는 이런 기분을 아내에게 말한 것뿐인데, 그날 밤부터 그에 대한 식구들의 태도가 갑자기 바뀌었다. 저녁 후에 잠깐 산책이나 할 참으로 훌쩍 긴자 거리 쪽으로 나갔더니, 뒤에서 동생이 따라왔다. 더구나 보일락말락하게 따라왔다. 그리고 어디에 가는지, 어디로 도는지, 그가 어떤 밤거리의 노점 앞에 서는가까지 하나하나 살피는 듯했다. 날카로운 아오키의 신경이 그것을 모를 리가 없었다. 그는 멀리서 감시당하고 있다는 것을 알았다. 동생은 소년 시절부터 그림을 좋아해서, 어딘가 성격상 형인 아오키와 닮은 곳이 있었다. 장래에 미술가로 출세하려는 청년이었다.
 아오키는 식구들이 자신의 행동을 감시하고 있을 뿐 아니라, 어쩌면 진실조차도 이야기해 주지 않는 느낌이 들었다. 다음날 어떤 친구가 찾아와서, 오랫동안 상점 앞에서 이야기를 하는 듯했다. 아오키가 만나고 싶다고 생각하는 동안에 집 식구들이 돌려보냈다. 그는 2층 창에서 친구가 돌아가는 것을 언뜻 보았다. 스게인지, 기시모토인지, 두 사람 중 하나임에 틀림없다. 이렇게 생각하고, 어머니가 2층으로 올라왔을 때,
 "어머니, 누군가 친구가 찾아왔습니까?"

라고 물어 보았다. 어머니는 정색을 하고,

"아니야, 아무도 오지 않았다—상점 손님은 왔었다만."

이런 식으로 식구들은 모두 그에게 진실을 이야기하지 않으려고 하는 듯했다. 밖으로 나가면 누군가 따라오고, 친구가 방문해도 만나지 못하도록 궁리를 하고, 우편물이 와도 숨겨 버리고, 오직 식구들은 아오키에게 조용히 휴식하라고만 했다.—그는 고독을 느끼지 않을 수 없었다. 그것뿐만이 아니었다. 2층에 있는 날붙이 종류—면도날이라든가 작은 칼 따위를 모두 감추어 버렸다. 아오키는 곧장 그것을 알아차렸다. 그는 미사오에게 웃으며

"바보! 너희들은 모두 나를 미치광이 취급을 하려고 해."

이렇게 꾸짖는 투로 말했다. 미사오는 남편의 일에 신경이 쓰여서 어젯밤은 제대로 잠을 이루지 못할 정도였다.

가장 사랑하는 아내까지 자신을 미치광이로 보는가 하고 생각하니, 말할 수 없는 비애를 느꼈다. 그는 스스로 자신을 불쌍하게 생각했다. 작년 6월—아직 그가 상당한 활기에 차 있었을 무렵—시바 공원의 집 창에서, 푸른 잎의 내음을 맡으면서 쓴 글의 한 구절이 문득 그의 가슴에 떠올랐다.

"죽음은 다가왔다. 우리가 사는 동안의 '밝음'보다도, 지금 죽을 때의 '어두움'이 나에게는 고맙다. 암흑! 암흑! 내가 가는 곳은 전혀 모르고, 죽음 또한 잠의 일종일지도 모른다.

잠이라면 꿈도 꾸지 않는 잠이 되거라. 안녕, 안녕."

66

아오키네 집은 모토스키야초 거리에서 미나미나베초(南鍋町) 쪽으로 꺾어지는 모퉁이에 위치하고 있었다. 그가 기거하는 2층 방의 창은 거리 쪽으로 나 있었고, 옆방 창은 반대로 나베초를 향하고 있었다. 나베초에 붙은 창에서 곧바로 빨랫대가 있는 곳으로 나가게 되어 있었다. 빨랫대는 부엌 지붕 위에 있었다. 밤 11시 무렵, 그 빨랫대 쪽에서 이상한 비명이 들렸다. 식구들이 그 소리를 듣고 달려가 보니 아오키가 쓰러져 있었다.

그만큼 식구들이 주의에 주의를 기울였음에 불구하고 어느새 아오키는 단도를 꺼내서 스스로 죽으려고 했던 것이다. 손이 빗나간 때문인지 목의 상처는 급소를 비껴갔다. 어머니와 동생, 그리고 미사오는 전력을 다해서 그를 구했다. 재빨리 의사가 달려왔다. 방으로 옮겨지고 세심하게 치료를 받을 무렵, 그는 거의 죽은 시체 같았다.

다음날 오후, 아오키의 상처 입은 몸은 차에 실려서 시바의 어떤 병원으로 옮겨졌다. 동생은 아오키를 껴안듯이 부축

하고 합승하여 포장을 내리고 앞서 가고, 미사오는 혼자서 뒤를 따라갔다. 먼지가 일고 바람이 심한 날이었다. 간혹 두 대의 차는 길 한가운데 멈춰 서서 누런 흙먼지가 지나가는 것을 기다리기도 했다. 통행하는 사람들은 갑자기 몸을 돌리기도 하고, 처마 밑에 숨기도 했다. 붉게 흐려진 하늘은 도쿄라기보다 무사시노(武藏野)였다. 아오키 형제도 미사오도 함께 모래를 뒤집어썼다.

이런 흙먼지 속을 헤치면서까지 병원으로 서둘러 간 것은 어머니를 비롯해서 모두가 아오키의 행동에 놀랐기 때문이다. 아오키는 병실 침대 위에 누워서 의사가 시키는 대로 몸을 맡겼다. 그는 마치 술에 흠뻑 취한 사람 같았다. 미사오는 남편의 병을 완전히 치료한 후 데려 가고 싶었지만, 의사가 말하기를 이건 병이 아니다, 상처가 아물면 그것으로 치료는 끝난 것이다, 그 뒤에는 의사의 힘으로도 어쩔 수 없다고 변명했다. 이 사람은 '병자가 아니다'라는 말이 미사오를 난처하게 했다. 그녀는 남편의 병을 의사 힘으로 고칠 수 있다고 믿고 싶었기 때문이다.

살아남은 아오키가 꿈에서 깨어난 듯이 주위를 둘러보았을 때는, 이미 모토스키야초 집의 2층이 아니라, 시바 공원에 있는 옛날 셋집이었다. 그곳은 서리가 녹은 좁은 황톳길을 따라 언덕을 내려가면 이구라초(飯倉町)로 나갈 수 있는 위치에 있었다. 느티나무, 벚나무, 그리고 잡목의 잎이 많이 떨어져서, 밝은 계곡을 지나 맞은편에 있는 아자부(麻布) 언덕을 바라볼 수가 있었다. 방이 세 칸뿐인 단층집으로, 전에 아오키가 직접 골라서 들어간 집이었다. 미사오는 쓰루코를 데리고, 그곳에서 조용히 남편을 부양하려고 했다. 그녀는 신앙이 있는 친구를 골라서 가능한 한 믿음이 깊은 이야기만을 남편에게 들려주고 싶었다. 아침 저녁으로 미사오는 남편을 위해 기도했다.

67

2월이 왔다. 고지마치 우에2번지에서 고미(五味) 고개로 이어진 길에서도 새싹이 보였다. 그곳은 얕은 골짜기 같은 지형으로, 별장풍의 커다란 건물과 수목이 많은 정원 사이에 끼여 있는 듯한 위치에 있었다. 벚나무와 백목련 등의 가지 끝은 그 계곡 사이를 장식하려고 기다리는 듯했다. 길 위의 흙바닥에는 조용한 그림자가 있었다. 해가 반짝이며 비치는 곳도 있었다. 통행하는 사람도 드물었다. 스물두세 살쯤 되는 트레머리의 젊은 여인이 숄에 몸을 감싸고 새싹을 밟으면서 정처없이 걷고 있었다.

그 무렵의 젊은이들이 두르는 숄은 대개 털실로 짜서, 삼각으로 접어 걸치는 것이었다. 이 여인은 쥐색으로 된 것을 걸치고, 약간 점잔을 빼는 체하면서 갈팡질팡 걸었다. 특별히 어디를 향해서 가는 것도 아니고, 그렇다고 해서 사람을 기다리는 것 같지도 않았다. 다만 푸른 싹을 밟으며 정처없이 헤매는 것으로 보였다.

이 길 끝에 있는 언덕을 후지미초(富士見町) 쪽에서 내려와서, 얼마 뒤 3가의 계곡으로 내려가지 않고 반대로 꺾어 들어가는 여자가 있었다. 역시 마찬가지로 트레머리를 하고, 진한 쥐색 숄을 두르고 있었다. 나이는 약간 더 든 것 같았다.

"오가쓰 씨."

이렇게 연장자가 말을 걸었다.

"어머, 오이소 씨, 어디를 다녀오세요?"

"잠깐 시내에 뭘 좀 사러 갔다 왔어요"

라며 미소지었다.

가쓰코는 허를 찔린 듯 약간 얼굴을 붉혔지만, 곧 자신의 집을 향해서 이소코와 함께 이야기를 나누며 걸어갔다. 이 두 사람은 자매같이 친한 사이로, 지금은 한 지붕 아래서 지내고 있었다. 그렇다 하더라도 이소코는 친구 집 별채를 빌려 그곳에서 학교를 다니고 있어 뭔가 산다고 해도 혼자 먹을 김조림 같은 것을 사는 데 불과했다.

 동료들 사이에서 쓰는 은어 중에 아오모리(青森)는 이 이소코를 말하는 것이었다. 아오모리도 역시 모리오카라는 은어와 마찬가지 뜻에서 온 것이었다. 우수한 성적으로 고등과를 나온 사람으로 성격이 강하고 포부가 큰—그러니까 적이 되는 사람도 있고 동시에 편이 되는 사람도 많다고 할 만한 여자였다. 또 이소코는 하급생들에게 친절한 사람으로 여겨지고 있었다. 료코가 이치카와의 후원자인 것처럼, 이소코 또한 오카미의 후원자였다. 그것도 단지 스승으로 따른다는 것이지, 자신은 선생님을 애인으로 생각할 수 없다고 가쓰코에게 말하며 웃을 정도로 예의바른 사람이었다. 사제 관계는 오랫동안 이소코를 고통스럽게 했다. 어느새 그녀는 오카미의 눈물을 헤아리게 되었다. 그러면서 자신도 또한 눈물이 많은 사람이 되어 있었다.

 저택 같은 건물이 늘어선 마을에서 두 사람은 멈춰 섰다. 검게 칠한 문 안에는 가쓰코 언니의 집이 있었다. 곧잘 젊은 여자 친구들이 하듯이 손을 맞잡고 그 문을 들어가려고 했다. 손과 손이 닿았다. 두 처녀는 정(情)으로 불타는 서로를 느꼈다.

68

 이 문 안에는 나무를 사이에 두고 몇 채의 집이 있었다. 막다른 위치의 있는 주인집 저택을 왼쪽으로 보고, 약간 깊숙한 곳에 있는 이층집은 가쓰코 아버지가 언니네 가족을 위해, 또 학교에 다니는 딸들을 위해 빌려서 살게 한 곳으로, 그곳에서 학교까지는 도시락을 안 가지고 갈 수 있을 정도의 거리였다.

 별채 쪽으로 가는 이소코와 헤어져서, 가쓰코는 정원을 따라 자신의 방으로 올라가려고 했다.

 "아주머니."

 부르는 소리가 정원 구석 쪽에서 들렸다.

 살짝 싹을 보이기 시작한 잔디 위에는 가쓰코를 아주머니라고 부르는 소녀들이 놀고 있었다. 이 소녀들은 가쓰코를 가쓰 아주머니라고 부르고, 가쓰코 여동생을 오토요 아주머니라고 불렀다. 간혹 가쓰 아주머니와 별로 나이 차이가 없어 보이는 소녀도 있었다. 오토요 아주머니보다 나이가 든 소녀도 있었다. 오토요 아주머니는 아직 앞머리를 이마에 내릴 정도로 젊었던 것이다.

 가쓰코는 방으로 올라가려다가, 여동생인 도요코로부터 약혼자가 잠깐 들렀다가 곧장 돌아갔다는 말을 들었다. 갑자기 가쓰코의 얼굴이 발그레졌다.

약혼자의 성은 아자부(麻生)였다. 친척 사이이고 서로 믿음직스럽게 생각하기 때문에 이렇게 간혹 찾아왔다. 아자부는 온후하고 젊은 식물학자였다. 일반 과학에도 흥미를 가져, 대기 운동이나 폭풍의 이론, 구별류 태엽 발생 연구와 그 당시 새로운 발명이라고 알려진 이야기를 꺼내서, 자주 가쓰코에게 들려주었다. 가쓰코는 그 이야기에 귀를 기울이는 것을 즐거워했다. 친절하고 마음 좋은 약혼자를 생각할 때마다 남몰래 작은 가슴이 아파 오곤 했다.

여동생은 둥근 얼굴에 어울리는 크고 동그란 눈을 들어 언니 얼굴을 들여다보며 순진하고 어리광부리는 포즈를 취했다. 그 모습이 너무도 사랑스러웠다. 아직 아무것도 모르는 듯한 여동생의 얼굴을 보는 것조차 가쓰코에게는 가슴 쓰린 슬픔이었다. 여동생이 이해할 수 없는 눈물이 무의식중에 가쓰코의 뺨에 흘러내렸다. 이런 이상한 가쓰코의 모습이 식구들의 주의를 끌지 않을 리 없었다. 아버지는 총선거 준비로 그달 초에 모리오카로 돌아갔다. 그러나 아직 의회가 해산되지 않을 무렵 전원위원장의 차점자로 추대될 정도로 아주 바쁜 몸임에도 불구하고, 딸들의 얼굴을 보고 싶다는 이유 하나로 자주 오셨고, 특히 가쓰코를 위해서 여러 가지 신경을 쓰고 계셨다. 아버지는 히스테리 같은 건 아닐까 생각했다. 아버지는 친한 의사를 불러서 가쓰코를 진찰하게 한 적도 있었다. 식구들과 의사가 귀띔해 준 말 중에는 여러 가지 병자 같은 부분이 있었지만, 의사는 가쓰코가 건강하다고 진단했다.

69

졸업도 얼마 안 남았는데 가쓰코는 학교 일이 손에 잡히지 않았다. 졸업이 다가온다는 것은 결혼이 다가온다는 뜻이었다. 해질 무렵 고향에 계시는 어머니로부터 모리오카의 명물인 콩사탕이 도착했다. 일요일이라 조카의 학교 친구들이 놀러 와 있어서 안방에서는 여러 가지 이야기가 시작되었다. 소포로 온 과자도 그곳에 펼쳤다. 등불 주위에선 즐겁고 천진난만한 웃음 소리가 넘쳤다. 오늘 학교 기숙사에서 누군가 산 사람의 장례식이 있었다고 한 사람이 웃으면, 또 다른 소녀가 받아서, 누군가는 어떤 선생이 키스를 해 주었고 키스는 부모와 자식이나 부부 사이에만 한정된 것이다라고 생각했는데 선생님이 해 주는 일도 있는 것 같다면서 웃으며 뒹굴었다. '이제 이런 이야기는 듣고 싶지 않아.' 가쓰코는 이렇게 생각하며, 모두의 즐거운 웃음 소리를 뒤로하고 혼자서 자신의 방으로 숨었다.

　방 앞은 바로 정원이었다. 가쓰코는 어머니가 보내 주신 콩사탕을 책상 위에 놓고, 풀빛을 띤 쫄깃쫄깃한 사탕을 깨물어 먹으면서 무엇인가 쓰기 위해 종이를 펼쳤다. 가쓰코는 아직 자신의 심정이 기시모토에게 잘 전해지지 않은 듯 여겨졌다. 그래서 일기도 아니고, 편지도 아니고, 되는 대로 써서 기회가 있으면 전하려고 생각했다. 이런 것을 벌써 7, 8권 써 놓았다. 그중에는 머리를 감았다는 등 사소한 일까지 적은 날도 있었다. 그날 밤도 생각나는 대로 써 볼 마음으로 기시모토가 여행을 떠날 당시의 일을 가슴에 떠올렸다. 스승이라 부르고, 제자라고 불릴 무렵, 왜 기시모토는 나에 대해서 그렇게 무정했을까? 그 당시 가쓰코는 그렇게 생각하고 있었다. 그래서 종이에도 그대로 썼다. 기시모토가 학생들에게 작별을 고하고 드디어 학교를 그만둔다고 했을 때, 아직 가쓰코는 아무것도 몰랐다. 무심코 2층 교실 창에서 보니, 마침 기시모토가 차를 타고 나가려는 참이었다. 무신경하게 가쓰코는 뒷모습을 배웅했다. 왜 그런 짓을 했을까. 지금 생각해 보면 이상하다고 가쓰코는 생각했다. 종이에 그대로 썼다.

　"언니, 뭘 그렇게 써?"

　들어온 것은 동생인 도요코였다. 도요코는 이상한 듯이 언니의 얼굴을 바라보고 별 뜻 없이 웃다가 잠시 후에 훌쩍

나가 버렸다.

지금 동생이 들어왔다. '언니, 뭘 그렇게 써'라고 했다. 가쓰코는 그렇게 썼다.

붓을 놓고 가쓰코는 모리오카의 명물로 돌아갔다. 아이 때부터 먹어서 익숙해진 것은 언제 먹어도 맛이 있었다. 기시모토에 관한 소문이 떠올랐다. 어떤 사람은 기시모토가 제멋대로라고 했다. 그의 사랑은 함께 죽자는 사랑이지 남과 함께 살자는 사랑은 아니다, 그는 무엇이든 남을 위해 하려고 하지 않는다, 다른 사람에 대해서는 거의 생각하지 않는다, 그는 깊게 사랑하는 듯해도, 실은 조금도 사랑하는 것이 아니다, 그는 진정으로 사랑을 이해하는 사람이 아니다라고 평하는 사람도 있었다. 또 어떤 사람은 기시모토가 무정해 보이는 것은 단지 그런 척하는 것이라고 했다. 이 그런 척한다는 평을 어떻게 가쓰코는 믿어야 좋을지 몰랐다. 그러나 기시모토가 무정해 보이는 것은 사실이었다. 언제나 무뚝뚝한 편지만 보내 오는 사람이었다.

겨울의 흔적이 묻어 있는 듯한 차갑고 쓸쓸한 비가 정원의 잔디 위에 내리고 있었다. 그 소리는, 어느 고요한 마을로 사람을 이끌고 가는 듯했다. 밤이 깊었다. 가쓰코는 잠자리에 들었다.

70

 잠들지 않고 날이 새는 것을 기다리는 듯한 밤하늘도 드디어 밝아 왔다. 건물 안에 있는 전나무 가지 끝에 새들이 모여 와서 큰 소리로 지저귀고 있었다. 그 울음 소리가 비 갠 뒤의 하늘에 울려 퍼지는 듯이 들렸다. 참새도 보금자리에서 뛰쳐나와 가쓰코의 방 앞에 와서 지저귀고 있었다.

 일찍 일어났다기보다는 아예 자지 않았던 가쓰코의 귀에 아침 새 지저귀는 소리들은 특별한 울림으로 전해졌다. 해가 비칠 무렵에는 때때로 새의 그림자도 방 장지문에 비쳤다.

 "무슨 소식이 있을 거야, 분명히 좋은 소식이 있을 거야—모리오카에서일까."

 가쓰코의 언니가 부엌에서 말했다.

 소녀들은 모두 학교에 갈 준비로 바빴다. 가쓰코는 동생을 위해 검고 부드러운 머리를 묶어 주고, 자기 머리도 뒷머리를 비튼 모양으로 부풀려 감아 올렸다. 그리고 수수한 옷을 꺼내 입고 하카타(博多) 띠를 매었는데, 왠지 그날 아침은 침착하지 못했다. 가쓰코는 동생과 조카들과 함께 정원의 나무가 있는 곳에서 이소코와 만났다. 이 친구는 벌써 학생이 아니었다. 지금은 보통과 학생에게 무엇인가 가르치고 있었다. 모두가 모여서 나갔다.

날씨가 추웠다. 가쓰코는 학교에서 꿈 같은 하루를 보냈다. 얼마 뒤에 기다리고 기다리던 시간이 왔다. 수업이 끝난 후 가쓰코는 교문 앞에서 차를 타고 혼고에 있는 병원을 방문했다. 그녀를 종교로 안내한 모리시타(森下)가 앓고 있었다. 마침 덴마초에 있는 료코도 병문안 와서 그곳에서 함께 만났다.

병원을 나온 가쓰코는 집으로 돌아가려고 하지 않았다. 그녀를 태운 차는 이케노하타 쪽으로 향했다.

평소 두르는 쥐색 숄에 깊이 몸을 감싸고, 서둘러 가는 가쓰코의 가슴에는 지금 세 사람이 있었다. 한 사람은 약혼자인 아자부, 한 사람은 앓고 있는 모리시타, 한 사람은 기시모토였다. 간혹 가쓰코는 박애(博愛)라는 말을 생각하고, 이 세 사람을 똑같이 대우하려고 번민한 적도 있었다. 가쓰코 자신은 부모 뜻대로 움직여 온 사람이다. 그것이 자신의 운명이다. 친구로 오랫동안 교제하는 것밖에 기시모토에 대해서 자신이 취할 수 있는 길은 없다. 어떻게 해서든지 자신은 그 방향으로 나가고 싶다. 평생의 친구―얼마나 즐거운 일일까 하고 생각했다. 이것이 전날 하룻밤 내내 계속 생각한 끝에 결정한 것이었다. 가쓰코는 차에서 이 생각을 되풀이했다.

아이조메(藍染) 강의 흐름을 따라 약간 구부러진 곳에 스게가 사는 하숙집이 있었다. 차는 검은 판자 울타리 밖에 멈쳤다. 문 안에는 대나무, 벽오동, 그리고 굴거리나무 등이 눈에 띄었다. 정원은 사람 손이 닿지 않는 듯 황폐해 보였다. 막다른 곳에 있는 안채에는 옛날식으로 돌출된 격자문 창이 있었다. 가쓰코는 두근거리는 가슴으로 조잡한 격자문 밖에 서 있었다. 가쓰코는 기시모토를 찾아온 것이었다.

71

산에서의 일로 상처받은 후 스게는 한층 깊이 가쓰코의 심정을 안타깝게 여겼고, 이렇게 다시 기시모토를 만날 기회를 마련해 주었다. 자신의 방까지도 비워서 빌려 주었다. 여기까지 일이 진행된 것은 모두 그의 호의였다.

기시모토는 나가서 맞이했다. 가쓰코는 안내를 받으며 스게의 방으로 갔다. 기시모토가 하치노헤로 간다며 고비키초 2층에서 둘이 처음 만났을 때와 비교하면, 기시모토도 여러 가지 일을 겪었고 가쓰코도 그때의 자신이 아닌 것 같았다. 두 사람은 이상한 듯이 얼굴을 마주보았다. 이렇게 다시 만나는 것조차 이미 기시모토에게는 불가사의하게 생각되었다.

기시모토의 머리카락은 이제 전처럼 자라서 슬픈 기억을

덮으려는 듯 보였다. 가쓰코를 보고 먼저 그의 마음에 떠오른 것은 앞으로는 이런 식으로 이야기할 기회도 없을 것이라는 점이었다. 만나서 얼굴 한 번 보기 위해 그는 얼마나 슬픈 날을 지내 왔는가?

"내일 일은 알 수 없습니다."

이런 식으로 기시모토는 말을 꺼냈다.

"자, 마음껏 이야기합시다."

가쓰코는 인사하기가 곤란했다.

"당신은 그렇게 말씀하셔도—."

마음껏 이야기하자고 말했지만, 그렇다면 무슨 이야기를 할 것인지, 마음껏 나눌 이야기가 하나도 없었다. 이야기할 것이 없다기보다 이야기할 수가 없었다. 가쓰코만 하더라도 잠도 못 자고 생각해 온 것이 있고 그것을 말하기 위해 온 것인데도 친구로 오래 사귀자는 말 같은 건 입에서 나오지 않았다. 가쓰코는 이제 모든 것을 잊은 듯했다.

기시모토는 차와 과자를 권하면서 자신의 어머니가 고향에서 도쿄로 왔을 당시의 모습을 가쓰코에게 들려주었다. 그것은 작년 12월에 있었던 일로, 어머니, 형수, 형수의 딸, 그리고 동반자, 이렇게 네 사람이 해가 지고 나서 신바시 정거장에 닿았다. 어머니는 남자가 입는 것 같은 검은 모직 외투를 입고, 형수는 두꺼운 숄로 몸을 감싸고 있어, 정말 추운 산골에서 온 여행자처럼 보였다. 혼잡한 정거장에서는 그다지 말도 나눌 수가 없었다. 어머니의 눈에 비친 기시모토는 몰라볼 정도로 자라 있었고, 이 사람이 내 아들인가 하고 의아스러워 할 정도였다. 제대로 인사도 못하고 어머니와 함께 차를 탔다. 그때까지도 어머니는 낯선 젊은이와 함께 탔다고 의심하고 있었다. 기시모토가 도쿄의 밤거리를 가리키며 '어머니'라고 한 말에 놀라서 처음으로 '기시모토였구나' 라고 생각했다고 했다. 나중에 이런 이야기를 하면서 많이 웃었다. 오랫동안 헤어져 있던 모자는 이런 식으로 만났다.

이야기다운 이야기는 이 정도였다. 그럭저럭 하는 동안에 헤어져야 할 때가 왔다. 두 사람은 얼굴만 마주 대했을 뿐, 하고 싶은 말도 채 못하고 또다시 헤어져 버렸다.

72

기시모토는 혼자서 스게의 방에 머물렀다. 그날 이야기는 나중에 생각하니 참으로 어이없는 일뿐이었다. 이렇다 할 기억에 남길 만한 말도 나누지 못했다. 다만 두 사람이 아무 말도 하지 않고 있었을 때의 정적만이 가쓰코가 돌아간 뒤에도 여전히 방안에 남았다.

"Your hands lie open in the long fresh grass, —
The finger-points look through like rosy blooms :
Your eyes smile peace. The pasture gleams and glooms
'Neath billowing skies that scatter and amass.
All round our nest, far as the eye can pass,
Are golden kingcup-fields with silver edge
Where the cow-parsley skirts the hawthorn-hedge.
'Tis visible silence, still as the hour-glass.
Deep in the sun-searched growths the dragon-fly
Hangs like a blue thread loosened from the sky : -
So this wing' hour is dropt to us from above.
Oh! clasp we to our hearts, for deathless dower,
This close-companioned inarticulate hour
When twofold silence was the song of love."

(길게 자란 풀밭 위에 그대는 손을 드리우고
손가락 끝은 장미꽃 빛깔을 띠고 있다.
눈은 평화스러운 모습으로 흩어졌다 모이고
굽이치는 하늘 아래 초원은 빛나며 어두워진다.

우리의 보금자리 주위는 저 아득한 곳까지

은빛 테를 두른 미나리아제비의 나물 들판
파슬리가 산사나물 울타리를 둘러싸고 있다.
눈으로 느껴지는 이 고요, 물시계같이 고요하다

햇빛이 비치는 숲 깊숙이
하늘에서 늘어진 파란 실마냥 잠자리가 앉아 있고
나래는 이렇게 방울져 떨어진다
오! 두 겹의 침묵이 사랑의 노래인
친밀하고 분명치 않은 이 순간
영원한 부산함으로 우리는 가슴에 껴안는다.)[38]

생명의 노래. 이 시가 가슴에 떠올랐다. 정말로 성에 차지 않는 해후였지만 한편으로 생각하면 기쁨이라든가 슬픔을 초월해 가슴을 놀라게 할 만한 일이 많았다. 기시모토는 가쓰코의 얼굴을 똑똑히 볼 수 있었다.

그날 헤어질 때, 기시모토는 자신이 가지고 있던 손수건을 가쓰코에게 주고, 가쓰코가 가지고 있는 것을 자신이 받았다. 가쓰코의 손수건은 약간 더럽고 주름져 있어서 그런 물건을 교환하는 것이 부끄럽기도 하고 실례라고 생각하는 듯 보였지만, 기시모토 쪽에서 억지로 받아냈다. 그것은 기시모토의 소맷자락 안에 있었다. 그는 코를 풀기도 하고 눈물을 닦기도 한 듯한 그 손수건을 소중하게 꺼내서 자신의 얼굴에 대었다. 그리운 사람의 살내음을 맡는 것처럼 느꼈다.

만남에 대해 듣기 위해, 저녁나절에 스게와 이치카와 두 사람이 함께 들어왔다. "아무런 이야기도 못했어." 이렇게 기시모토는 친구들에게 말하며 웃었다.

이치카와는 야나카에 있는 절이 싫증난다며 이 하숙으로 옮겨와 있었다. 지금은 스게와 같은 방에서 책상을 나란히 하고 있었다.

"이 하숙집은 좋아, 태평해서 좋아."

이치카와는 무엇인가 생각난 듯이 말했다.

스게는 웃으며,

"자네와 같이 있으면 싸움은 하지 않겠군—기시모토라면 약간 불안하지만."

"죽이 잘 맞으니까."

이런 말을 하며 이치카와는 스게를 부둥켜안으려고 했다.

73

스게 혼자서 있을 때도, 이케노하타가 동료들의 회합 장소 같은 곳이었는데, 더욱이 이치카와가 들어와서 책상을 나란히 하게 되어 하숙집은 점점 친구들의 발길이 잦아졌다. 주인 아주머니는 손님에게 겉치레 말 한마디 없었고 부리는 하녀도 그렇게 눈치가 빠른 편도 아니었지만 그래도 어딘가 좋은 구석이 있었고, 마음이 편하며 안락한 곳이었다. 게다가 방이 완전히 별도이고 현관에서 바로 통할 수 있어서 출입하기에도 자유로웠다. 퇴락했지만 정원의 나무로 둘러싸여 있다는 점과 처음부터 하숙을 위해 만들어진 집이 아니라는 점이 이 방을 조용하고 쾌적하게 느끼게 했다.

이치카와가 그린 셸리[39]의 초상화도 액자에 넣어 새롭게 이 방을 장식했다. 그는 그림이 약간 크다고 말했다. 이것은 도코노마의 벽에 세워서 걸도록 되어 있었다. 길게 늘어진 머리와 약간 기울인 목, 그리고 젊은 눈빛 등이 목탄으로 거칠게 그려져 있었다. 이 초상화 앞에서 친구들은 열심히 문예부흥기 따위를 이야기했다. 혼자서 조각도 하고 그림도 그리고 시도 짓고 뿐만 아니라 건축 설계도 했다는, 여러 방면에 걸쳐 힘이 넘치는 거장이 속출했던 시대의 이야기가 나오자, 친구들은 어느새 자신을 잊은 채 눈썹을 치켜 뜨기도 하고 팔을 걷어붙이기도 했다. 단테, 미켈란젤로[40], 또는 미소년 라파엘의 이름이 자주 되풀이되었다. 중세기 무렵의 남녀 이야기, 비밀스러운 승려의 사랑, 그 밖에 시인, 미술가의 정사에 관한 일 따위도 자주 파헤쳐졌다.

이치카와는 여기서 예술의 경지라는 글을 썼다. 또한 어느 박명한 시인의 연서를 번역했다.

자주 산에 대한 이야기도 나왔다. 가끔 스게는 대단히 화가 난다는 듯이 짙고 남자다운 눈썹을 움직이며 변조(變調)를 논하고 오늘날의 주의와 도덕을 큰소리로 비난하기도 하며 격렬한 모습을 보였다. 그런가 하면 또 자기 일 같은 노래 한 수를 생각해 내서 안타까운 심정이 될 때도 있었다. 아다치가 와서 산에 관한 이야기를 시작하면 그는 견디기 어려운 표정을 지으며 형 같은 친구에게 기댄 적도 있었다. 그리고 기시모토를 앞에 두고

"이런 사내나 모리오카가 있다는 것을 나는 더 이상 견딜 수 없어"라고 말하기도 하고

"자네는 사내니까 아직 괜찮아, 게다가 친구도 이렇게 많이 있고—모리오카를 보게나. 혼자서 괴로워해야만 돼. 어떻게 위로할 수 있을까?"

라고 말하기도 했다.

74

 아다치가 산에서 쓴 일기도 읽었다. '나는 친구의 숙모를 만났다' 라고 그는 그 속에 썼다. '그 사람은 역시 세상의 어려움을 겪은 탓인지 더욱 배려를 잘 해서 이야기하는 것도 아주 착실했다. 그렇지만 아직 어딘가 유교적 사상이 있었고, 사랑의 참된 맛을 이해하지 못하는 모습이었다. 나는 친구를 위해 여러 가지로 변명했다. 숙모는 오직 놀랄 뿐이었지만, 겨우 친구의 충정을 이해하게 되었고, 그 소녀를 하여간에 만나 보자고 했다. 친구는 무엇이나 간단하게 하곤 하였다. 숙모는 내 이야기를 통해서 처음으로 사정을 자세히 알게 되었다고 했다. 나는 더욱이 친구의 마음이 꼭 소녀를 얻지 못해서 불만족스러운 것이 아니라, 그녀의 영성(靈性)을 아직 더럽히지 않도록 구하는 데 이유가 있다고 했다. 또 사랑이란 타성(他性) 내부에서 자기를 찾는 것으로, 인간의 진가는 그의 내면세계가 어떤가에 따라 정해진다는 설명을 수긍하지 못했다. 이런 이야기로 굳어진 여사의 마음을 여는 것이 참으로 미덥지 못한 일이다.

 29일. 친구의 숙모님을 방문했다. 여사는 그대라는 소녀를 이곳에 맞이하는 것은 좋지 않다고 했다. 나는 참으로 그 소녀는 들판에 핀 꽃으로, 빛도 향기도 없음은 그대가 말하는 바와 같고, 당세의 숙녀 마음에 어울리지 않는다. 그러나 인간의 참된 가치는 외모만으로는 판단하기 어렵다. 인간의 지위, 학식, 재산, 의복, 용모의 아름다움을 모두 버린 뒤에 남는 것은 무엇인가. 이 순수하디 순수한 것이야말로 참된 인간의 내면이라고 생각한다. 여기서 귀인, 천인이 무슨 소용이란 말인가. 이번 일도 강인한 사람에게 무슨 들뜬 마음 때문에 생긴 일이라고 보는 것도 이유가 없다고는 할 수 없지만, 이제까지 타인의 모범이 되어 왔던 조카가 그렇게까지 생각하는 일은 아주 괴로운 일이라고 생각한다. 그리고 또 그대는 조카가 우연히 그대를 보고, 순간적으로 느낀 것을 천하다고 하지만, 인간 영혼의 불꽃은 순간적으로 발하고 순간적으로 멸하는 것이다. 그의 천성의 불꽃은 아련한 실마리가 도화선이 되어서 순간적으로 참된 천지의 광명을 인간의 내부에 전한다. 이 도화선을 준비하는 데에는 때가 필요하다. 활화격발(活火激發)하는 것은 확실히 순간적으로 이루어진다. 아니 그 순간이야말로, 오히려 귀한 것이다. 또 그대는 한때의 정에 지나지 않으니, 평범하게 시간을 보내면 쉽게 식어 버릴 것이라고 하지만, 원래 사랑은 한때의 정이므로, 시간이 지나고 날이 갈수록, 지금은 완전히 정신 전체를 지배하고, 한 개의 주의에 고정되고, 그만 그 목적을 얻지 못하면, 점점 심하게 돌진하는 것이다. 그대는 사랑이란 그런 것이고, 그의 정은 이렇다, 따라서 장래는 이렇게 될 것이라고 함부로 섣부른 잘못된 결단을 내리고, 나중에 이르러 후회할 일이 없기를. 그야 남자가 한번 이렇다고 마음을 정한 일, 천 길의 바위는 아니지만 굴릴 수 있는 보기는 아닐 것이다. 나는 죽어도 함께할 친구가, 나중에 고독한 생애를 보내는 모습이, 지금도 더욱 생생하게 눈에 비치므로, 나중에 이르러 후회하지 않도록, 그대에게 고하지 않을 수 없다.

 숙모. 그렇다면 인간을 여러 가지 측면에서 관찰하고, 뒤에 어떤 결과가 올지를 실험하기 위해, 일부러 이 사건을 깨뜨리는 것이 어떨까요. 날아오는 나비가 어느 꽃가지에 앉을까를 보는 것 같은 마음이라면, 이는 참으로 쉬운 일이리라. 아니, 나는 그런 일은 할 수 없다. 그런 냉담한, 무참한 마음은 내가 가진 것조차 부끄럽게 한다. 나는 그의 마음을 움직이기 어려운 사실을 믿으니, 새삼스레 실험할 필요를 느끼지 않는다. 모르는 일을 발견하기 위한 실험에서 내 목숨을 희생하는 것도 꺼리진 않지만, 예로부터 사람의 마음이 움직이기 어려운 보기가 많은 것을 의심해서, 한 사람의 사랑하는 친구를 정신적으로 살해하는 것은 너무나도 무정하다고 생각한다. 나는 그런 각박한 나쁜 마음을 갖고 있지 않다. 나는 물에 빠진 사람이 당연히 죽는다는 것은 알고 있는데, 이를 증명하기 위해 친구를 물 속에 빠뜨리는 어리석음을 배우지 않았다. 내 가슴은 아주 좁다. 그래서 이런 무정한 마음을 받아들일 여지가 없다. 아, 그대가 만일 이 일을 파기시켜, 장래의 불행을 회복할 마음이 있다면, 그것은 참으로 대단한 잘못일 것이다. 그대는 연애하는 마음을 많이 갖고 있다. 그러나 그대는 조카의 정을 잘못 헤아리고 있다고 생각하시오."

아다치의 우정은 이 일기 한 구절에도 잘 나타나 있었다.

75

紈袴不餓死 儒冠多誤身
丈人試靜聽 賤子請具陳
甫昔少年日 早充觀國賓
讀書破万卷 下筆如有神
賦料楊雄敵 詩看子建親
李邕求識面 王翰願卜隣
自謂頗挺出 立登要路津
致君堯舜上 再使風俗淳
此意竟蕭条 行歌非隱淪
騎驢十三載 旅食京華春

朝扣富兒門 暮隨肥馬塵
殘盃与冷灸 到處潛悲辛
主上頃見徵 欻然欲求伸
青冥却垂翅 蹭蹬無縱鱗
甚愧丈人厚 甚知丈人眞
每於百寮上 猥誦佳句新
窃効貢公喜 難甘原憲貧
焉能心怏々 祗是走踆踆
今欲東入海 即將西去秦
尙憐終南山 回首淸渭浜
常擬報一飯 況懷辭大臣
白鷗波浩蕩 万里誰能馴

(비단 옷 입은 사람은 굶어 죽지 않는다는데
선비 고깔 쓴 사람은 그 몸을 망치는 이 많구나.
장인은 비로소 가만히 들어 보시라
소인이 다 베풀어 이르기를 청하노라.
예전에 나 두보가 소년일 적에
일찍이 나라의 빛을 보는 손님에 끼였었다.
책을 읽어 만 권을 넘으니
시문을 지으매 신들린 듯했다.

詞賦로는 揚雄을 대적할 만하고
시로는 子健과 친할 만하다 하노라.
이옹이 나를 만나기를 구하고
왕한이 이웃에 와서 살고자 원하더라.
스스로 이르기를 자못 빼어나서
중요한 벼슬길에 올라
임금을 요순 위에 이르게 하고
다시 풍속을 순후케 하리로다.
이 뜻이 마침내 蕭條하니
돌아다니며 노래 부름이 은둔도 아니로다.
나귀를 타고 서른 나문 해를
서울의 봄날에 와서 나그네 밥을 먹는다.
아침에 부잣집 문에 가 두드리고
저녁에 살진 말을 탄 티끌을 쫓아다녀.
먹다 남은 술잔과 식은 불고기를
간 데마다 숨으니 슬프더라
임금이 저즈음에 부름을 뵈실 때
문득 베풀어 구하고자 하더라.
하늘 해가 도로 날개를 드리우고
어그러뜨려 방종한 비늘이 없더라.
장인의 도타운 정을 심히 부끄러워하니

장인이 진실한 사랑을 잘 아노라.
매양 만조백관 위에 앉아서
나의 글귀의 새로움을 외오시도다.
萬貢의 기뻐함을 그윽이 본받고자 하건만은
子思의 가난함을 달게 여기기 어렵구나.
어찌 마음에 차지 아니하여 괴로워할 것인가.
오직 이 달림을 주저하리오.
이제 동녘으로 바다에 들어가
바로 장차 서쪽으로 秦나라로 떠나고저 하건만은
오히려 終南山을 생각하여
맑은 渭水 가에서 머리를 돌려 바라본다.
언제나 한 번 밥 먹은 은혜도 갚고저 여기면서
하물며 大臣을 버리고 갚을 생각할 것인가.
흰 갈매기가 흰 물에 기어 드나니
만리에 뉘 능히 길들일 것인가.)

 이렇게 시 읊조리는 소리가 자주 방 한구석에서 들렸다. 힘있고 감정이 풍부한 아다치의 목소리는 이 시를 읊기에 알맞았다. 이치카와와 기시모토도 아다치의 소리에 함께 장단을 맞춘 적도 있었다.
 시간의 흐름조차 이케노하타에 있는 하숙집에서는 잊어

버릴 정도였다. 따스한 비가 내려서 창 밖의 초목도 부활하듯이 보일 즈음에는 여기에 와 있는 친구들의 마음도 함께 밝아졌다. 그중에서도 나이가 어린 무리들은 자신들이 어떻게 될 것인가를 생각해 볼 겨를도 없이 단지 젊은 생명을 즐기려고 하였다. 이치카와 등은 이제 그 분위기에 취해 버렸다. 그는 학교의 일과를 버리고 돌보지 않았다.

사려 깊은 이치카와는 천둥이라도 와서 잡아갔으면 할 정도로 발버둥치는 스게의 얼굴을 바라보며 힘주어 말했다.

"냉정한 판단, 냉정한 판단."

"자네에게는 그런 냉정한 판단력이 있어"라고 스게가 말하자 서로 깊은 생각을 하는 표정을 지었다. 그들은 가슴을 뚫고 끓어오르는 듯한 생생한 내부의 기운에 눌려 어찌할 도리가 없었던 것이다.

구리타(栗田)라는 스게의 사촌도 가끔 왔다. 그리고 이 방에서 부손(蕪村)의 하이쿠 같은 걸 읊어 주었다. 사촌형제간이라고 하지만 스게와는 상당히 분위기가 다른 사람으로 활달하고 재미있는 성격의 청년이었다. 농담을 자주 해서 친구들의 이야기를 흩뜨려놓기도 했다. 그가 시를 한 수 읊어서 들려준 뒤에는 마치 입맛을 다시며 맛있는 음식이라도 먹은 것처럼 아직 그 맛이 입에 남아 있는 것 같았다. '봄날의 바다. 하루 종일 너울너울 춤추고 있네' 같은 것은 자주 읊는 시였다.

우에노의 꽃이 한창일 무렵에는 음악회에서 귀가하는 길에 이곳에 들러서 연주회에 관한 비평을 하는 사람도 있었다. 이런 동료 중에는 오카미의 동생, 후쿠토미(福富) 등이 있었다. 후쿠토미는, 이치카와, 구리타 그리고 오카미의 동생과 마찬가지로 고등학교 교복을 입고 있었고, 이치카와보다 약간 어렸다. 예술에 깊은 흥미를 가진 청년으로 그 방면에서 이치카와 등과 죽이 잘 맞았다. 르낭[41]의 『예수전』을 친구들에게 소개한 것도 그였다. 그는 이치카와를 통해서 저절로 친구들 무리에 들어오게 되었다.

4월 음악회에는 디트리히[42]의 송별 독주회도 있었다. 후쿠토미는 독주회의 광경을 들려주었다. 곡명은 베토벤의 '로망스' 다음으로 스포르의 '콘체르토 9번'. 후쿠토미의 말로는 일본에 베토벤을 처음으로 전한 사람이 디트리히였다고 한다. 그 사람이 이제 막 동양을 떠나려 하고 있었다. 음악광이 아니더라도 가슴이 두근거리지 않을 수 없었다. 하물며 그 음악가가 바이올린을 들고, 음악당 흰 벽 앞에 서서 작은 손가락 하나로 여덟 음을 오르락내리락할 때는 슬러[43]가 있었고 트릴[44]이 있었다. 반음계를 신속하게 올리는 것들을 보고 있노라면 무의식중에 귀까지 달아올랐다. 이렇게 자세하게 평을 들려준 것은 친구들 중에서 후쿠토미 한 사람이었다. 그날은 이치카와도 가서 눈물을 흘리며 돌아왔다.

후쿠토미라는 새로운 얼굴이 들어와서 친구들의 이야기는 한층 활기를 띠었다. 이케노하타를 나와서 오가와바타로 돌아갈 때, 기시모토는 스게한테서 뭔가를 받았다.

76

기시모토의 어머니와 형수는 벌써 미노와(三輪)에서, 형 다미스케와 함께 지내고 있었는데, 기시모토는 아직 은인의 집에서 머물며 아침저녁으로 도와주고 있었다. 그날도 그는 오가와바타로 돌아가서 자기 방처럼 쓰던 다실에 박혀 스게에게서 받은 것을 펼쳐 보았다.

그것은 올 1월 무렵부터 꽃피는 시절까지 대강 4개월 동안 가쓰코가 쓴 일기식 편지였다. 어떤 곳은 일주일 간격을 두고 쓰고 어느곳은 2, 3일 계속해서 쓴 것으로 그날그날 생각한 일을 순서 없이 늘어놓은 것이었다. 전에 이케노하타에서 만난 전후의 일이 특히 자세하게 씌어 있었다. 기시모토는 우선 대강 훑어보고 왜 가쓰코가 이런 것을 보내 왔는지를 생각해 보았다. 가쓰코가 어떻게 하루하루를 고지마치에 있는 언니 집에서 보내는지, 어떤 두려움과 슬픔이 그녀의 가슴속을 오가는지, 이 편지 묶음으로 대강 알 수 있었다.

기시모토는 다시 하루씩 자세히 읽어 보았다. 그와 가쓰코는 동갑이고 책을 읽는 것은 그가 가르쳤어도 마음씀씀이는 가쓰코가 훨씬 누나 같았다. 이 편지를 통해 그는 오히려 가쓰코에게 배웠다. 그렇게 초조해 하며 소란을 피워 한 길로 몰고 가는 것만이 남녀의 정이라고는 할 수 없다. 깊은 정은 다른 곳에 있다. 왜 그렇게 흥분해 버릴까? 왜 그리 엉뚱한 일을 생각하는 것일까? 조금은 내 심정도 알아주면 좋을 텐데—이렇게 누나가 동생을 가르치듯이 씌어 있었다. 일상의 여성스러운 감상을 통해서 넌지시 암시하는 듯했다.

왜 이렇게 내 심정을 표현할 수 없는 것일까라고 가쓰코는 또 따로 적어서 보냈다. 집에 있을 때는 아침부터 밤까지 쉴새없이 이야기면서, 이케노하타에서는 아무 말도 할 수가 없었다. 이렇게 가쓰코는 써 보냈다.

"모리오카 말인가요?—그런 여자는 어쩔 수 없습니다. 자기 주장이 없어서 안 됩니다."

가쓰코 이야기가 나올 때마다, 기시모토는 자주 이런 말을 했었다. 그 자기주장이 없다는 사람으로부터, 반대로 기시모토가 웃음거리가 된 느낌이었다. '아무래도 여자가 훨씬 사리에 밝구나'라며 한 친구가 웃은 일도 있었다.

여러 가지 슬픈 일들을 겪어 온 기시모토는 어느 정도 남의 심정을 헤아릴 수 있었다. 기시모토는 신중하게 가쓰코의 편지를 읽었다. 그리고 적어도 자기를 떠나서 여자의 처지를 생각하기 시작했다. 4월 말, 기시모토는 고지마치의 학교에서 졸업식에 대한 안내를 받았다. 그는 숙부로부터 물려받은 낡은 손가방—그 무렵, 그런 가방이 유행해서 숙부는 곧잘 수금을 나갈 때 속임수로 들고 갔다—에 가쓰코가 보낸 편지를 넣고, 남의 눈에 띄지 않을 곳에 감춰두고 그리운 곳을 향해서 집을 나섰다.

77

그날은 지난 일을 여러 가지로 생각하게 하는 날이었다. 우시고메(牛込)의 바로 앞에서 후지미초(富士見町)로 가서 둑 위로 오르면 오랜 소나무 사이로 한 줄기 좁은 길이 있어서 그때 그곳은 걷기에 좋았다. 그곳에서는 수목이 많은 이치가야(市谷)의 마을들이 내려다보였다. 도랑을 따라 일대의 평지도 보였다. 둑은 낮은 언덕이 이어진 것처럼 여기저기 넓게 퍼져서 평지가 되는가 하면 또 땅이 솟아 있어서 길로 떨어진 곳은 재미있는 작은 경사를 이루고 있었다. 해가 비치는 곳은 풀이 파랗게 보였다. 기시모토는 고지마치의 학교를 다닐 무렵 아카기(赤城)에서 하숙하고 있어서 이 둑을 오갔었다. 둑이 끝나는 곳에서 오비사카(帶坂)에 올랐다. 고요하고 그늘이 많은 언덕에 동백꽃 따위가 떨어져 있었다. 한쪽에는 오래된 마을이 있었다. 그곳은 기시모토가 마음에 들어 하는 언덕으로 꼭 지나는 길이었다.

학교가 가까워질수록 혼란스러운 기억이 기시모토의 가슴에 끓어올랐다. 문에 들어서자 정원이 있었다. 입구 좌우에는 강당과 응접실이 있었다. 입구에서 기시모토는 뺨이 붉은 두세 명의 웃는 얼굴과 마주쳤다. 응접실과 교무실 사이에는 복도가 있었고, 기숙사에서 강당으로 통하게 되어 있었다. 식을 시작하기에는 아직 일렀지만, 준비를 위해 사람들이 바쁘게 복도를 오가고 있었다. 기시모토는 웃음 띤 여러 얼굴들과 마주쳤다. 갸름한 얼굴의, 온화하며 사려 깊은 눈매를 한 세상물정 모를 것 같은 남자의 얼굴과도 마주쳤다. 머리가 벗겨지고 사람 좋아 보이는, 웃기 전부터 벌써 싱글벙글하는 노인과도 마주쳤다. 그리고 전에 본 기억이 있는 젊은이들의 웃는 얼굴과도 많이 마주쳤다.

"야, 기시모토 씨. 잘 오셨어요."

이렇게 인사하며 매우 바쁜 듯이 막 복도를 지나치는 사람도 있었다. 긴 곱슬머리, 약간 창백하고 넓은 이마, 여러 가지 일을 경험한 듯한 얼굴, 그 외에 이 사람의 얼굴과 풍채는 참으로 남자다운 침착함을 갖추고 있으며, 그러면서도 어딘가 지켜야 할 도리를 지키지 않을 것 같은 구석이 있었다. 용감하다고 할 만한 호탕한 기풍과 은자(隱者)처럼 주의 깊은 면이 함께 섞여 있는 듯했다. 이 사람이 오카미였다. 오카미는 학생을 지휘하기 위해 식장 쪽으로 서둘렀다. 차차 학생들의 가족들이 모여들었다. 아직 약간 시간이 있다기에 기시모토는 잠깐 학교 문을 나와서 근처에 살고 있는 선생님을 방문하려고 했다. 선생님은 이미 백발의 할아버지였다. 기시모토는 선생님으로부터 중국 전기류(傳奇類)에 관한 이야기 등을 자주 들었었다.

그 집으로 가는 도중에 등뒤에서 자신을 부르는 소리가 있었다.

"선생님. 선생님."

긴 담장이 있는 저택 모퉁이에서 기시모토는 뒤돌아보았다. 나들이옷으로 보이는 쥐색 예복을 입고 서둘러 달려와서 조금 붉어진 듯한 젊디젊은 혈색이 뺨으로 오르는 것을 보았다. 밤낮으로 잊을 수 없었던 크고 깊고 빛나는 여성스러운 두 눈이 반짝이고 있었다.

78

　노선생님 댁을 물러나 기시모토가 학교로 돌아왔을 무렵에는 학부형도 대부분 와 있었다. 딸 자랑을 하듯이 보이는 부모들은 그날 화려하게 차려입은 아이들의 뒤를 따라 각 교실을 돌아보기도 했다. 복도의 흰 벽에는 사이좋은 친구들이 늘어서 있었고 왠지 작별이 아쉽다는 듯한 표정의 학생들도 있었다. 자매처럼 서로 손을 잡고 위세 좋게 기숙사 쪽으로 가는 학생도 있었다. 그날의 졸업생은 보통과가 20명 정도였고, 고등과가 4명이었다. 가쓰코도 그 4명 중에 포함되어 있었다.

　남학생의 졸업식과는 달리 학교를 나가면 바로 머리를 틀어올리는 사람도 있는 여학생들의 졸업식이라서 그런지 왠지 이런 젊은이들의 졸업식은 청춘 시대에 작별을 고하는 듯한 느낌이 들었다. 빨리 졸업하고 부모 곁으로 돌아가고 싶다는 사람은 적었다. 허전하고 불안한 마음이 많은 졸업생의 가슴속에 있었다. 그들은 모두 학교를 떠나기 싫어했다.

　이치카와는 스게의 권유로 이케노하타에서 함께 왔다. 덴마초에서 세이노스케가 왔다. 이런 화려한 장소에서는 세이노스케의 차림이 특히 눈에 띄었다. 그는 이치카와가 고등학교 교복 차림인 데 반해 하오리와 하카마 차림으로 말쑥하게 차리고 왔다.

뜻하지 않게 친구들은 이 학교에서 모이게 되었다. 정원을 향한 교무실 창가에서 서로 얼굴을 마주 대하자 아오키가 보이지 않는 것이 마음에 걸렸다. 요시와라 근처에서 있었던 모임에서 들었던 아오키의 웃음 소리를 이런 장소에서 들을 수 있었다면 하고 기시모토는 생각했다. 그날 졸업하는 젊은이들은 모두 아오키의 가르침을 받은 학생들이었다.

"아오키 군은 어찌 된 것일까?"

이렇게 이치카와가 말을 꺼냈다.

"글쎄, 찾아가도 좋을지 어떨지 몰라서"

라고 말하며 기시모토는 미간을 찌푸렸다.

"부인이 될 수 있는 한 손님을 만나지 못하도록 방침을 세웠나 보더군."

스게가 말했다.

아오키를 생각할 때마다 왠지 친구들은 어두운 그림자를 지고 있는 듯했다. 아오키는 지금 완전히 고독했다. 친구조차 찾아오는 것을 꺼리는 그런 처지였다. 그래도 스게와 기시모토 두 사람은 걱정이 되어서 찾아가는 편이었고 이 학교의 교장인 세키네(關根)의 소개로 여러 종교인을 만났다는 말을 들었다. 기시모토의 말로는 아오키는 종교적인 생애에 몸을 바치려 하고 있지만, "아무래도 나는 어떤 대상을 믿고

자 하는 마음이 생기지 않아"라고 말했다는 것이다. 또 스게의 말로는 친구가 찾아갈 때는 얌전하면서 어째서 혼자가 되면 그처럼 미치광이처럼 발광하는 것일까, 참으로 이상하다, 완전히 다른 사람 같다고 부인이 탄식했다고 했다.

스게는 기시모토의 얼굴을 바라보면서 말했다.

"일전에 자네와 갔을 때는 어두운 방에 있었지?"

"그래, 그래"

라며 기시모토도 생각났다는 듯이,

"아무래도 이것 때문이라고, 계속 그 상처를 신경 쓰고 있었지."

기시모토는 목 언저리를 가리켜 보였다. 이치카와와 세이노스케 두 사람은 불쾌한 표정을 지었다. 이런 이야기를 하는 동안에 개회를 알리는 종소리가 울려 퍼졌다. 네 친구는 함께 서둘러 식장으로 향했다.

79

뒤쪽 벽 가까이로 친구들은 모였다. 스게는 내빈 중에 새치가 많은, 얼굴이 갸름한 양복 차림의 사람을 발견하고,

"지하루(千春) 씨도 오셨군."

이라고 기시모토에게 속삭였다. 기시모토는 스게 쪽에서 쳐다본 후 고개를 끄덕였다. 어린 여학생들이 읽은 문장 중에서 특히 내빈의 주의를 끈 것도 있었다. 그 소녀가 보랏빛 화살 무늬 옷을 입고, 끈을 야(や)자로 묶은 점이 왠지 덴마초의 료코를 생각나게 했다. 몸집이 작고 재기가 넘쳐 보이는 점도 료코와 비슷했다. 네 사람이 나란히 서서 창가를 불렀는데 그들 중 한 사람은 가쓰코의 여동생이었다. 송별사와 노래가 시작되자 여기저기서 코를 훌쩍거리며 우는 소리가 들렸고 환송받는 학생들은 모두 머리를 들지 못했다. 세키네 교장은 과연 이런 곳의 교육자답게 근엄한 풍채를 가진 사람으로 온화하면서도 위엄있는 눈빛으로 간절하게 권고의 말을 했다. 가쓰코의 답사와 현악 합주가 끝나자 여흥으로 옮겨졌다.

다과가 나뉠 무렵, 내빈도 슬슬 움직이기 시작했다. 즐겁게 웃는 소리, 속삭이는 소리가 여기저기에서 들렸다. 접대를 담당한 소녀는 그 사이를 바삐 오갔다. 이치카와는 화려한 자리에서 설레는 마음을 더 이상 잠자코 있을 수 없었다. 그는 아름다운 환상을 눈앞에 불러모은 듯이 낮지만 힘있는 목소리로

"오, 루시라, 마들린, 릴리안, 마가렛."

하는 식으로 여자 이름을 부르며 웃었다. 세이노스케는

이치카와가 웃는 것을 보고 웃었다. 스게는 무엇인가 생각난 것처럼 유심히 바라보고 있었다. 아마 이렇게 많은 사람이 있어도 하코네에 비할 만한 사람은 찾지 못했을 것이리라.

여홍에는 지난 졸업생도 섞였다. 힘센 남자 신(神)으로 분장하고, 내빈 쪽에 얼굴을 보이지 않도록 나온 사람이 있었다. 이소코였다. 그녀의 늠름한 뒷모습에는 신화에 나오는 하늘에 있다는 바위굴도 열릴 듯 보였다. '아무리 봐도 남자야'라고 친구들 뒤에서 감탄하는 사람도 있었다. 힘센 남자 신에 이어서, 고야네노미코토(兒屋命), 우즈메노미코토(宇受賣命), 그리고 여러 신으로 분장한 학생들이 나왔다. 신들은 모두 부끄러워하는 모습이었다. 비쭈기나무는 대나무로 대신하고, 그 뒤를 바위굴로 보이게 했다. 아마테라스오미카미(天照大神)는 가쓰코가 분장했는데, 그녀도 대나무 잎에 숨어서 될 수 있는 대로 내빈에게는 얼굴을 보이지 않게끔 했다. 문답 뒤에 신들은 모두 함께 창가를 불렀다.

얼마 뒤에 식은 끝났다. 젊은 사람들은 제각기 무리를 이루었다. 여기 한 무리, 저기 한 무리, 소중하게 졸업 증서를 가지고 있는 학생도 있었고 앞일을 이야기하는 학생도 있었고 고향으로 돌아갈 논의를 하는 학생도 있었다. 한 사람 한 사람 떼어놓고 보면 그다지 기운 없어 보이던 소녀들까지, 함께 모여 있으면 생기발랄하게 보였다. 무리를 지으면 반드시 그곳에는 젊은 공기가 감도는 듯했다. 스게와 이치카와 그리고 기시모토 세 사람은 함께 학교를 나왔다. 가는 도중에 터져 나오는 웃음 소리가 네 사람 사이에서 일었다. 이치카와는 그날 식장에서 본 사람들을 세어 보고 놀랐고 무슨 책에나 나올 법한 학생들의 슬픔에 놀랐다며 웃었다. 가쓰코가 읽은 고별사 중에는 '세월에 속아서'라는 문구가 있었다며 이치카와는 또 웃었다.

80

푸른 잎이 여기저기 보이는 마을의 기와지붕 사이에 잉어를 그린 휘장을 올린 것은 얼마 뒤의 일이었다.

기시모토가 있는 숙부집에서도 외아들 히로시가 11살이 되는 것을 축하하기 위해 장대를 정원 구석에 세웠다. 비늘을 그려 넣은 물고기 모양의 원통형 깃발을 5월의 하늘로 높이 올렸다.[45]

단오절 전날, 기시모토는 혼후나초(本船町)의 집에 있는 이치카와를 찾아갔다. 그 주변은 상점 이름을 써 넣은 감색 휘장이 즐비하고 거간꾼들의 창고식 건물이 처마를 나란히 하고 있는 곳으로, 상점 앞은 짐을 꾸리는 모습들과 손수레

와 짐마차가 지나다니는 모습들로 매우 분주하고 복잡해 보였다. 술, 사탕, 김, 말린 생선 그 밖에 해산물류가 끝없이 이 마을로 옮겨져 왔다. 약장을 짊어진 상인도 그 사이를 지났다. 약장사가 쇳통을 울리는 소리를 듣자 벌써 조사이(定齋)⁴⁶⁾를 팔러 올 계절이 되었나 하는 생각이 들었다. 기시모토는 나이 어린 점원의 안내를 받으며 여러 가지 약을 늘어놓은 상점 옆을 지났다. 이치카와 어머니도 만났고, 누나도 만났으며, 몇 번인가 인사를 나누고 골목 끝에서 마중 나온 젊은 친구와 만났다.

이치카와의 방은 안채에서 떨어진 2층으로, 거리의 소리가 거의 들리지 않는 곳에 있었다. 때때로 그는 이케노하타에서 돌아오곤 했다. 그리고 이 2층에서 글을 쓰는 일도 있었다. 그날도 혼자 누워서 펄럭거리는 5월의 잉어 깃발 소리를 들으며 조용하게 친구들에 대해 생각하기도 하고 자신에 대해 생각하기도 하고 친구들이 벌인 일을 생각하면서 왠지 고적한 마음이 드는 참이었다.

"오늘은 천천히 있다 가게나. 자네한테 여러 가지 말하고 싶은 것이 있어."

이렇게 이치카와는 기시모토를 앞에 앉히며 말했다. 하녀가 차를 가져오기 위해 서둘러 계단을 오르락내리락했다.

두 친구는 우선 일에 관한 이야기를 하기 시작했다. 방 밖에선 오후의 햇볕이 반짝이며 넘실거려서 왠지 사람의 마음을 들뜨게 만들었다. 먼지투성이가 된 거리의 수목들조차 지금은 새로운 잎으로 갈아입을 때로, 그 푸르고 밝은 색은 바라보기만 해도 눈부셨다. 모든 만물은 생기에 넘쳐 몸부림치고 있었다. 젊은 사람들은 견디기 어려운 계절이었다. 이치카와는 괴로운 표정을 지었다. 그는 자신의 다감한 성질에 지친 모양이었다.

"기시모토 군, 자네 생각은 어때. 우리가 너무 일찍 태어난 것이 아닐까?"

이렇게 이치카와는 말을 꺼냈다.

"글쎄—"

라며 기시모토도 생각에 잠겼다.

"이치카와는, 서양 요리를 먹고 구토를 한 것 같다—이런 고마운 비평을 어느 대가한테 들었어"

라며, 이치카와는 몸을 뒤로 젖히며 웃고,

"하하하하, 고요(紅葉)[47]의 비호를 받아야 하고 그게 아니면 통하지 않는 세상이니까. 단테, 셰익스피어를 들먹여서 될 일이 아닌 것 같아. 생각하면 정말 넌덜머리가 나."

"하지만, 여보게. 벌써 배를 타 버리지 않았나."

"하여간 나중에 태어난 사람이 이득이야."

81

 이치카와는 자신의 마음을 표현하려고 했지만 적당한 말을 찾지 못했다. 그는 이 혼후나초(本船町) 2층에서 뒹굴며 자신들이 할 일을 조용히 생각해 보았던 것이다. 그는 그것을 잘 알고 있었다. 그리고 왠지 기력이 쇠잔해지는 것을 느꼈다.

 "실은 조금 약해졌어."

 평소의 날카로운 이치카와답지 않게 이런 말을 하고는 자극이 강한 5월을 견디기 어렵다는 듯한 표정을 지었다. 기시모토는 이 친구의 심경을 잘 헤아릴 수 없었다.

 "약해지기도 하겠지."

 이렇게 기시모토가 대답했다.

 이때 이치카와는 사진을 꺼냈다. 그것은 기시모토가 하치노헤로 가려고 했을 때 함께 찍은 사진이었다. 이치카와는 여름 교복을 입었고 기시모토는 여러 번 빨아서 색이 바랜 비백 무늬 홑옷을 입은 모습이었다. 기시모토에게는 서글픈 여행의 기념이었다. 사진은 분명하게 찍힌 편이었지만 아랫부분의 색을 엷게 처리해서 두 사람 모두 유령처럼 보였다. 이치카와는 료코가 그 사진을 '마른 참억새꽃'이라 평했다고 했다. 얄미울 정도로 정확하게 표현했다고 기시모토는 생각했다.

얼마 뒤 이치카와는 덴마초에 관한 이야기를 시작했다. 그는 만날 때마다 그녀가 다른 사람처럼 보인다고 했다. 어떤 때는 뺨의 빛도 홍조를 띠고 환하며 표정이 풍부한 얼굴을 하고 있는가 하면, 어떤 때는 창백해서 거의 혈색이 없는 것처럼 보였다—그렇게 불가사의한 사람은 다시 없다는 거였다.

"하루라도 사랑하는 사람이 없으면 견딜 수 없을 듯한 여자야."

이치카와는 이런 말을 꺼냈다.

그 말을 듣고 기시모토는 약간 놀랐다. 물론 이것은 기시모토 자신도 기억하는 일로, 누구나 자신이 마음에 두고 있는 사람을 칭찬하는 사람은 없었다. '모리오카 말인가. 그 여자는 어쩔 수 없어'라고 말하는 것처럼 들렸다. 이런 경우에는 칭찬하는 것인지 헐뜯는 것인지 알 수가 없었다. 하여간에 이치카와는 혹독하게 비난하는 방법을 취했다.

"자칫했다면 자네가 넘어갔을지도 몰라."

이렇게 이치카와는 시시덕거리며 다른 사람을 그리고 자신을 조롱하듯이 웃었다. 기시모토도 웃지 않을 수 없었다.

82

"기시모토 군, 자네는 모리시타를 알고 있지?"
라고 이치카와가 무릎으로 다가앉으며 말을 꺼냈다.

"모르네만 소문은 자주 들었네. 내가 아카기(赤城)에서 하숙하고 있을 무렵, 그 선생의 형님과 함께 지낸 적이 있지."

"모리시타는 상당히 평판이 좋은 사람이었지. 어쨌든 병원에 입원했다는 말을 듣고 모리오카와 덴마초가 병문안하러 달려갈 정도였으니까. 그 선생도 한 번 퇴원했다가, 요즈음 다시 입원했다더군. 그에 관해서 여러 가지 이상한 이야기가 있어—."

"이상한 이야기라니?"

"글쎄, 덴마초가 병문안하러 갔다고 생각해 보게나. 그 선생이 병상에 누운 채 말하기를 오카미 씨, 당신은 죽도록 사랑할 수가 있습니까라고 했다나—."

이치카와는 비웃는 듯한 소리를 내며 웃었다.

"바보처럼 그런 말을 묻는 녀석이 어디 있겠나?"

그의 눈은 이렇게 말하는 것처럼 보였다.

"덴마초는 무어라 대답했을까?"
라고 기시모토도 웃으며 물어 보았다.

"그것까지는 모르겠네만"

하고 말하더니 이치카와는 진지한 표정이 되어,

"그리고 또 이런 이야기가 있다네. 그 선생이 모리오카의 손을 잡고, 내 사랑을 받아 주지 않겠냐라고 했다는 거야. 그때 모리오카가 자네에 대해 말하면서 실은 저에게는 이런 사람이 있습니다, 당신의 마음을 따를 수 없습니다. 그런 생각만은 제발 그만두세요라고 분명하게 고백하고 거절했다던가. 하하하하하."

잉어 깃발이 공허하게 바람에 휘날리는 소리가 지붕 위쪽에서 들렸다.

"모리오카가 그 선생에게 한 말이 재미있어."

이치카와는 말을 이었다.

"당신은 헌신적이다, 그것이 기시모토 씨와 아주 닮았다고, 그리고 뭐라더라 당신들 사이에는 어딘지 공통된 점이 있다고 하하하하하. 헌신적이라니! 자네, 자네, 그 점이 고맙지 않나."

이렇게 농담하면서 이치카와는 친구의 무릎을 가볍게 두드렸다.

"또 시작했군."

기시모토는 마음속으로 이렇게 생각했다.

"드디어 모리시타의 시대는 끝났어. 기시모토 스데키치, 이치카와 센타의 시대가 된 거야."

이치카와는 뒹굴며 웃었다.

가쓰코에 관한 소문은 그뿐이 아니었다. 기시모토는 가슴이 뛸 만한 이야기도 들었다. 가쓰코는 최후의 결심을 한 것 같았다. 그녀는 약혼자 앞에서 모든 일을 고백한 듯했다. 이치카와의 말에 따르면 "하지만 저는 당신의 말씀에 따르겠습니다"라고 약혼자에게 말했다는 것이다.

"그리고 집에서도 난리가 난 것 같아. 약혼자가 말했겠지"라며 이치카와는 덧붙였다.

"아마 아버지가 고향으로 데려가게 되겠지."

83

가쓰코의 다부진 결심은 기시모토의 마음을 크게 움직였다. 고지마치에서 있었던 일이 곧장 덴마초에게 전해지고 그것이 또 혼후나초로 전해지는 것은 이상한 일도 아니었다. 어쨌거나 잠자코 보고 있을 수 없을 일을 들었다. 이렇게 생각하며 얼마 뒤에 기시모토는 이치카와 집을 나왔다. 오가와바타 쪽으로 돌아가는 길 내내 그는 그 일만을 생각했다.

창포탕(菖蒲湯)이 있었다. 그날 밤 기시모토는 하마초에 있는 탕까지 목욕하러 가서 그곳에서 자신의 생각을 정리해 보려고 했다. 절구(節句)⁴⁸⁾ 전날 밤이라서 남자아이로 태어난 이는 식객일지라도 힘차고 상쾌한 기상이 목욕탕에까지 넘쳐 있었다. 욕탕에는 젊은이가 많이 들어가 있었다. 정다운 풀뿌리 향기도 났다. 몸에 찰싹 달라붙은 창포 잎을 떼어 냄새를 맡으면서 기시모토는 욕탕 가장자리에 양팔을 걸쳤다. 그는 이치카와에게 들은 이야기를 눈앞에 그려 보았다. 약혼자 앞에서 모든 것을 고백하고 "하지만 저는 당신 말씀에 따르겠습니다"라고 말을 내뱉은 가쓰코, 그 말을 들은 약혼자, 그리고 일어난 여러 가지 복잡한 광경, 결국 고향으로 가쓰코를 데려가려 하는 부친의 탄식—모두 기시모토가 상상할 수 있는 일이었다. 졸업식 즈음에 벌써 그런 생각이 가쓰코 가슴속에 있었던 걸까 하고 생각해 보았다.

창포탕에서 몸을 씻어내 산뜻한 마음이 된 그는 자신의 방으로 돌아가서 먼저 종이를 펼쳤다. 가쓰코 앞으로 마지막 편지를 쓰기 시작했다. 주의 깊은 할머님이, 주무시기 전에 한바퀴 돌아보러 왔을 때 그는 한참 편지를 쓰고 있었다. 쥐 소리에 잠이 깨셨는지 다시 할머님이 작은 등을 켜고 보러 왔을 때도, 기시모토는 아직 책상 앞에 있었다. 그날 밤처럼 그가 자신의 일생에 대해 생각한 적은 없었다. 그는 가쓰코에게도 줄곧 무뚝뚝한 편지만 썼고 또 그것이 남자답다고 여기고 있었다. 그날 밤, 그는 처음으로 자신의 본심에 가까운 편지를 썼다. 그 마음은 버렸다고 썼다. 자신은 이제 가쓰코를 연모하는 사람이 아니라고 썼다. 이제까지 그는 다만 그녀를 기만하고 있었다고 썼다. 그리고 결심이 선 듯, 약혼자의 품으로 가고, 부모님 마음을 안심시켜 드리라고, 단숨에 써내려 갔다. 이 편지는 스게한테 부탁해서 전해 주도록 했다.

숙부집에서는 다음날도 높게 깃발을 올렸다. 병자를 위로하고 아이를 기쁘게 하기 위해 떡갈나무로 싼 찰떡도 집에서 만들었다. 할머님이 정성을 다해서 고향에서 자주 먹던 맛 그대로 만들었다. 노랗게 된장을 넣은 것도 맛있게 만들었다. 기시모토는 그것을 받아들고 소년 시절의 기억으로 돌아갔다. 피가 솟구칠 듯한 편지를 쓴 뒤라도 역시 좋아하는 음식은 맛이 있었다.

강변의 버드나무 그늘은 기시모토를 생각에 잠기게 하는 장소였다. 그곳에 가서 그는 자신이 쓴 편지가 읽히는 모습을 상상해 보았다. 그가 여행을 떠나려고 했을 때도, 돌아와서 숙부를 만났을 때도, 지금도, 스미다 강의 물은 불지도 줄지도 않고 여전히 차갑게 흐르고 있었다. 기시모토는 버드나무 아래서 눈물을 흘렸다.

84

스게는 가쓰코가 보낸 답장을 가지고 일부러 오가와바타까지 와 주었다.

"그대는 내 마음을 모르시리라고 생각하는데, 이제 와서 그렇게 사과하시는 뜻을 알 수 없습니다. 보내 주신 편지, 얼마나 깊게 제 가슴속에 울렸는지요. 바라건대 이것이 일생의 길잡이라고 생각합니다."

이것이 편지의 주요한 문구였고 또한 마지막 이별의 말이었다. 또한 가쓰코는 적어도 다시 한 번 편지를 하자는 뜻을 덧붙였지만 기시모토는 지금에 와서 그럴 필요가 없다고 생각하고 결코 그 답장은 하지 않기로 했다.

숙부집에는 우물이 두 개 있었다. 부엌 가까운 곳에서는 차갑고 좋은 물이 솟아나고 있었다. 물이 빠지는 곳이 넓어서 세탁도 할 수 있었다. 교토쿠(行德)의 생선 장수도 그곳에서 회를 떴다. 기시모토는 우물가에 대야를 내놓았다. 간혹 하녀가 '기시모토 씨 등목해 드릴까요?'라며 두레박으로 바로 퍼올려 정신이 번쩍 들 정도로 차가운 물을 부어 주는 일도 있었다. 이런 식으로 그는 하루에 몇 번씩이나 차가운 물속에 타는 듯한 머리를 푹 담갔다. 5월 15일 밤은 달빛이 좋은 밤이었다. 16일 오후, 기시모토는 이케노하타에 있는 하숙집을 방문했다. 이치카와는 없었고 스게 혼자 있었다. 그는 약간 여위어 보였다.

그때 한 장의 엽서가 날아들었다. 〈아오키 미사오로부터〉라고 되어 있었다.

"슌이치가 어젯밤 사망했습니다. 급히 알려 드립니다. 여러분들께 알려 주세요. 16일, 아침"
이라고 적혀 있었다.

아오키는 죽었다. 오랫동안 두 친구는 서로 마주보고 고개를 숙이고 있었다. 엄숙하고 뭐라 할 수 없는 비통한 떨림이 두 사람의 몸을 지나갔다. 엽서에는 적혀 있지 않았어도 두 사람은 아오키가 자연의 순리에 따라 사라지지 않았다는 것을 알았다. 두 사람은 서둘러 시바 공원을 향해 출발하기로 했다. 한낮의 개구리가 고요한 연못에서 울고 있었다. 그 울음 소리가 5월의 공기 속을 뚫고 꿈처럼 들려 왔다.

85

"자, 잘 오셨습니다."
미사오는 정원 근처에 서서, 스게와 기시모토 두 사람을 기쁜 듯이 맞이했다.

"엽서를 보자마자 곧장 둘이 왔습니다."

이렇게 스게가 안타까운 듯 말했다. 기시모토도 모자를 벗고 인사했다.

"드디어 그이가 갔습니다."

미사오는 탄식했다. 피곤과 비애로 그녀의 얼굴빛은 창백해 보였다.

그곳은 땅이 높아 토지가 건조하고 수목도 울창해서 내 성격에 맞는다고 아오키가 말했던 곳이다. 두 친구는 얼마 뒤에 미사오의 안내로 안쪽으로 갔다. 한적하고 아담한 집으로, 부엌 쪽에 딸린 방 하나는 나중에 따로 증축한 것 같았다. 그곳만이 한 단 낮았다. 그곳에선 사람들이 들락날락하고 있었다. 미사오는 남편 친구들의 얼굴을 바라보면서 그렇게 애써 간호한 보람도 없었다는 듯한 안타까운 표정으로 전날밤 일을 말했다. 대낮처럼 밝았던 달빛의 정적이 아오키의 혼을 부추긴 듯싶었다. 그는 생의 황폐함을 견딜 수 없었던 모양이다. 정원의 푸른 잎 그늘에서 그는 목매달아 죽었다.

"저도 상당히 신경을 썼지만 어느 틈에 빠져 나가서—."

미사오는 탄식했다.

"어젯밤은 달이 밝았으니까요."

기시모토도 생각난 듯 말했다.

"그렇지만."

하고 미사오는 마음을 고쳐먹고

"다들 그런 날에는 흉한 일이 생긴다고 말씀들 하시지만 그런 일은 전혀 없었어요—그것은 깨끗한 최후였어요."

스게는 그럴 수도 있겠지 하는 표정으로 끄덕였다.

쓰루코는 어머니 곁에 앉아서 의젓하게 놀고 있었다. 겨우 혼자서 걸어다닐 정도의 나이로 아버지가 죽은 것도 모르는 듯했다. 천진스럽고 귀여운 얼굴이 사람들에게 한층 슬픔을 느끼게 했다.

"아빠, 코 자."

이렇게 쓰루코는 더듬거리며 말했다.

아오키의 유해는 어두운 방에 있었다. 그곳은 그가 서재로 쓰던 곳으로 창은 일부러 닫아 놓아서 푸른 잎을 통해 들어오는 광선이 간신히 문틈으로 새어들고 있었다. 미사오는 죽은 남편의 얼굴에서 흰 수건을 벗겼다. 두 친구는 그 옆으로 갔다. 얼굴을 보니 코가 약간 날카로워졌을 뿐 우수를 머금은 아오키의 죽은 얼굴은 살아 있을 때와 그다지 다르지 않게 느껴졌다. 손은 가슴 위에 모아져 고생스러웠던 일생의 기억을 감추려는 듯이 보였다. 기시모토는 아오키가 죽었다고 생각되지 않았다. 다만 친구가 그곳에 잠들어 있다고 생각했다.

86

 검시가 끝나고 관 준비도 끝나 드디어 아오키를 17일 오후에 매장하기로 했다. 새삼 놀란 것은 덧없는 세간의 관례였다. 그날 아침 신문은 새삼스럽게 아오키에 관한 일을 떠들썩하게 싣고 훌륭하게 절개를 지켰다고 보도했다. 이렇게 될 줄 알았다면 뭔가 방법을 세울 수도 있었을 텐데 하고 친척들은 탄식했다. 적어도 장례식만은 번듯하게 해 주고 싶다고 모토스키야초 어머니는 하소연했다. 집안에는 집안의 법도도 있지만 미사오의 바람을 받아들여 친척 모두가 협의한 결과, 아오키의 장례식은 기독교 목사에게 부탁하기로 했다.

 생전에 연고가 있던 사람들은 차차 시바 공원을 향해서 모여들었다. 오카미는 오이소에서, 세이노스케는 니혼바시에서, 아다치와 후쿠토미는 혼고에서, 스게, 이치카와, 그리고 기시모토, 친구들 모두 모였다. 지하루도 왔다. 구리타도 왔다.

 식은 9시부터 집 안에서 시작되었다. 좁은 곳에 여러 곳에서 사람들이 모였으므로 모두 앉을 수는 없었다. 그중에는 정원에 서 있는 사람도 있었고 푸른 나무 아래에 모여 있는 사람도 있었고 나중에 온 참석자는 골짜기의 좁은 길에 줄지어 있었다.

"비바람이 거친 뜬구름 같은 이 세상에도
내 쉴 곳은 은혜로운 곳이니
우리들이 벗어날 자비로운 곳에는
죄도, 슬픔도 사라져 버리네.
기쁨의 활력소가 떠 있는 곳은
주의 피에 젖은 자비로운 곳이네.
사는 곳은 달리도 주를 부르는 백성은
자비로운 곳에서 함께 되리니."

찬송가를 부르기 시작했다.

고지마치의 학교에서는 세키네 교장을 비롯해서 아오키의 가르침을 받았던 고등과 학생, 보통과에서도 한 반에 한 명씩 왔다. 덴마초에서 온 료코도 소녀들 사이에 섞여 있었다. 이소코는 그 무렵 아오모리에 있어서 참석할 수 없었지만, 그녀의 친구들은 모두 참석했다. 가쓰코도 왔다. 도요코도 왔다.

"기도하겠습니다."

이렇게 목사가 말하며 날개를 펼치듯 팔을 벌렸다. 사람들은 각자 고개를 숙여 기도하고 이마 있는 곳에 손을 대기도 했다.

간단한 아오키의 이력이 소개되었다. 그것이 끝난 뒤, 목사는 관 옆에 서서 고린도 후서 제5장을 읽었다. 스게와 이치카와 그리고 기시모토 세 사람은 다른 친구들과 떨어져서 부엌 쪽에 붙은 한 단 낮은 방에 앉아 있었다. 그곳도 사람으로 가득 차서 서로 무릎이 맞닿을 정도였다.

 목사의 설교가 시작되었다. 참석자는 모두 귀를 기울였다. 목사가 말했다. 어떤 사람은 이 세상을 꿈처럼, 아침 이슬처럼 덧없는 것으로 생각하는 사람도 있다. 기독교 신자는 결코 그렇게는 생각하지 않는다. 세상에 도움이 되지 않는 사람도 오래 사는데 이렇게 우애가 돈독한 아오키 같은 형제가 죽는다는 것이 참으로 이해하기 어려운 일 같지만 신이 뜻하는 바는 헤아리기 어렵다. 사람은 누구나 죽는다. 이 형제의 죽음을 애도해야만 한다. 계속 말했다. 이별은 한때다. 영혼만은 영원히 우리와 같이 있다고 생각하며 위안 삼자. 이렇게 목사는 설교하며 아오키의 일생을 물었다.

87

 검은 헝겊으로 싼 짙은 색 푸른 십자가를 붙이고 그 위에 모란꽃 장식을 놓았다. 기도한 뒤에 목사는 헝겊을 걷고 관 뚜껑을 열었다. 사람들은 마지막 고별을 하기 위해 그 옆으로 갔다. 그리고는 순서대로 밖으로 나갔다.

이치카와와 스게 그리고 기시모토 세 사람도 마지막으로 관 옆에 섰다. 뚫고 들어오는 강한 햇살에 비친 아오키의 죽은 얼굴에는 이미 핏기가 없었다. 눈은 감기고 눈꺼풀은 무겁게 내려져 죽은 뒤까지도 아직 이 인간 세상을 명상하는 듯 보였다. 감각이 없는 이마, 창백한 뺨, 그리고 단단하게 내민 턱 언저리는 어딘지 모르게 어두운 죽음의 그림자를 담고 있었다. 썩어 갈 육체의 참혹함이 떠올랐다. 다시 그 위에 뚜껑을 덮고 구석구석 못으로 박았다. 인부들이 아오키의 유해를 밖으로 운반할 무렵에는 어머니도 친척 아낙네들도 울면서 배웅을 했다.

모인 사람들은 골목을 따라서 이구라(飯倉) 거리로 나왔다. 남자는 걷고 여자는 대개 차로 왔다. 그중에는 요코하마에서 영결하러 온 사람도 있었다. 일행은 아카바네(赤羽) 다리를 건너서 미타(三田) 거리로 나와 3가 모서리에서 히지리(聖) 고개 쪽으로 오르지 않고 오른쪽으로 돌아 4가로 구부러졌다. 도요오카초(豊岡町), 마쓰자카초(松坂町) 뒷길은 바로 시로카네(白金)로 통하는 나무가 많은 길이었다. 이것은 약간 우회한 길이었지만 시로카네로 가는 경사가 가장 적은 길이었다.

그날은 초여름처럼 더운 날이었다. 강한 응달과 양달이

일행이 가는 곳마다 있었다. 겹옷을 입을 때였지만 걸으면 땀이 나올 정도여서 견디다 못해 양산을 펼친 사람도 적지 않았다. 관 뒤에서 따라가는 사람 중에는 아오키가 생전에 정치계에 야심을 갖고 있을 무렵, 친하게 왕래했던 친구도 있었다. 종교 쪽에서 깊이 사귄 사람도 있었다. 자주 아오키와 토론하며 언쟁의 꽃을 피웠지만 한편으로는 친한 친구였던 스야마, 그리고 스야마의 회사 선배로 스야마를 '쇠 주전자'로 비유하고 아오키를 '은수저'로 비유하던 사람도 있었다. 이런 이름 있는 사람들의 뒷모습을 바라보기도 하고 죽은 친구에 대해 생각하기도 하며 이치카와와 스게, 그리고 기시모토 세 사람은 앞서거니 뒤서거니 따라갔다. 친구들 중에는 이 세 사람이 가장 뒤처져 있었다. 산코초(三光町)에서 언덕에 다다를 무렵, 부인과 아이를 태운 차의 행렬이 때때로 멈췄다. 젊은이들이 쓴 아름다운 양산이 차가 움직일 때마다 가로수 잎에 닿았다. 행렬이 언덕을 다 오를 때까지 기다리는 것이 쉽지 않으리라 생각한 기시모토 일행은 시로카네로 가는 언덕을 넘어가기 위해 걸음을 서둘렀다. 차에는 료코와 가쓰코, 도요코 그리고 그 자매의 조카들이 타고 있었다. 기시모토는 두 친구 뒤를 따라서 서둘러 그 곁을 지나쳤다.

88

얼마 후 참가자 모두는 시로카네에 있는 주이쇼사(瑞祥寺)에 모였다. 식이 식인 만큼 그냥 본당 옆에 있는 큰 방을 빌려서 그곳에서 잠시 쉬기로 했다. 그때 아오키의 동생은 친척과 함께 나와서 인사를 하러 다녔다. 모두는 차를 마시거나 땀을 닦았다. 대부분 부채를 준비하지 않았기 때문에 여기저기서 흰 손수건이 부채 대용으로 쓰였다.

묘지는 이 절 경내에 조용하고 수목이 많은 곳에 있었다. 혼잡한 틈에 섞여 기시모토는 어느새 친구들을 놓치고 말았다. 그는 나무와 나무 사이를 헤치고 묘지의 뒤쪽으로 나갔다. 그곳에도 사람들이 모여 있었다. 오래된 커다란 돌비석이 몇 개나 줄지어 서 있었다. 이끼 낀 묘지 옆에 앉아서 아오키의 죽음을 생각하는 듯이 보이는 사람도 있었다. 기시모토도 마찬가지로 앉아서 먼 곳을 바라보았다.

산처럼 눈이 쌓인 황토 위로 차츰 사람들이 모였다. 손을 맞잡고 온 처녀들은 그 주변으로 모이려고 기시모토 곁을 서둘러 빠져 나갔다. 기시모토는 등을 돌리고 선 젊은 사람들을 볼 수 있었다. 료코는 엷은 팥색의 오글쪼글한 비단으로 만든 예복을 입었고 그 옆에 선 도요코는 검은빛이 도는 노란 바탕에 줄무늬가 있는 비단 옷을 입었고 가쓰코는 엷은 쥐색을 띤 남색 예복을 입고 다른 여인들 속에 섞여 있었다. 그런 사람들 속에서 흙 묻은 발로 바삐 움직이는 인부들의 모습이 보였다.

"그것 넣어, 끈이 끊어지지 않을까."

이런 소리가 들렸다. 파 놓은 구멍 안으로 관이 미끄러져 떨어지는 소리가 들렸다. 얼마 뒤에 인부가 흙을 긁어 떨어뜨리는 소리가 세차게 기시모토의 가슴을 때렸다. 그는 아오키가 묻히는 것을 볼 수 없다고 생각했다. 그때, 신도들은 찬송가를 부르기 시작했다.

짧은 이 세상에서 여행하는 친구여,
잠시 헤어져서 떨어지지만,
다시 만나서 서로 이야기하세—
마음 꺾이지 말고 용감하게 나가라.
주의 손을 의지하고, 다만 조용하게
원래 있던 성을 향해 나가라.
영혼의 문 열리고 아버지는 친구가
돌아오는 것을 고대하며 기다리니,
나중에 뒤따라온 친구를 보나니
마음은 고향 언덕까지 가노라.

"자네 여기 있었나?"

스게가 기시모토 곁으로 와서 이렇게 말했다.

"으음."

기시모토가 대답했다.

"기시모토 씨가 보이지 않는데 어떻게 된 거냐고 부인이 계속 자네를 걱정했다네."

이 말을 듣고 기시모토는 웃었다. 두 사람은 사람들 사이를 빠져 나가 묘 앞에서 다른 무리들과 함께 섰다. 참석자들은 물을 망자에게 바치고 각자 돌아갔다. 작별을 고하고 돌아가기 위해 친구들도 번갈아 죽은 친구 앞에 섰다.

89

장례식은 끝났다. 시바 공원에 있는 집은 갑자기 적막해졌다. 꽃을 들고 아오키의 묘지를 찾아 가기도 하고, 남편의 뜻에 따라 종교에 몸을 바치고자 생각하기도 하면서 자신도 절반은 땅 속에 파묻힌 것처럼 느끼던 미사오는 이미 미망인의 몸이었다.

장례를 치르고 나서 5일째 되던 날, 미망인은 모토스키야 초에 있는 집에 왔다. 그 일이 있던 2층에서 이미 쓸모가 없게 된 아오키가 썼던 글들을 펼쳐 보았다. 완전히 정리하고 초이레라도 끝나면 시바 공원을 떠나야겠다고 생각하고 있었다. 남편이 입었던 옷, 남편이 젊었을 때 쓴 글 등은 미사오에게는 참기 어려울 정도로 그리운 것들이었다.

불쑥 편지가 튀어나왔다. 그것은 아오키가 20세인가 21세 때—아직 결혼하기 전에—미사오에게 보낸 것이었다. 그대는 젊었을 때의 미사오를 말하는 것이었다. '안녕하십니까'라고 미망인은 읽기 시작했다. "친애하는 그대. 저는 글벌레라고 말하고 싶어하는 한 괴팍한 소년입니다. 저는 글을 희롱하는 것을 인간 최상의 쾌락이라고 생각합니다. 그렇지만 간혹 이 쾌락이 말할 수 없는 불쾌감을 느끼게 할 때도 있습니다. 그것은 다름이 아니라, 시문(詩文)을 통해 의상(意想)을 나타내지 못할 때나 서간을 통해 소견을 말할 수 없는 새벽 같은 때로, 그럴 때는 마음이 울적해서 거의 인간사를 잊어버릴 지경에 이르기도 합니다."

"저는 그대의 풍모를 그리워한 지가 오래되었으나 벗으로 지낸 날들은 이처럼 짧습니다. 저는 그대를 벗삼아 한 세상을 보낼 수 있다면 그 밖에 더 이상의 행복이 없으리라고 전부터 생각해 왔습니다. 헤아리기 어려운 이 행복을 깨 버리고 멀리 그대와 헤어질 날이 다가오리라고는. 아아 하늘도 무정하시도다. 지금 그대와 헤어져서 멀리 떠나기에 앞서 그대에게 간청할 것이 있습니다. 그것은 저의 불행을 들어 달라는 한 가지입니다."

"그대는 언제나 제가 행복해지기를 기원하는 저의 친구입니다. 그렇다면 당신에게 저의 불행을 보고 마음의 괴로움을 위로해 줄 능력이 있다면 그것을 지적해 바로잡아 줄 도덕상의 의무도 당신에게 있습니다. 이것은 아무에게도 말하지 않은 제 마음속의 고통을 털어놓고 그대에게 써 보내는 것입니다. 도대체 제가 말하는 마음속의 고통이란 무엇인가. 앞으로 제 삶의 이력을 피력하고 자세한 것을 말씀드리겠습니다."

"아아, 만일 제가 한 사람의 대가(大家)가 될 수 있는 새벽이 있다면 저는 지금이라도 자신의 이력을 말할 필요가 없습니다. 저는 오히려 당당한 자서전을 옥 같은 명필로 쓰기 시작해야만 합니다. 그렇지만 그런 희망이 없다면 저는 잠시 동안이나마 재미있는 망상을 가졌던 점을 감추지 않고 고백하는 것도 좋으리라 생각합니다. 참으로 저의 삶은 세상의 모든 소년들을 위해 하나의 경계서가 되어야만 합니다. 저의 실패를 그들에게 보여 주어야만 합니다. 비밀스럽게 감출 것이 아닙니다."

"저의 아버지는 봉건 제도 하의 엄격한 격식 속에서 성장한 분임에도 불구하고, 오만하고 호탕한 기풍이 있었습니다.

그렇지만 한편으로는 아주 조심성이 많고 마음이 여린 점도 있었습니다. 1878년 할아버지가 중풍에 걸리자 곧 관직을 그만두고 고향으로 돌아가 이후 7년간 효도를 다함에 게으름이 없었고 이로 인해 재산도 좀 없었지만 개의치 않았음이 그 마음의 일례입니다. 저의 어머니는 아주 신경이 예민한 무서운 사람입니다. 한 가정을 꾸려나가는 데도 오직 자신이 원하는 대로, 자신이 만들어 낸 작은 모범대로, 아랫사람들을 처리하려 하는 까다로운 장군입니다. 저의 신경과민한 나쁜 성질은 어머니에게 물려받았고 오만하고 제멋대로인 성격은 아버지에게 받았습니다. 바꾸어 말하면 꼭 반반의 피를 부모로부터 받고 이 세상에 태어난 것입니다."

90

아오키 미망인은 계속 읽었다.

"1873년 제 부모는 저를 할아버지와 할머니에게 맡기고 도쿄로 떠났습니다. 1878년까지 5년간 저는 완전히 할아버지와 할머니 슬하에서 양육되었습니다. 그 소중한 시절의 교육에 관해서 한마디하지 않으면 안 됩니다. 저의 할아버지는 아주 보기 드문 엄격한 분으로 팔팔하게 까불거리기를 좋아하는 소년을 어떻게 꾸짖어야 할지 고심하셨다는 것을 지금도 할머니의 이야기 속에서 자주 들을 수 있습니다. 또 할머니는 지금은 꽤 온순해지셨지만 그 무렵의 저에게 그다지 득이 되었다고는 생각하지 않습니다. 그분은 제 친할머니가 아니었습니다. 저의 천성은 자유분방한데 까다로운 할아버지와 저를 그다지 염려하지 않는 할머니 사이에서 양육되었기 때문에, 여기서 저의 순진하고 어린 생각은 어떤 비뚤어지고 까다로운 공상과 섞였고 사물에 대해 깊게 생각하는 성질을 만들었다는 것은 결코 숨길 수 없는 사실입니다. 그 당시 제가 가장 좋아하는 소설은 남공삼대기(楠公三代記)[49], 한초군담(漢楚軍談)[50], 삼국지[51] 등으로 밤낮으로 그들 소설을 뗄 수 없을 정도였습니다. 또 제가 가장 좋아했던 놀이는 많은 아이들을 모아 놓고 전쟁 흉내를 내는 것이었습니다. 저는 언제나 지휘관이 되어 진퇴를 지휘하는 역할을 맡았습니다. 이런 놀이는 나의 까다로운 할아버지께서 가장 엄금하는 것이었지만 말입니다. 맑고 깨끗한 해변 모래밭에 모여서 저쪽 제방과 이쪽 모래 언덕 위를 요새로 정하고 복병을 숨길 만한 장소를 정해서 군략을 꾀하고 용기를 떨쳐 작은 돌을 날려서 총탄을 대신하고 길고 짧은 막대기를 칼과 창 대신으로 삼았습니다. 이 놀이는 곧 저의 할아버지에 대한 불평을 위로할 단순한 즐거움이었습니다. 그렇지만 이것이 저를 완전히 위로하지는 못했고 우울하게 세월을 보내다 보니, 저는 아주 심하게 신경질적인 인물이 되었고 또 눈물을 자주 흘렸으며 생각이 쌓이면 좀처럼 바로잡기 힘든 골칫거리를 만들어 냈습니다."

"어떤 일에 관해서 저는 눈물 흘리는 일이 많아졌습니다. 또 분해서 견딜 수 없을 때는 거의 미친 듯이 정신없이 울어 댔습니다."

"그런데 1878년 봄이 되어, 저의 까다로운 할아버지는 중풍에 걸리자 그 성질이 완전히 바뀌셨습니다. 저를 힐책하던 성격이 바뀌어 저를 귀여워하셨습니다. 그렇지만 저는 이제까지 온화한 마음씀씀이를 받아 본 일이 한 번도 없다고 말해도 될 것입니다. 저의 핏줄 중에도 부드럽고 온순한 성격을 가진 사람은 한 사람도 없었습니다. 저의 아버지는 오만하고 자유분방한 분이고, 저의 어머니는 아주 신경질적인 분이었으니까요."

"저의 부모님은 할아버지를 돌보고자 도쿄에서 돌아왔습니다. 저의 활발한 마음에 해가 되는 것은 어머니의 신경질보다 더한 것은 없었습니다. 또 저의 어머니는 누구나 바라는 명예심을 가지고 제가 공명을 이루기를 원하는 마음이 절실했으므로 매일 밤 12시경까지 저를 답답한 책상 앞에 앉히고 어머니 자신은 간수가 되었습니다. 또 어머니는 여자이기 때문에 활발한 거동과 놀이를 좋아하지 않았습니다. 저를 속박하고 거의 모든 친구들과 왕래를 끊었습니다. 저의 가장 고통스러웠던 기억은 그 전쟁놀이를 할 수 없었던 것입니다. 저는 저의 모든 책, 그중에서도 역사소설을 좋아했고, 영웅호걸의 기풍을 흠모했고 자나깨나 그것만을 생각하고 언제나 제 한 몸도 그 영웅의 지위에 놓일 것을 원하고 있었습니다. 또 한편 저는 벌써 생각이 깊은 어린이가 되었으므로 모든 아이들처럼 흥에 겨워 유쾌하게 시간을 보낼 수가 없었고 가장 장쾌하고 호방한 놀이가 아니면 그다지 즐겁지 않았습니다. 또 저는 부모, 조부모 모두 정 없는 사람들이라고 생각하며, 저를 사랑하는 사람 하나 없는 인생이 무슨 가치가 있는가 하고 생각했습니다. 이것이야말로 나중에 저에게 우울증이 생긴 가장 큰 원인이라고 할 만합니다."

91

"여기에 기억할 만한 행복한 일이 하나 있습니다. 다름 아니라 저의 어머니는 제가 소설을 좋아하는 버릇을 싫어해서 이를 엄하게 금했다는 것입니다. 만일 저에게 여전히 소설을 읽을 권한이 있어서 극도의 공명심에 빠져 버렸다면 그 결과는 참으로 어땠을까. 모든 영웅들의 소년 시절에 자주 있는 일인 자살을 시도하기에 이르렀음에 틀림없습니다."

"그러나 공명심은 병이 되어 그만 저의 몸을 망가뜨렸습니다. 그것은 1882년에 이르러 처음으로 분명한 병의 형태로 나타났습니다."

"1884년에는 제가 부모를 따라서 도쿄로 옮긴 첫 해였습니다. 저는 도쿄로 옮겨서 다이메이(泰明)라는 소학교에 들어갔는데 이 학교는 나의 불평을 약간 위로해 주었습니다. 교장은 도쿄에서 제일이라고 평을 받을 정도의 인물이었습니다. 그분은 저의 담백한 성격을 총애하시고 무엇보다도 사랑으로 저를 교육하셨습니다. 또 저에게 남의 의표(意表)를 찌르는 논의를 좋아하고 문장을 쓰는 것도 유쾌하고 활발한 기상이 보여, 비굴한 많은 선생들이 갑자기 저를 경애하기에 이르렀습니다. 따라서 교내의 평판이 저에게 집중되었습니다. 저의 가장 큰 자랑거리인 공명심은 학교 생활에서 완전히 그 공을 떨쳤다고 할 수 있습니다. 그 해는 국내 정치 사상이 가장 불타오르던 때였으므로 저도 역시 그 풍조에 자극을 받아서 정치가가 되려는 목표를 정하고 분발해서 자유를 위해 희생하고자 생각했습니다. 종래의 공명심은 모두 이 한 점으로 집중되어서 두려운 힘으로 저를 지배하기 시작했습니다. 그 해에 저는 다소 유쾌한 나날을 보낼 수 있었습니다. 어느 날, 표연히 집을 나와 주머니에 한푼도 없이 도카이도(東海道)를 지나 가마쿠라(鎌倉)를 떠돌았습니다. 원래 가마쿠라는 시인에게 이탈리아와 같은 곳으로 제가 가장 갈망하며 한 번 보고 싶었던 땅이었습니다. 그 무렵 제가 항상 읽었던 것은 주로 일본 역사로, 그 역사 속에서 가장 중요한 일이 그 땅에서 이루어졌다고 할 수 있습니다. 또 어느 날은 혼자서 지바(千葉) 지방으로 놀러갔습니다. 저는 그때 만 열세살도 안 되는 소년이었는데도 자주 이렇게 다닌 것은 실로 몸을 그릇되게 하는 화근이 되었습니다. 저는 스스로 이처럼 활발하게 생활해야 된다고 생각했습니다. 어찌 알았겠습니까. 채 1년도 지나기 전에 저의 몸이 완전히 공명심에 점령당하게 될지를."

"1881년 12월, 소학교 과정을 마치고 졸업식을 거행했습니다. 저는 식에 앞서 '청년 사회에서' 라는 연설 연습을 하고 있었고, 비결을 조금은 터득했기 때문에 연단에 올라 일장 연설을 시도해 보았더니, 의외로 호평을 받았고 그 자리에 있던 신문기자는 소식란에 저를 두고 신동이라 적었습니다."

"1882년은 저에게는 거의 죽을 정도로 힘들었던 1년이었습니다. 그 불행의 제일 첫 번째는 제가 아주 친애하는 교사가 홋카이도(北海道)로 떠난 일이었습다. 두 번째는 제가 새로 입학한 사숙(私塾)이 불쾌해 견딜 수 없었던 점입니다. 세 번째는 전부터 전력을 다한 청년당이 각각 분리돼 버린 일입니다. 네 번째는 정부의 움직임이 드디어 이상해져서 신경질적인 소년이었던 제가 분개하고 견딜 수 없는 일이 적지 않았던 것입니다. 그 다섯 번째는 본인보다도 한층 더 신경질적인 우리 집 여장군이 제가 활발하고 거칠게 움직이는 것을 아주 싫어해서 여러모로 군략을 세워 저를 누르려고 시도했다는 것입니다."

"위와 같은 적들은 번갈아 제 마음을 혼란시켰으므로 여기에서 활달한 천성이 완전히 상처받아 온순하고 침착하며 말없는, 살이 빠지고 마른 소년으로 바뀌었습니다. 또한 겁약한 불안감이 많아져 이제까지 가슴속에 담아온 공명심에 공연히 떨며 전율하기에 이르렀습니다.

92

"공명심은 과연 이룰 수 없는가. 나는 무엇을 하고 지낼 것인가. 무엇을 목적으로 세상을 살아갈 것인가 등을 생각하면 할수록 마음은 아프고 병들어 하루 종일 침상에서 눈물로 한두 달을 보냈고 언제 나아질지도 알 수 없었습니다. 여기에 이르자 저의 아버지는 무슨 원인으로 생긴 병인지는 모르지만 우울증이라는 것은 알고 있었으므로 나를 지방으로 여행하도록 했습니다. 이것이 제가 여행을 떠난 시초가 되었고 이후, 주로 여행을 우울함을 달래는 도구로 삼은 계기가 되었습니다."

"그 해 5월 저는 혼고(本鄕)에 있는 한 의숙(義塾)에 들어갔는데, 이곳 또한 저를 불쾌하게 만드는 하나였습니다."

"다음해 1883년 3월, 저는 한 전문학교에 들어갔습니다. 저는 늘 학문의 자세는 깨달아 극치에 이르는 선종(禪宗)과 같다고 생각하고, 그렇다면 학교에 있으면서 교과서를 뒤지는 것보다 많은 서적을 섭렵하는 것이야말로 재미있을 것이라고 느껴 매일 도서실에 들어가서 점차 우울함을 달래고 있었습니다."

"다음해 1884년은 저를 두렵게 만든 공포심에서 벗어나서, 다시 공명심이 불타오른 해였습니다. 이때의 공명심은 지난날의 그것과는 완전히 다른 것으로 명리를 탐하고자 하는 마음은 완전히 없어지고 불쌍한 동양의 쇠운을 회복하기 위해 노력하는 대정치가가 되어서 이 한 몸 만민을 위해 크게 활약하리라고 열심히 계획을 세웠습니다. 종교의 그리스도처럼 정치에서 힘을 다하려고 했습니다. 이 목적을 이루기 위해서는 대철학자가 되어서 구주(歐洲)에 유행하는 우승열

패(優勝劣敗)의 학파를 타파해야만 한다고 생각했습니다. 이 생각은 실로 거의 1년 동안 일분 일초도 저의 머리를 떠나지 않았습니다. 아아, 어떤 미치광이의 어리석음인가요, 이런 망상을 이렇게 오랫동안 품고 있는 사람이 있을까요."

"1885년이 되자 저는 완전히 실망 낙담하여 드디어 두뇌의 병으로 아주 힘든 지경에 이르렀습니다. 그렇지만 약간 원기를 회복하자 저는 종래의 망상이 잘못된 것임을 깨달았고 소설가가 되려는 희망을 갖게 되었습니다. 그렇지만 아직 예술가가 되려고는 생각하지 않았습니다. 바라건대 프랑스의 위고[52]처럼 정치적인 운동을 날카로운 붓의 힘으로 지배하기를 원했습니다. 이 해에 저는 각지로 여행하였고 풍경 감상가가 되었습니다. 또 여러 인간과 사귀어서 인정(人情) 연구가가 되었습니다."

"해가 저물 무렵 저는 완전히 공명심의 계단에서 멀어져서 편안한 생활을 할 수 있었습니다.

위에 기록한 저의 경력과 성질은 저에게 스스로 소설가가 될 수 있는 자부심을 주었습니다. 아, 이 자부심이 바로 지금의 저를 괴롭히는 걱정거리입니다."

"저는 이미 스스로 생활을 영위해야 할 몸입니다. 날카롭게 상정(商政)을 계획해야 하는 여유 없는 남자입니다. 소설가가 될 계획을 품지 않는다면 너는 한 그릇의 밥도 얻을 수 없을 것이다. 너의 가슴속에 있는 소설가가 되려는 희망은 이미 뺏을 수 없는 것이 되었다.

"아아, 이것은 현재 여가가 많은 생활에 따른 하나의 병입니다. 저의 몸은 마땅히 복잡한 사업을 따라야만 합니다. 이것이 곧 이번에 제가 분명하게 뜻을 정해서, 고베(神戶) 지방으로 여행을 떠나려는 이유입니다."

"나의 친애하는 미사오 양, 이렇게 괴로운 저의 마음속을 헤아려 주오. 만일 친구의 정이 있다면."

"그렇지만 이 병은 일시적일 뿐이오. 그 지방에 도착해서 알릴 때가 되면 다시 빛나는 아침 햇살 아래 행복한 나날을 지낸다고 생각해 주오."

이 긴 편지는 아오키가 아직 인생의 방향에 대해 결정을 내리지 못했던 시절에 쓴 것이었다. 읽는 동안에, 어떤 곳은 미소를, 어떤 곳은 애련의 정을, 또 어떤 곳은 말할 수 없는 공포를 미사오에게 불러일으켰다.

"이때부터 그이는 미치광이였어."

미사오는 혼자말처럼 이렇게 되풀이했다.

그때 남편의 친구가 찾아왔다. 미망인은 상점 앞까지 나가서 마중했다.

93

 스게와 기시모토 두 사람은 아오키가 죽은 뒤가 걱정되어 모토스키야초까지 형편을 보러 갔다. 그들은 미망인의 안내를 받아서 2층 방으로 올라갔다. 그곳은 아오키가 젊었을 때 공부하던 곳이었고 여러 가지 습작을 시도한 곳이기도 했으며, 고우즈에서 올라오고 나서 고뇌하고 고민한 장소였다. 마침 아오키가 쓴 쓸모없게 된 원고가 방안 가득 펼쳐져 있어 그 분량만으로도 두 친구는 놀랐다. 젊었을 때부터 쓴 것은 어떤 시시한 글이라도 보존되어 있어서 조금도 감춘 흔적은 없었다. 남겨 두면 부끄러우리라 생각되는 것까지도 소중하게 보관되어 있었다. 두 친구는 잡지에 게재하고 싶어서 파지 속을 뒤졌지만 약간의 희곡 파편밖에 얻을 수 없었다. 재미있는 것은 오히려 여러 글의 구상을 쓴 것이 많았다는 점이었다. 그것은 마치 아오키가 가슴속에 그리던 세계의 일부분을 미완성인 채로 보여 주는 듯했다.

 아오키는 왜 자살했을까? 이 질문은 두 친구가 대답하려 해도 대답할 수 없는 것이었다. 세간에서는 여러 말이 퍼졌다. '먹고 살 수 없어서 죽은 것이 아닐까' 라는 사람이 있는가 하면, '염세겠지' 라는 사람도 있었고 '예술적 절망' 이라고 해석하는 사람도 있었다. 이렇다 할 만한 사인으로 인정할 수 있는 것은 두 친구조차 찾을 수 없었다.

"아오키 군은 왜 죽었을까요?"

기시모토는 미망인에게 물어 보았다.

"글쎄요, 저도 모르겠군요."

미망인이 이렇게 대답했다.

이 "저도 모르겠군요"라는 말이 가장 정직한 답처럼 들렸다.

미망인은 탄식하면서

"그이는 저도 함께 죽자고 했어요. 저는 싫다고 대답했습니다. 아이가 있어서 저는 싫다고."

과연 처자식을 두고 죽어도 되는 걸까, 이런 마음이 미망인의 얼굴빛에 나타났다. 왠지 그녀는 모욕당한 듯한 표정을 지었다.

그렇지만 미사오는 바로 남편을 잃은 여자답게 과거를 회상하는 마음으로 돌아왔다. 그녀는 생전에 남편이 했던 말과 일들을 꿈처럼 떠올리며, 그것을 두 친구에게 들려주었다.

"하여간에 그이는 호방한 사람이었어요."

그만큼 의기투합했었는데라며 그를 애도하기도 하고 '고우즈에 있을 때는 좋았어요'라며 같이 살았던 즐거운 시절의 일을 되풀이 말했다.

"여기 오고 나서 그 칼 소동을 피우기 전에 몇 밤인가 시나가와에 다녔던 일이 있어요—그 일만은 저도 이해할 수 없습니다."

미망인은 이런 말을 덧붙였다. 기시모토도 고우즈에 있었을 때가 생각났다. 그가 해안을 방황하다가 아오키의 집에 찾아갔을 때의 일은 잊을 수가 없는 경험이었다. 그때 도움 받았던 자신은 살고 도와준 친구는 죽었다. 이렇게 생각하고 기시모토는 뭐라 할 수 없는 상념에 잠겼다.

"적어도 앞으로 10년은 아오키를 살게 하고 싶었는데."

스게도 탄식했다.

94

"그렇군, 부인도 잘 모르는군."

기시모토는 모토스키야초에 있는 집을 나와서 스게와 함께 걸으면서 말했다.

"왜 아오키가 죽었냐는 말을 들으면 자네도 곤란하겠지?"

스게가 말했다.

"나도 모르겠어."

"너무 지나치게 가까이 있는 사람은 오히려 잘 알 수 없는 것이 아닐까?"

기시모토는 말했다.

"글쎄, 그럴지도 모르겠군. 아오키 군이 고우즈에 있었을 때 쓴 문장 있었지? 있잖아—그걸 읽었을 때 나는 이렇게 생각했다네, 아오키 군은 대단히 넓은 곳을 걷고 있다고. 그런 곳까지 나왔다면 죽지 않아도 된다고 생각했는데."

이런 이야기를 하며 두 사람은 산주겐보리(三十間堀) 쪽으로 걸어갔다. 스게는 아오키와 함께 그 마을을 걸었을 때의 일을 생각해 냈다. 그때 아오키는 "보게나, 페인트를 칠한 집도 있고, 기와집도 있고, 예스러운 일본식 집도 있어, 지금은 물질적인 혁명으로 그 정신을 빼앗기고 있어, 외부의 자극에 흔들리는 문명이야, 혁명이 아니라 이동이야"라고 말했다고 했다. 이렇게 스게는 죽은 친구가 한 말을 생각해 내고 그것을 기시모토에게 들려주었다.

"그래, 혁명이 아니고, 이동이야."

기시모토는 되풀이해 보았다. 두 사람은 미하라(三原)다리 옆에 서서 바라보다가 얼마 후 거기서 헤어졌다.

아오키가 분투하다가 꺾였다는 것은 친구들 사이에서는 커다란 타격이었다. 친구들은 모두 반성했다. 그러나 동료 중에서 전사자가 한 사람 나왔다는 것이 오히려 깊은 자극이 되어서 각자 뜻하는 곳으로 돌진하게 하였다. 이치카와, 스게, 아다치, 오카미, 후쿠토미, 그리고 구리타 등이 쓴 글은 잡지를 활기차게 만들었다.

6월 4일에는 아오키의 추도회가 있었다. 마침 그날은 아오키가 죽은 지 3주일이 되는 날이었다.

그 무렵 기시모토는 오가와바타에 있는 숙부집을 나와서 미노와(三輪)에 있는 형 집으로 옮겼다. 그가 오랜만에 어머니와 형수와 함께 살려고 했을 무렵, 무섭고 격렬한 파도가 가정 안으로 밀려 들어오고 있었다. 형 다미스케는 이미 집에 있지 않았다. 다미스케가 평소 신용하던 사내에게 속아서 위조 공채증서를 썼기 때문에 가지바시(鍛治橋)에 있는 미결수 감옥으로 보내질 것이기 때문이다. 말 많은 세상 사람들은 여러 가지 이야기를 했다. 그러나 기시모토의 집안 사람들은 모두, 다미스케의 선량한 성질과 명예를 중시하는 마음과 적어도 그날까지의 똑바른 행실 때문에 다미스케를 믿고 있었다. 다만, 다미스케에게는 옛날 도련님 근성이 붙어 다녀서 남의 속임수에 넘어가기 쉽다는 약점이 있었다. 또 과거의 영화를 잊지 못하고 걸핏하면 허영으로 흘러가고 싶어 하는 점이 있었다. 하여간에 예심의 종결을 기다릴 수밖에 없었다. 이렇게 되니 집안엔 파도가 치는 것 같았다. 기시모토도 갑자기 그 파도 속으로 휘말렸다.

95

 미노와에 있는 집은 긴자(金座)⁵³⁾의 어떤 사람의 집으로, 지금으로 말하자면 어용상인이 지어 준 것이다. 이런 내력이 있는 넓은 저택은 대금 저당으로 고쿠초에 있는 대장의 손으로 넘어간 것인데, 빈 집으로 두면 황폐해지고 정원 손질도 할 수 없다는 이유에서 살 사람이 생길 때까지 다미스케가 빌려 살고 있었다. 바쁜 다미스케가 이런 변두리의 집을 고른 것은 첫째 주인에 대한 의리와 또 하나는 집세를 내지 않고 살 수 있기 때문이었는데, 그 대신 손수레라도 두지 않으면 상업상의 용건을 해결할 수 없는 위치에 있었다. 이곳을 집답게 하기 위해서는 집에 어울리는 도구도 갖추어야 했다.

 기시모토의 어머니와 형수는 간소한 시골 생활에 익숙해진 사람들이었다. 고향에서 막 왔을 때 어머니는 '오아키' 하고 며느리 이름을 부르며, "이것은 모두 거짓이야. 이렇게 훌륭하게 되었다 생각하고 방심하면 잘못된 생각이야"라고 여자들끼리 이야기를 나눈 일이 있었다. 그때 다미스케도 어머니와 같이 온 사내를 향해서 "이것은 거짓이야—거짓이지만, 이 거짓을 사실로 만드는 것이 내 의지야"라고 말한 적이 있었다. 그러나 고용인이나 출입하는 사람에게는 그렇게 통하지 않는 경우가 많았다. 어머니와 형수는 처음부터 불안을 느끼고 있었다.

다미스케가 없으므로 얼마 뒤에 야마다(山田)라는 친척 남자가 왔다. 변호사와 교섭하고 부채를 정리하는 것 등은 주로 이 사람과 기시모토의 셋째 형인 고헤이(幸平), 이 두 사람에게 맡겨졌다. 기시모토는 아직 나이도 어리고 경험도 없고, 게다가 익숙하지 않은 일이었기 때문에 자기 힘으로 할 수 있는 만큼만 도와주며 일의 진행을 바라보고 있을 수밖에 달리 어쩔 도리가 없었다.

신속하게 하녀는 내보냈다. 인력거꾼인 니타(仁田)는 아직 있었다. 니타는 사랑스러운 하인으로 급료는 받지 않아도 좋으니까 주인님이 돌아올 때까지 있게 해 달라고 했다. 네기시(根岸)의 소학교까지 통학하는 다미스케 딸의 마중과 배웅에서 아침저녁 청소는 말할 필요도 없고 볼일이 있을 때마다 야마다와 고헤이를 인력거에 태워서 여기저기 바쁘게 끌고 다녔다. 그런 일을 니타는 기쁘게 하고 있었다.

집은 이들을 포함해도 아직 너무 큰 구조였다. 식구 모두 모여서 식사를 하는 방만 해도 꽤 넓었다. 그 방에서 광 옆을 빠져 나와서 복도로 맞닿은 곳에 따로 방이 두 칸 있었다. 다미스케가 없기 때문에 불필요하다고 생각해서, 그 방의 덧문은 대개 열지 않고 그냥 두었다.

7월 초에 기시모토는 가지바시까지 면회를 다녀왔다. '덥다, 덥다' 하면서 툇마루에 나와 보니 정원에 있는 연꽃 연못의 맞은편에서 맨발로 백번참배(御百度)⁵⁴⁾를 하는 어머니 모습이 보였다. 연못 언저리에는 이나리(稻荷)⁵⁵⁾를 모시고 있었다. 어머니는 나무 아래를 오가고 있었다.

96

 이상한 연기 냄새가 요시와라(吉原) 제방과 가까운 도살장 쪽에서 바람을 타고 날아왔다. 그 연기는 웅덩이가 있는 풀밭과 논밭을 거침없이 침입해 왔다. 바람을 타고 온 연기라서 막을 수도 어쩔 수도 없었다.

 정원의 연꽃이 핀 연못에는 두꺼비가 많이 모여 있었다. 기시모토의 어머니는 그 주위를 돌아서 어두운 매화나무 숲을 빠져 나와서 각다귀에 물리면서 툇마루 쪽으로 다가갔다. 다미스케가 무죄 석방되기를 빌면서 어머니는 백번참배를 일과처럼 하고 있었다. 습기 찬 흙을 밟은 때문인지 흰 발은 약간 부은 것 같았다. 백번참배만은 식구들이 아무리 만류해도 듣지 않았다.

 "어머니, 다녀왔습니다."

이렇게 기시모토는 툇마루에서 말했다.

어머니는 언제까지나 기상을 잃지 않을 듯한 사람이었다. 신심 깊은 이마 언저리는 벌써 약간 벗어지기 시작했지만, 얼굴에는 아직 윤기있는 붉은빛이 남아 있어서 쾌활하고 일하기 좋아하는 산골 지방 여자다운 성질이 잘 나타났다. 순진한 형수는 이런 어머니가 계셔서 겨우 정신을 차리고 있었다.

"자 고생했다, 오늘은 어땠니?―면회를 잘 했니?"

어머니는 맨발로 정원에 서 있었다.

"틀렸어요. 추첨번호가 늦어서 형님을 못 만났어요."

기시모토는 머리를 저었다.

"그래."

"어쩔 수 없이 차입물만 넣고 왔습니다. 아침은 빵으로 괜찮으니까 점심과 저녁만 도시락으로 해 달라니, 형님도 좀 분에 넘치는 것 아닙니까. 집안 사정도 모르고."

"그렇게 말하지 마라. 상점에서도 그렇게 말하니까 차입만은 해 주자―."

라며 어머니는 작은 소리로

"스데야, 너 아직 모르지, 내일 또 집달리가 온다던데."

모자는 잠시 말이 없었다.

그때 형수가 광에서 나왔다. 기시모토는 형수에게서 재산

차압에 관한 이야기를 들었다. 지금 광 안에서 야마다와 고헤이가 연장 종류를 조사하고 있다는 말을 들었다. 옷 두 상자는 니타가 고쿠초까지 맡기러 갔다고 했다.

차압은 이번이 두 번째이다. 어머니는 벌써 체념하고 되는 대로 놔둘 수밖에 없다고 생각하고 있었다. '스데 삼촌' 하고 형수는 무엇에 습격당한 듯한 표정을 지었다. '나는 이제 아무래도 좋아. 가지고 갈 것은 갖고 가라지' 하며 깊은 한숨을 쉬었다. '그 사람은 그런 성격이지요, 집안 식구들에게는 아무것도 말하지 않았으니, 어디에서 어떤 돈을 빌렸는지 전혀 알 수 없어.'

처음 차압은 어느 변호사를 위해 신원 보증인의 도장을 찍었기 때문이다. 그것이 해결되어 아 기쁘다 하고 있었는데 다시 이런 파도가 밀려왔다. 날카로운 오가와바타 숙모의 말처럼 기시모토의 어머니와 형수는 갓난아이의 손이 비틀리는 것과 같은 꼴이었다. 무엇보다 한 번 파도를 뒤집어쓴 경험이 있었다. 그래서 그날은 첫 번째처럼 당황하지 않았다. 그날 밤, 니타는 커다란 상자를 이웃 관리인의 집으로 옮겼다.

97

　차압당하는 모습을 보고 있을 수 없을 것 같아 다음날 아침 일찍 기시모토는 미노와의 집을 나왔다. 형을 면회하고 싶어서 다시 가지바시까지 갔다. 번호는 20번이었다. 이러니저러니해도 기시모토 집안 사람들은 다미스케를 소중히 여기고 존경과 동정을 보내고 있었다. 이런 마음은 전통적으로 가장에 대해 아랫사람들이 가지는 마음이었다. 옥중의 부자유스러움을 살피는 마음에서 차입도 거르지 않았다. 변호사도 이름높은 사람을 골라서 변호비 얼마, 무죄 석방되었을 때는 얼마, 이런 약속으로 고쿠초에 있는 주인이 한 사람, 친척이 한 사람, 집에서 한 사람, 합해서 세 사람에게 의뢰하였다. 다미스케를 위해서라면 집안사람들은 어떤 고생도 마다하지 않았던 것이다.

　무사한 형의 얼굴을 보고, 기시모토는 집으로 돌아갔다. 문 안에 가득 깔려 있는 자갈 위를 밟고서 현관 앞 포장한 선반 아래까지 가자, 못 보던 나막신이 4, 5켤레 벗겨 있었다. 아직 집안은 혼잡한 모습이었다. 현관 다음 방에서 부엌 쪽에서 나온 형수와 마주쳤다. 형수는 기시모토의 얼굴을 보자 우선 옷소매로 이마의 땀을 닦았다.

　"스테 삼촌, 드디어 왔어요."

형수는 이렇게 집달리에 관해 말하고,

"일부러 숨기면 오히려 도움이 되지 않습니다. 우리는 일하러 온 것이니까 할 말이 있으시면 채권자 쪽에 하시라며, 오늘 집달리는 비교적 얌전했어요. 그 대신 조사하는 방법이 얼마나 까다로운지 다다미만 벗겨 보지 않았답니다."

"그래요."

"삼촌의 책도 압류당했어요."

"제 책 같은 건 아무래도 좋아요."

"옷을 압류당한 것이 나는 무엇보다 괴로워요"

라고 형수는 탄식하며

"죄없는 아이의 옷에 손이라도 대면 무어라고 말해 주려고 했어요. 따님 옷에는 손을 대지 않겠습니다. 이것은 따로 두겠습니다. 그렇게 말했어요."

"이제 차압은 끝났나요?"

"예, 집달리는 아까 돌아갔어요―아직 채귀(債鬼)는 있어요."

이렇게 말하며 형수는 안쪽을 가리켜 보였다. 성큼성큼 기시모토는 다음 방으로 갔다. 툇마루가 있는 곳으로 나오자 열어 젖힌 안방이 보였다. 그곳에는 4, 5명의 고리대금업자가 모여서 무엇인가 밀담을 하고 있었다.

"친척들이 어떻게 할 수 있을 텐데."

이런 말을 남겨 두고 얼마 뒤에 고리대금업자는 돌아갔다. 저녁나절부터 식구들은 식사를 하려고 모였다. 차압 종이가 붙어 있지 않은 것은 밥을 먹는 그릇과 대접과 젓가락뿐이었다. 기시모토는 커다란 얼룩무늬 상을 마주보았다. 그 밥상 뒤쪽에도 역시 종이가 붙어 있었다.

"어머님, 오늘은 소금기가 있는 음식[56]을 드시지 않습니까?"

기시모토는 밥을 먹으면서 이렇게 말했다.

"그래."

어머니는 대답했다. 어머니는 감자에 흰 설탕을 곁들여, 반찬 삼아 먹고 있었다. 이렇게 몸을 괴롭히는 것이 자식을 생각하는 어머니의 믿음이었다. 기시모토가 걱정해도 구식 어머니는 듣지 않았다. 그날의 복잡한 일로 저녁이 평소보다 늦어졌다. 미노와 명물인 모기가 몰려올 무렵에는 음식을 먹는 것조차 괴로웠다. 소나기가 내렸다.

98

옆 관리인이 물을 데웠으니 목욕하러 오라고 해서 기시모토는 땀을 씻으러 갔다. 돌아와 보니 어머니는 램프 아래에서 왼발을 내뻗고 계속 뜸을 뜨고 있었다. 매일 백번참배를 한 때문인지, 어머니의 발에는 수종이 생겨서 누르면 손가락 흔적이 남을 정도로 부어 있었다.

"뜨거워."

어머니는 얼굴을 찡그리고 불이 사그라 들려고 하는 곳에 불을 쳤다. 새 약쑥이 다시 그곳에 놓였다. 그리고 향불이 옮겨졌다. 이렇게 해서 왼발이 약간 가벼워졌을 무렵, 다시 오른발을 내뻗었다.

이렇게 어머니가 아들을 위해 백번참배를 하는 것은 이번 뿐은 아니었다. 그녀는 고향에 있을 무렵, 기시모토를 위해서도 백번참배를 했다. 그가 잠자코 긴 여행을 떠났다는 것이 언제 전해졌는지도 모르게 어머님 귀에 들어갔던 것이다. 얼마나 그녀가 마음 아파했는지, 얼마나 자식이 무사하기를 빌었는지는 그날 밤 기시모토도 듣고 처음으로 알았다.

어머니는 다리를 누르면서

"스데야, 너에게 물어 보고 싶은 것이 있구나."

"어머님 무슨 말씀이세요?"

기시모토가 말했다.

그때 어머니 옆에서 모기를 쫓고 있던 형수가 이야기를 받았다.

"어머니는 법의에 관한 일을 말씀하시는 거예요 오늘 차압할 때 옷장 안에서 나왔으니까요."

"아니, 법의도 차압을 당했습니까?"

기시모토는 머리를 싸안았다.

"언젠가 한 번 물어 보고 싶었다."

이렇게 어머니는 진심으로 말을 꺼냈지만, 기시모토는 웃음으로 흘려 버렸다. 아홉 살인 다미스케의 딸 아이코(愛子)는 벌써 형수 곁에 와서 잠들었다.

그날 밤은 참으로 7월 밤 같았다. 야마다와 고헤이는 니타와 함께 성곽 쪽으로 바람을 쐬러 나갔다. 기시모토는 혼자 현관 쪽에서 뒹굴며 요시와라 쪽에서 나는 장고 소리를 들으면서 가쓰코에 관해서 계속 생각했다. 소나기가 지난 뒤라 물방울이 어두운 포도 나무 받침대에서 떨어졌다.

"야, 좋은 바람이 부네"

라며 어머니도 그곳에 와서 누웠다.

"스데야 오늘밤은 누워서 이야기하자."

이렇게 말하면서 어머니는 무명 홑옷 자락으로 발을 감쌌다. 모자는 계속 부채질을 했다. 어스름한 5장짜리 현관에 모자가 누워 있을 때는, 누구에게 신경 쓸 필요도 없었고 어머니가 멋대로 하품을 하면 자식은 자식대로 마음껏 다리를 내뻗었다.

"어머니는 왜 오신 거예요. 좀더 고향에 계신 편이 좋았을 텐데."

기시모토는 생각난 듯 말했다.

"이제 와 보니 나도 그런 것 같구나"
라고 어머니도 대답했다. "하지만 애야, 도쿄 형편은 몰랐고 시골 사람들은 편지라도 오면 금방 간다고 생각했는지 여기 저기서 불러서 어젯밤은 옆집이었으니 오늘밤은 우리집에서라며 사람을 보내고 송별로 손으로 친 메밀국수라도 먹자는 둥 아이코도 데리고 오라는 둥, 그런 말을 듣고 있자니 하루라도 빨리 도쿄로 가고 싶었단다. 나중에는 아직도 기시모토 집안의 여자들은 가지 않았다—언제 가지라고 하는 사람도 있었다. 게다가 시골은 입이 시끄러워서 야아 아키(秋)씨가 불쌍하다는 둥, 이러쿵저러쿵 말하니 내가 오아키를 데리고 집만 지키고 있을 수 없었지. 이제 오아키는 형한테 넘겼다. 내 할 일은 끝났다, 아 겨우 안심이다 하고 생각한 것이 아직 어제 일처럼 생각되는데—."

갑자기 부엌에서 누가 음식을 토하는 소리가 들렸다. 어머니는 몸을 일으켰다. 부엌에는 형수밖에 없었다. 형수는 도쿄에 오고 나서 얼마 뒤 생리가 멈췄던 것이다.

99

 다음날부터 식구들은 매일같이 머리를 맞대었다. 정원의 푸른 매실이 색이 들 무렵이라서 니타가 긴 장대로 털어 오면, 형수는 보기에도 시게 느껴지는 열매를 바구니에 담아 그곳으로 가지고 와서 자주 이야기 사이에 끼여들었다.

 재산 차압에 이어 발생한 어두운 구름은 공매 처분이었다. 그것은 고리대금업자측의 본의는 아니었다. 그들은 다미스케 사건이 길어지리라 생각한 듯했다. 차압만 해놓고 한편 예심 상태를 살펴보고 다른 한편 대장과 친척들로부터 이야기가 있기를 기다린 모양이었다. 집에서 연기금을 마련해 가지고 가면 그들은 수수료로 그것을 받았다. 마땅치 않으면 원이자를 함께 갚으라고 독촉했다. 피 같은 돈이 이렇게 몇 번이나 쥐어 짜내졌다.

 미노와에 있는 집에서 매일 기시모토의 눈에 비치는 광경은 그가 지금까지 경험해 본 적이 없는 일뿐이었다. 감옥에 면회 가서 대기실에서 얼굴을 마주보는 사람들, 차입을 맡은 집의 주인, 제복을 입은 수위, 그리고 어두운 마차에 태워져 재판소로 보내지는 남녀— 모두가 그에게는 다른 세계 사람처럼 느껴졌다. 미노와의 집에 출입하는 사람도 점점 적어졌다. 간혹 찾아오는 사람은 있어도 의지할 수 없는 사람들이 많았다. 이를테면, 중개소 사람에게 물건을 대신 사달라고 부탁하면 몫을 떼어 가지는 일은 태평하게 하는 사람 정도였다. 언제나 오는 시간이 11시 반으로 정해져 있어서 스스럼없이 점심밥을 먹고 가므로 '11시 반'이라는 별명이 붙어 있었다. 이 사람의 아들은 복장 개량을 한 사람이라던가. 이유를 물어 보니 장사배우(壯士俳優) 견습을 받고 있다고 했다.

8월이 되어도 아직 예심이 종결될 낌새가 없었다. 야마다는 이미 집을 떠났다. 충실한 심복이었던 니타에게도 급료 대신 손수레를 주어서 내보냈다. 갑자기 집안은 적적해졌다. 형 고헤이는 실의에 찬 사람처럼 빈둥빈둥하고 있었다. 어머니와 형수는 막 시골에서 올라왔을 뿐이다. 그래서 기시모토는 다시 고지마치에 있는 학교로 출근해 가계를 도우려고 생각했다.

9월 신학기가 시작될 무렵부터 기시모토가 통근하는 길은 아주 멀었다. 미노와에서 사카모토까지 그 변화없고 평탄한 길만도 꽤 되었다. 거기서부터 우에노의 히로코지(廣小路)로 나와서 기리도시자카(切通坂)를 올라가서 사루아메(猿飴) 모퉁이에서 비스듬하게 혼고 거리를 통과했다. 간다(神田) 강을 따라서 이다바시(飯田橋) 쪽으로 경사를 내려오는 거리는 가장 그의 마음에 드는 도로였다. 건너편 강가에 있는 나무

들, 고이시카와(小石川)로 이어지는 거리의 전망은 그의 눈을 즐겁게 했다. 구단(九段)으로 가는 길은 나카자카(中坂)에서 올라갔다. 후지미초(富士見町), 조로쿠반초(上六番町)를 지나면 드디어 그는 학교에 도착했다.

100

가쓰코는 여름 방학 전까지 잠깐 학교 일을 도와주려고 와 있으면서 보통과 학생들에게 무엇인가 가르치고 있었는데, 가을 학기가 시작될 무렵에는 도와주는 일을 그만두었다. 약혼자의 집은 하코다테(函館)에 있었다. 결혼하기 위해 그곳으로 가는 일이 이제 얼마 남지 않은 것으로 전해졌다. 오래 도쿄에 머무는 것은 그녀의 아버지가 허락하지 않았다.

기시모토와 가쓰코의 이상한 관계가 학교 사람들의 입에 오르지 않을 수는 없었다. 잘됐구나 하고 퍼뜨리는 사람도 있었다. 나이 든 학생들의 눈에는 비웃음이 떠돌았다. 그 선생은 글을 쓰니까 분명히 그런 것으로 현혹시켰을 거라는 둥, 아직 나이가 들지 않은 학생까지 말을 했다. 집만 곤란하지 않으면 이런 곳에 가르치러 오지는 않을 텐데, 이렇게 기시모토는 괘씸하게 생각했다. 자연히 그의 태도는 굳어졌다.

그가 교실에 들어오는 모습이 너무나도 우습다며 재빨리 학생들은 그에게 '게걸음'이란 별명을 지어 주었다.

교무실 앞 복도는 기숙사에서 교실로 가는 통로였다. 무슨 일이 있을 때마다 그곳에 게시되었다. 시간표도 그곳에 붙어 있었다. 학생들은 자주 그곳을 오갔다. 어느 날, 그는 문에 기대어 서 있었다. 가쓰코는 동생 도요코와 어깨를 나란히 하고 아무렇지도 않게 그 앞을 지나갔다. 말없는 언니다운 모습을 눈앞에서 보고 그는 가쓰코가 아직 도쿄에 있다는 것을 알았다. 그것은 동양의 대기(大機)라는 말이 되풀이될 무렵의 일이었다. 그 달 13일에는 벌써 대본영(大本營)이 히로시마(廣島)에 있었다. 평양 싸움은 벌써 시작됐다. 영일(英日) 신조약에 대한 보도도 전해졌다. 매일매일, 신문은 거의 전쟁 기사로 채워졌다. 그것을 읽고 발광하는 사람마저 있었다. 문필에 종사하는 사람들이나 화가들도 많이 종군했다.

가쓰코가 출발하는 것은 그 달 하순이었다. 그녀는 아버지와 함께 일단 귀향했다가, 쓰가루(津輕) 해협을 건너기로 했다. 작별을 고하기 위해 학교까지 온 날은 마침 스게도 있었다. 기시모토는 그 무렵 죽은 친구의 유고를 책으로 펴내려고 생각하고 여러 잡지를 모으기도 하고 아오키의 미망인에게서 빌린 것을 조사하기도 하며 그 일을 가슴에 그리고 있을 때였다. 그날도 어떻게 아오키의 원고를 취사할까, 어떤 순서로 친구의 추억거리를 배열할까를 고심하며 교무실을 나와서 복도 끝까지 갔을 때 갑자기 도서실 문 쪽에서 가쓰코를 만났다.

가쓰코는 기시모토가 앞에 올 때까지 신경을 쓰며 서 있었다. 도서실 책상에는 4, 5명의 학생이 있었다.

"선생님, 여러모로 신세를 졌습니다—."

가쓰코는 이렇게 말하면서 울어서 붉게 부은 얼굴을 들었다. 그녀는 또 무슨 말인가 하려고 했지만 말할 수 없었다.

기시모토는 잠자코 인사를 나누고 헤어졌다.

101

2, 3일 지나고 나서 기시모토가 학교에 와 보니, 가쓰코의 여동생이 오후에 보이지 않았다. 조카딸도 마찬가지였다. 이들의 결석은 가쓰코가 모리오카를 향해 출발했다는 것을 넌지시 기시모토에게 알려 주었다. 그날은 변덕스러운 바람이 불어오는가 싶더니 언제 그랬냐싶게 딱 멎은 날이었다. 뒷정원의 울타리에 아직 피어 있던 나팔꽃도 이제 조그마해졌다. 기시모토는 하루를 학교에서 지냈다. 얼마 뒤 수업이 끝날

무렵 스게와 둘만이 교무실에 남았다.
"호외, 호외"
라고 외치는 소리가 울려 퍼지는 종소리와 함께 때때로 길 쪽에서 들렸다. 그 소리는 이렇게 잠자코 있을 수 없다는 비장한 느낌을 사람들의 마음에 불러일으켰다.
"자네에게는 아직 말하지 않았네만"
라고 스게는 친구 얼굴을 살피면서
"어쩌면 난 전쟁터로 갈지도 몰라."
이렇게 말하는 스게의 눈에는 이상한 반짝임이 있었다. 그는 신문사에 다니는 아는 사람을 통해서 통신원으로 가고 싶다고 결심했다. 친구의 갑작스런 결심이 기시모토의 가슴을 때렸다.
'스게 군은 싸움터로 가서 이제 돌아오지 않을 작정은 아닐까?'
이렇게 생각했다.
학교 문을 나와서 기시모토는 친구와 헤어졌다. 그는 스게에 대한 일을 생각하면서 걸었다. 문득 나팔꽃이 감아 올라간 울타리가 떠올랐다. 툇마루가 있었다. 방이 있었다. 책장 옆에는 깔끔한 홑옷을 입은 아다치가 있었다. 소박한 비백무늬 옷을 입은 스게가 있었다. 아다치의 어머니가 계셨다. 나도 있었다. 그곳은 기시모토가 곧잘 찾아가서 여러 이야기를 나누기도 하고 일기 따위를 보여 주기도 한 아다치의 집이었다. 어머니 앞에 있는 띠를 만드는 옷감 종류는 스게가 하코네에 있는 사람을 위해 고르게 한 것이었다. 그것을 기시모토에게도 보여 주며 "자네는 어떤 것이 좋은가." 하고 고르게 했던 기억이 떠올랐다. 집안 문제로 일은 깨졌어도 아다치에게 부탁해서 그런 것을 보내려는 스게의 심정은 맑고도 가련했다. 아직 아다치의 집 정원에 나팔꽃이 흐드러지게 피어 있던 때의 일이었다. 기시모토는 이런 추억을 떠올렸다. 걷고 또 걸으면서 그는 친구에 대해 생각했지만 애련한 기억과 종군 지망을 따로 떼어서 생각할 수가 없었다.

후지미초 거리까지 가자, 그림 파는 집 앞에 남녀가 모여서 피비린내 나는 전쟁 그림을 다투어 보고 있었다.

"북경으로, 북경으로"

길 가는 사람들의 눈이 이렇게 말하는 듯이 보였다. '횃불을 피워서 축하하는 것은 언제야'라고 떡 벌어진 어깨를 가진 사람이 말했다. 찬 물을 끼얹은 듯이 잠잠해졌다. 진지한 표정을 한 보병 일대는 구두 소리를 맞춰서 열광한 방관자들의 앞을 지났다. 그 걸음 소리가 아스라이 멀어질 즈음에 다시 다른 구두 소리가 들렸다. 기시모토는 그 사이를 빠져 나갔다. 그는 아오키의 유고를 엮기 위해 집으로 돌아갔다.

봄 · 283

102

"쓸쓸한 가을 바람의 기록. 청일전쟁으로 세상은 무사의 것이 되었다. 이치카와는 학창의 옛 현인을 벗삼고 기시모토는 겨우 목숨을 부지하고, 스게도 풀이 죽어 있고, 아다치 홀로 의기양양함은 무슨 혼란스러움인가, 바람이 전하는 소식을 듣자니 옆집 정원에 들꽃이 한 송이 피기 시작했다는데."[57]

이런 글을 스게가 쓰고 나서 딱 일년이 지났다.

1895년 11월이 되었다. 중국 포로를 가득 실은 덜커덩거리는 마차가 셀 수 없이 도쿄 거리를 지나간 것도 벌써 2개월 전의 일이었다. 이웃 나라의 병사가 마차 창에서 손을 흔들며 귀향의 기쁨을 나타냈을 때, 이쪽도 마찬가지로 환호를 올린 군중은, 지금 평화를 기원하면서 걷고 있다. 그 해의 지방 수확은 평년작 이상으로 예상되었다. 혼고 기리도시자카를 오가는 사람들의 얼굴에도 왠지 희열의 빛이 감돌았다. 땅 위에서 그림자가 움직였다. 해는 언덕 위의 공기와 먼지를 비추었다. 살림살이와 버드나무로 만든 옷상자, 그리고 커다란 보따리를 가득 실은 짐차 뒤를 따라서 마침 우에노 쪽에서 언덕에 닿은 인력거가 있었다. 짐차는 오른쪽으로 갔다가 왼쪽으로 갔다 하면서 혼고다이(臺)를 향해 올라갔다. 인력거도 슬슬 따라갔다. 인력거 위에 있는 사람은 만감이

교차하는 듯한 모습으로 남의 눈도 개의치 않고 격정에 차서 엉엉 울어 인부가 옆에 와서 무슨 손짓을 해 보인 것도 알아차리지 못했다.

이 사내는 기시모토였다. 그는 지금, 미노와의 집을 정리하고 유시마(湯島)에 찾아 둔 새집으로 옮기는 도중이었다. 언덕 한가운데에서 기시모토는 고치마치의 학교 학생과 만났다. 학생은 그의 얼굴을 이상하다는 듯 보더니 뜻없이 웃으며 바로 인사를 하고는 인력거 옆을 서둘러 지나갔다.

지난 일년은 기시모토에게는 잊을 수 없을 정도로 고생스러운 해였다. 그의 어머니는 유방암을 앓고 병원에 입원했다. 수술을 받고 낫기는 나았지만 그를 키워 준 젖은 통째로 제거되었다. 어머니의 젖가슴은 이제 한 쪽만 늘어져 있었다. 그 사이에 연로하신 큰아버지가 고향에서 상경하여 집 정리를 위해 머물러 주셨다. 큰아버지는 반년 정도 미노와에 계셨다. 정직하고 급한 성격 때문에 자주 집안 사람들과 충돌했다. 결국은 "이제 너희들 집에는 어떤 일이 있어도 오지 않겠다"고 틀니를 들썩거리면서 화를 내고 돌아갔다. 큰아버지가 있을 때, 형수는 귀여운 남자아이를 낳았다. 각기(脚氣)가 있는 젖을 물린 탓인지 태어나서 얼마 되지 않아 그 아이는 죽었다. 어린 유해는 근처 절의 묘지를 빌려서 파초 나무 그늘에 묻었다. 경황이 없어 마냥 슬퍼할 겨를도 없었다.

여러 곳에서 모인 조의금은 식구들이 거의 써 버렸다.

그것뿐이 아니었다. 차압당한 재산은 언제까지나 종이가 붙여진 채로 있지 않았다. 기시모토의 집은 드디어 파산할 운명을 맞은 것이다. 어머니가 정성들여 짠 옷들은 대개 그 때 없어졌다. 그래도 없어서는 안 될 살림살이는 공매 당일 아는 도구상 집에 부탁해서 사서 돌려받았다. 그것이 지금 짐차에 실려 옮겨지는 것이다. 유시마의 집은 흔히 무밭이라고 부르는 곳에 있었다. 기시모토가 짐차와 함께 도착할 무렵엔 어머니와 형수, 고헤이 형, 그리고 아이코도, 모두 이미 새집으로 옮겨와 있었다.

103

무밭은 누룩 냄새가 나는 마을로, 우에고지(上麴), 하쿠마이(白米)라고 표시한 바깥 장지문과 해가 잘 드는 길가에 말리려고 늘어놓은 나무통과 처마 밑에 쌓아놓은 소나무 장작 등을 볼 수 있는 곳이었다. 그곳은 유시마 4가의 낮은 계곡을 건너서 간다묘진(神田明神)을 모신 신사가 있는 숲을 바라보는 위치에 있었다.

"스데 삼촌."

이렇게 아이코가 부르며 짐과 함께 도착한 기시모토 곁을 지나쳤다. 니타가 있을 무렵에는 인력거로 학교 통학을 했을 정도로 애지중지했던 딸도 지금은 두부를 사러 보낼 정도의 처지가 되었다. 아이코는 앞치마 속에 된장 거르는 조리를 감춘 채 부끄러운 듯이 뛰어갔다.

미노와에서 가지고 온 도구는 새로운 집에 잘 어울리지 않았다. 물 끓이는 그릇이 붙어 있는 긴 화로는 가운데 방의 구석에 놓였지만 이 셋집에서 보니 우스꽝스러울 정도로 크게 보였다. 그렇지만 집안 식구 모두가 이 화로 주위에 모여서 식사를 하며 얼굴을 마주 대할 때는 왠지 자신들의 보금자리다운 곳으로 옮겨온 느낌이 들었다. 쾌활한 어머니의 웃음 소리는 갑자기 눈에 띄게 크게 들렸다. 가끔씩 좁은 거리로 울려 퍼졌다. 도회지 여인들같이 낮고 부드러운 목소리를 시골 사람에게 내라는 것은 무리라며 어머니는 웃고 있었지만 그것도 도쿄에 처음 왔을 때와 비교하면 상당히 낮고 부드러워진 셈이었다. 첫째로 이웃에 폐가 된다. 그 점을 어머니도 알게 되었다.

불행하게도 다미스케는 아직 돌아오지 못했다. 형수는 남편의 신상을 걱정해서 때때로 망연히 생각에 잠겼다. 기시모토는 "형수님, 구멍 뚫어져요"라며 자주 긴 화로 옆을 문질렀다. 기회만 있으면 식구들은 다미스케 이야기를 했다. 공판은 그 해 8월에 있었는데, 부끄러운 모습을 보이게 하고 싶지 않다고 형수가 말해서 검은 비단을 성기게 짠 천에 가문을 넣은 겉옷을 차입했다. 그것을 입고 삿갓을 쓰고 재판소 복도로 끌려 온 형의 모습은 아직도 기시모토 눈앞에 선하다. 복도 양쪽에는 고쿠초의 대장, 오가와바타의 숙부, 그리고 친척과 아는 사람들이 줄지어 서 있었다. 다미스케는 목례하고 그 사이를 지나갔다. 법정에 선 다미스케의 뒷모습은 다른 죄수들처럼 기가 죽은 모습은 아니었다. 형은 어디까지나 인정있는 사나이였다. 가령 법률적으로 유죄 선고를 받는다고 해도 동생들은 형을 위해 울고, 형을 위해 해명하고 싶다고 생각했다. 얼마 뒤에 다미스케는 항소를 했다. 그 재판은 아직 열리지 않고 있었다.

  2층에 방이 한 칸 있었다. 그곳을 기시모토는 자신의 방으로 삼았다. 그는 개인적으로도 지난 일년 동안 여러 가지 괴로운 경험을 했다. 또한 무서운 타격을 받았다. 다름이 아닌 가쓰코의 죽음이었다.

104

  가쓰코의 죽음이 기시모토의 귀에 들어온 것은 2개월 전의 일이었다. 오카미 형제는 일찍부터 소식을 알고 있었지만 기시모토에게는 이야기하지 말고 놔두자고 했기 때문에 알리지 않았다. 여름 휴가가 끝날 무렵, 고지마치에 있는 학교에 들렀을 때, 기시모토는 기숙사 사감한테 처음으로 그 이야기를 들었다. "야스이(安井)의 일을 알고 계십니까"라고 사감이 가쓰코의 성을 대며 물어서 "아니오"라고 기시모토가 대답하자, 사감은 "벌써 잊으셨을지도 모르겠지만"이라는 투로, 넌지시 기시모토의 얼굴을 바라보며 "야스이 가쓰코라는 학생이 있었잖아요—그 친구도 죽었습니다"라고 여러 사람에 대해 말하던 참에 이야기를 했다. 그 말을 들었을 때 기시모토는 무의식중에 얼굴을 붉혔다. 다른 학생과는 달리, 묘하게 가쓰코에 관한 일은 묻기 어려웠다. 언제 죽었는지, 왜 죽었는지는 확인하지 못했다. 귀가길에는 땅이 높게 올라오기도 하고 하늘색이 누렇게 되기도 하고 근처에 있는 물건의 형태가 흔들흔들 보이기도 했다.

가을 학보를 손에 쥘 때까지 그것이 사실이라고도 생각하지 못했다. 오가와바타를 나와서 야겐보리(藥研堀)에서 하는 행사를 보러 갔던 저녁은 완전히 꿈만 같았다. 등불과 연기와 풀 향기 속에서 신혼부부들의 속삭임을 들었을 때, 기시모토는 무의식중에 가슴이 두근거렸다. 그는 무작정 가쓰코는 이 세상에 살아 있다고 생각했다.

학보는 기시모토의 꿈을 깨뜨렸다.

학보에서 말하기를 "8월 13일 밤, 아자부 가쓰코 씨 홀연, 영면에 드셨다. 수일 전에 도착한 편지에는 이렇다 할 내용도 없었는데라며 갑작스런 일에 모두 놀라지 않은 사람이 없었다. 가쓰코 씨가 사망했다는 소식을 접하자, 교장은 곧 조전을 보내고, 또 장례식장에 다음과 같은 전보를 보냈다. 식장에서 어떤 교사가 그것을 읽었다고 한다. '가쓰코를 잃어서 깊이 슬퍼하고 있다.' 그 뒤에 오빠인 야스이와 아버지 야스이 씨가 학교에 오셔서 깊은 생전의 감사를 말씀하셨다. 또 아자부 씨에게서 감사의 편지가 도착해서 가쓰코가 생전에 다녔던 학교에 부채가 있는 것을 대단히 걱정하여 가계를 절약해서 저축해서 약간씩 모은 것이라며 금 6엔을 보내왔다."

가쓰코의 언니가 세키네(關根) 교장에게 보낸 편지에는 자세하게 그녀의 임종 모습이 적혀 있었다.

"7월 24일. 그곳에 무사히 도착했습니다"
라고 시작되었다.

"다음날 25일, 가쓰코를 방문해서 병상을 물어 보았더니, 그다지 염려할 정도는 아니라고 했습니다. 임신 유무를 물어 보았더니, 아직이라고 해서 몸을 잘 돌보라고 주의시키고 집으로 돌아왔습니다. 그 후 다시 세 번 물어 보았지만 언제나 점점 좋아지는 편이라고 했고 한편 안색도 아주 선명하여 병자처럼 보이지 않았습니다. 하지만 종일 병상을 떠나지 않는다고 해서 은근히 걱정되었습니다. 8월 6일, 심부름하는 사람에게 편지를 보내서 기분이 좋으면 인력거를 타고 놀러 오라고 했더니, 2, 3일 안에 걸어서 조용히 온다는 답이 와서 마음속으로 기다리고 있었습니다. 그러던 차에 9일 오전 9시경에 아자부가 보낸 심부름꾼이 와서 가쓰코의 병세가 나쁘니 곧장 와 달라는 소식에 놀라서 심부름하는 사람에게 물어 보았더니 전혀 알지 못해 재빨리 가 보았습니다.

가쓰코는 눈빛도 변하고, 몸도 마음도 평소와 달리 어린 아이처럼 철없는 것만을 말했습니다. 너무나도 가슴이 무너지고 슬픔이 가득 차서 눈물도 나오지 않았습니다. 병원장도 와서 진찰을 해 본 결과 뜻밖에도 가망이 없다고 대답했습니다. 어떻게 이렇게 변화가 빠른가 하고 병원장에게 물어 보았더니, 임신으로 인해 입덧이 심해서 자연히 몸이 약해져서 심장병을 일으켰다는 것이고 게다가 신경이 예민해져서 어렵다고 말했습니다.

더 이상은 도저히 사람의 힘이 미치지 못하는 영역으로 신의 섭리에 맡길 수밖에 없다고 하여 가슴속으로 기도했습니다. 그날은 다만 어린애같이 여러 쓸데없는 이야기를 하고 밤에도 조용하게 잤습니다. 다음날 10일 아침, 가 보니 잘 자고 있어서 오빠와 나는 가쓰코의 양손을 잡아 주었더니 눈을 뜨고 두 사람의 손을 꼭 잡고 기쁘다고 심하게 울어서, 함께 달래서 잠들도록 했습니다. 갑자기 눈을 뜨고는 콜레라에 걸렸으니 사람들은 가라고, 신과 함께 있으니 쓸쓸하지 않고 간호를 받더라도 죽을 때는 죽고, 살 때는 완전히 낫습니다, 아 신이여 나를 구해 주소서라고 말했습니다. 다시 진정이 되었을 때는, 변함없이 아자부의 친절한 이야기를 사람들에게 말했고 자신이 죽은 뒤 후처를 주선해 달라는 등 신경 쓰라고 형제들에게 부탁하며, 잠시도 아자부를 옆에서 떼지 않았습니다. 11일 나는 어린아이의 병으로 인해 마음과는 달리 문안을 가지 못해서 심부름하는 사람을 몇 번이나 보내 상태를 물어 보았더니, 그날 오후부터 말이 없다는 소식만 받았습니다. 12일 오후 아픈 아이를 심부름하는 아이에게 맡기고 세 시에 찾아갔더니, 아주 모습이 변했고 간신히 숨만 쉴 뿐 아주 슬픈 모습을 하고 열도 아주 심해서 끝없이 얼음으로 머리를 식히고 있었습니다. 8시 무렵, 갑자기 굳었던 혀가 풀려서 두세 마디를 했습니다. 그것이 마지막 말이라고 나중에 생각했습니다.

밤새도록 간병했습니다. 13일, 오전 4시 무렵, 수프와 우유를 먹고 기분 좋게 자기에 맥을 짚어 보았더니 전날과 아주 달리 상태가 고르게 되었습니다. 병이 호전되는 거라고 오빠와 함께 기뻐하며, 오빠는 어머니의 여행을 걱정해서 집으로 돌아가고—고향에 있는 어머니께 위독하다는 전보를 보냈더니, 다음날 출발한다는 전보가 있었는데, 예정보다 이틀이 늦어도 도착하지 않았기에 알아보던 중—그로부터 10분 정도 지났을 무렵, 새록새록 자는 얼굴이 보통때와는 다른 듯 생각되어 가쓰코, 가쓰코라고 불러 보았더니, 크게 둥근 눈을 뜨고 생긋생긋 웃으며 무슨 말을 하고 싶은 듯이 입을 움직이면서 호흡이 한때 중지되었고, 내 얼굴을 응시하면서 7시 반쯤—.

어머니는 가쓰코가 영면한 뒤 1시 30분쯤에 도착하셨습니다—. 가쓰코가 영면한 뒤, 아자부의 비탄과 실망은 아주 극에 달했고, 참으로 슬퍼서 안타까웠습니다. 매일매일 묘에 참배하고 세상을 재미없게 생각하고 병 같은 게 걸리지 않았더라면 하며 비통하게 생각하고 있습니다"

105

"소위 뭔가 이루려는 사내가 여자 한두 명 정도 묻었다는 게 어떻단 말이냐."

이 말은 이치카와가 모토하코네에 있던 숙소에서 기시모

토를 격려해 준 말이었다. 기시모토는 지금 그 친구의 말을 빌려서 스스로 자신을 격려하려고 했다. '뭐야, 이 정도 일에' 라면서도 어느샌가 그는 망연히 생각에 잠겼다.

친구들은 그를 걱정했다. 특히 연장자인 아다치는 가쓰코가 결혼할 당시 긴 편지를 보내서 '그런 일에 약해져서 어떻게 하겠냐'고 격려해 주기도 하고 '자네는 너무 자신을 추궁한다'고 가르치기도 하고 만나면 또 '음, 대단히 표일(飄逸)한 점이 생겼다'고 말하기도 하고 좀 다른 마음가짐을 가질 수도 있을 텐데라며 세상을 보라고 충고해 주었다. 기시모토도 마음으로 감사하고 있었다. 어떻게 하겠는가, 그에게는 자기 마음대로 할 수 없는 점이 있었다. 자신은 약해지지 않겠다고 마음먹어도, 그렇게 되지 않는 것이 있었다. '미노와의 은자'라고 비웃음을 받으며 분개하는 동안 그는 마치 상심한 사람처럼 되었다.

기시모토는 가쓰코의 죽음을 듣고 더욱 침울해졌다. 어느 때는 일할 마음도 없었다. 때때로 그는 주위를 둘러보았다. 어머니가 있었다. 형수가 있었다. 불행한 형이 있었다. 아이코가 있었다. 그가 일하지 않으면 이 사람들은 먹는 것조차 곤란하다. 그래서 마음을 고쳐먹고 양손으로 자신의 얼굴이 빨갛게 될 때까지 문지르고는 다시 돈 벌러 나갈 마음이 되었다.

유시마로 옮기고 나서 고지마치의 학교에 다니는 것은 상당히 편해졌다. 옛 사람이 있던 장소라고 생각하면 건물도 그리웠다. 교무실 벽에는 매년 졸업생의 사진이 있었다. 액자가 줄지어 걸려 있었다. 희고 차가운 벽도 배경으로 어울렸다. 기시모토는 자주 그 액자 앞에 섰다.

지금은 학생도 젊은 사람 시대가 되었다. 어느 날 기시모토가 식당에서 도시락을 먹고 나서 넓은 강당을 지나려 하자, 유리창 밖에는 많은 학생들이 모여서 각자 점심 휴식을 취하고 있었다. 테니스 치는 소리도 조용하게 들렸다. 창가에는 두세 명의 학생이 기대어 정원 쪽을 바라보고 있었다. 세로로 비백 무늬가 있는 명주옷을 입고 그 뒤에 서 있는 학생은 도요코였다. 도요코가 입고 있는 것은 예전에 그리운 사람이 몸에 걸쳤던 그 옷이었다.

그때 도요코가 기시모토의 모습을 보고 그가 있는 쪽으로 미소지으며 다가왔다.

"선생님."

이렇게 공손하게 말하며, 옷소매에서 뭔가를 꺼냈다. 그것은 '회구(懷舊)'라는 제목의 죽은 언니를 애도하는 문장이었다.

"선생님. 이걸 좀 고쳐 주세요"

라고 말하는 도요코의 가련한 눈매는 어딘가 언니를 생각나

나게 하는 구석이 있었다. '무슨 생각으로 이런 것을 나에게 가져왔을까?' 이렇게 기시모토는 생각하며 아직 아무것도 모르는 듯한 천진한 소녀의 얼굴을 바라보았다. 그는 자기 여동생의 얼굴을 바라보는 듯한 마음이 들었다.

106

 기시모토는 점점 말이 없어졌다. 입으로 말할 수 없는 것은 문장으로라도 적어서 나타내려고 했다. 그는 여러 문체를 시도해 보았다. 소설, 희곡, 논문, 그리고 신체시까지 시도해 보았다. 하나같이 자유롭게 표현할 수 있는 것은 없었다.
 그 해 12월 각기병으로 약해진 형수를 데리고 기시모토는 가즈사(上總) 쪽으로 여행을 했다. 요코하마에서 배편으로 후쓰쓰(富津津)에 닿아서 오쿠보(小久保)라는 어촌에 형수를 남겨 두고 보슈코미나토(房洲小湊)에 있는 니치렌(日蓮)이 태어난 곳을 보기 위해 가노(鹿野) 산을 넘었다. 자갈이 많은 산길로 벼랑 아래에는 계곡 물이 흐르고 있었다. 그때 그는 길가에 있는 돌을 주워서 벼랑 위에서 떨어뜨려 보았다. 그렇게 자신의 일생의 방향을 점치려고 한 적도 있었다. 만일 돌이 강으로 떨어진다면 문예의 길로 나가자. 도중에 멈추는 것

같으면 완전히 방향을 바꾸어서 다른 직업 속으로 파묻혀 버리자. 이렇게 갈피를 못 잡았다. 돌멩이는 데굴데굴 굴러 떨어졌는데 하나는 강 건너 저편에 떨어지고 하나는 강 속에 떨어지고 또 하나는 강까지 가지 못하고 강 앞에서 멈췄다. 결국 어떻게 해야 좋을지 알 수가 없었다.

후쓰쓰에서 돌아오는 배에서는 또 잊을 수 없는 일이 있었다. 검붉게 해에 그을린 선장 부자가 옹골찬 팔에 힘을 넣고 우렁찬 장단으로 노를 저었다. 기시모토는 참으로 남성다운 기백과 정력을 느꼈다. 자신을 돌아보고 부끄럽게 생각했다. 자신도 한 번 이 선장 부자처럼 전력을 다해서 일을 해보고 싶었다. 이렇듯 부러워 하면서도 아무래도 그는 전력을 다할 마음이 생기지 않았다. 기운차게, 실은 의기소침하면서 돌아왔다.

그러는 동안에 그 해도 저물었다. 아다치는 28, 스게는 27, 기시모토는 25, 이치카와는 24, 후쿠토미는 23세가 되었다. 오카미는 훨씬 전에 서른 살이 넘었다.

또다시 버드나무 가지에서 누런 꽃이 떨어질 계절이 되었다.

3월 하순경 오카미는 이소코를 맞이해서 함께 오이소에 틀어박혔다.

오랫동안 병상에 누워 있던 모리시타도 드디어 불귀의 객이 되었다. 이 나이 어린 종교가는 유정병(遺精病)인가로 죽었다.

검정시험에 합격한 아다치는 어느 지방 중학교의 초빙으로 머지않아 임지로 떠난다고 했다. 기시모토는 잠시 동안 친구들을 만나지 않았기 때문에 우선 아다치를 찾아가 볼 참으로 무밭에 있는 집을 나섰다. 돌출 격자 창문이 있는 집에는 자필로 아다치 유미오(弓夫)라고 쓴 문패가 걸려 있었다. 입구의 격자문에 서서 불렀더니, 아다치의 어머니가 나와서 인사를 했다. 안타깝게도 친구는 없었다. 아마 이케노하타에 있겠지. 이렇게 생각하고 기시모토는 어느 저택 담을 따라서 무엔자카(無緣坂)를 내려갔다. 시노바즈 연못이 보였다.

107

이케노하타라면 이전에는 날아서라도 가고 싶은 곳이었지만, 점차 기시모토의 발길이 뜸해졌다. 가도 이야기를 할 수 없었다. 이야기를 할 수 없었기에 재미가 없었다. 언제나 잠자코 물러앉아 있다 온다. "자네는 만담이라도 들어 보는 게 좋겠군." 하며 스게가 웃은 것은 지나치게 기시모토가 침울해져 버렸기 때문이다.

"스게 군은 완전히 남자가 되었군."

이렇게 이치카와가 여전한 투로 말하고 대학에서 나오는 잡지를 펼치고 있을 때 마침 기시모토가 찾아왔다.

전쟁 당시 종군하고 싶다던 스게가 이야기를 성사시킬 무렵에는 이미 평화로운 세상이 되었다. 그는 시험에 합격해서 지금은 대학의 선과(選科)에 있었다. 그곳에서 영문학을 연구하고 있었다. 고등학교 교복을 입었던 친구들도 지금은 사각 모자에 금단추 모습으로 각자 지향하는 방향으로 향하고 있었다. 후쿠다는 문과, 구리타는 의과, 오카미 동생은 공과를 택했다. 이치카와는 후쿠토미와 함께 가야 할 사람이었는데, 한때 일과를 내팽개친 적이 있어서 고등학교를 졸업하지 않고 그만두었다. 그는 다른 방향으로 후쿠토미와 스게와 보조를 맞추려 했다.

"기운을 결국 멈출 수 없지."

이렇게 말하면서 이치카와는 손에 쥔 잡지를 펼쳐보며 얼마 뒤에 후쿠토미가 쓴 문장의 한 구절을 재미있게 읽었다.

"피우스 2세[58]가 교황에 오르기 전, 그 조카에게 보낸 글 중에, '소년 시절은 축하할 만한 것이다. 인생의 5월도 기쁜 것이다. 그렇지만 학예(學藝)는 그보다도 축하할 만하고, 지식은 그보다도 기쁘다.'"

이치카와는 기시모토의 얼굴을 바라보며 의미심장하게 그 문구를 되풀이했다.

"그렇지만 학예는 그보다 축하할 만하고, 지식은 그보다도 기쁘다— 하하하하하. 나는 역시 이 주의야."

스게는 이치카와에게 동의를 표했다.

"기시모토 군의 입장은 아무래도 약간 분명하지 않은 것 같은데."

기시모토는 머리를 숙였다. 그는 무엇인가 말하려다가 꾹 눌러 버렸다. 다만 그는 어깨를 흔들고 있었다.

"그러나 모두가 같지 않아도 좋잖아. 한 사람 정도는 놀고 있는 사람이 있어도 좋은 거야."

결국 이런 식으로 말을 꺼냈다.

"그렇다면야 그래도 좋지"

라고 이치카와는 기시모토 쪽으로 머리를 내밀며 웃었다. "그런 각오가 있다면 또 믿음직해."

기시모토는 다시 침묵으로 돌아와서 깊이 생각에 잠겼다. 총명한 이치카와가 말했다. 지금이 어떤 세상인지를 생각해야만 된다. 10년, 20년 뒤에도 보일지 어떨지 모르는 청년의 꿈을 지금 보려고 해 봤자 그렇게 세상이 허락하지 않는다. 그보다는 조용히 학문이라도 하며 한편으로 예술을 즐기지 않겠는가. 그것이 훨씬 고상한 삶이 아닌가. 이렇게 기시모토를 설득하였다.

　스게는 반은 농담으로

　"자네는 그때 죽는 편이 나았어"

라고 웃으며, 옛 동창을 애처로이 여기는 눈빛을 했다. '그때'는 기시모토가 여행을 하던 무렵을 말하는 것이었다.

108

"아오키가 살아 있다면 지금쯤 무엇을 하고 있을까?"

이렇게 이치카와는 세상 잡담을 계속했다.

"글쎄."

스게가 받으며

"무엇을 하고 있을지. 신문이라도 만들고 있지 않을까— 계속 신문을 만들고 싶다고 말하곤 했으니까."

"그렇지 않으면, 연극을 할까?"

이치카와가 말했다.

"아마 선생도 어렵겠지."

스게는 생각하며 얼마 뒤에 기분을 바꾸어

"아다치 군은 그다지 선생에는 감복하지 않는 모양이야."

기시모토는 잠자코 두 사람의 이야기를 듣고 있었지만 갑자기 그때 눈을 크게 떴다. 그는 어떤 물체가 반짝 스쳐간 듯한 표정을 지었다. 그리고 무엇인가 생각난 것처럼 탄식했다.

"그럴까"

라고 그는 혼자말처럼 말했다.

도코노마에 걸려 있는 셸리의 초상화도 지금은 이전만큼 흥미를 끌지 않았고 왠지 뒤쪽으로 밀려난 듯이 보였다. 흐트러진 머리카락, 커다란 눈, 펼쳐진 가슴 언저리, 그림으로서의 결점이 눈에 띄었다. 초상화는 목을 기울여, 세 사람의 이야기를 듣고 있는 듯이 보였다.

"후쿠토미 군은 역시 문예 부흥기를 연구하는가?"

라고 기시모토가 물어 보았다.

"후쿠토미 군?"

스게의 눈이 반짝였다.

"이제 그런 것은 지났겠지."

"예에?"

기시모토는 얼빠진 투로 대꾸했다.

"선생은 무엇을 연구하고 계십니까."

"계속 그리스야."

라고 스게가 대답했다.

이런 이야기를 들으니 기시모토는 다른 친구들에게 뒤처

진 느낌이 들었다. 모두 자신처럼 우물쭈물하고 있지는 않구나 생각했다. 그래도 그는 이전과 같은 마음으로 돌아가고 싶어서 이야기를 연애 문제로 돌려 보았다.

스게는 이제 그런 이야기에 질려 버렸다는 식이었다.

"아직 사랑 이야기인가."

그는 얼굴을 찡그렸다.

"사랑은 그렇게 난리를 칠 문제는 아니야—결국 밥을 먹는 것과 같아."

"하하하하하."

이치카와는 몸을 젖히며 웃었다.

스게는 일찍 눈을 뜨게 되어서 잘됐다는 듯한 얼굴 표정을 지었다. 스게의 눈앞에는 언제까지나 똑같은 비애에 연연해 하고 취생몽사(醉生夢死)해 가는 듯한 옛 친구가 머리를 숙이고 생각에 잠겨 있었다. 한 번 완전히 밀어 버린 머리는 다시 길게 자라서 창백한 이마 언저리까지 내려와 있었다. 그런 기시모토의 모습을 바라보노라니, 스게는 공상가의 말로를 보는 듯했다. 이치카와는 웃으며

"세상사는 굵고 짧든가, 가늘고 길든가야, 자 그 두 가지인데 기시모토군은—"

라고 말을 걸며 갑자기 스게 쪽을 보고는

"스게 군은 굵고 짧은 편이었지?"

봄 · 303

"남의 얘기만 하고 있군."
하고 스게도 웃으며
"그런 말을 하는 자네는 어떤가?"
"나 말인가. 글쎄 가늘고 긴 쪽이지. 하하하하하."

109

 스게는 흰 비단 보자기에 싼 것을 내놓았다. 그것은 기시모토가 말한, 교토에 있는 미네코가 보냈다던 회검(懷劍)이었다.
 "2, 3일 전에 고비키초에 들렀더니, 이런 것이 나왔다네"
라며 스게는 미소짓고,
 "상당히 오랫동안 맡아 두었네―이제 돌려 주어도 괜찮겠지."
 맡았던 물건을 친구 쪽으로 밀어놓았다. 방랑의 기념은 이렇게 다시 기시모토의 손으로 돌아온 것이었다. 그것은 기시모토가 가마쿠라에서 나와 하치노헤로 출발하려고 했던 당시 고비키초 집에서 스게에게 맡겼던 것이다.
 "어떤가. 이제부터 쓰쓰미59) 씨 집으로 가 보지 않겠는가? 아다치 군도 가 있을지 몰라."

이렇게 스게가 말을 꺼냈다.

여자 힘으로도 잘 꾸려 가는 가정이 세상에는 있었다. 그런 가정에는 설령 남자가 있다 해도 기개가 없든가 일하지 않기 때문에, 기상이 똑바른 사람은 오히려 여자 쪽이었다. 쓰쓰미 집안도 그런 분위기의 집이었다. 쓰쓰미 자매가 연로하신 모친을 받들면서 고적하고 우아한 생활을 하고 있었다. 모두 고생을 많이 했고 함께 이야기하기에 재미있는 사람들이었고 특히 언니는 와카(和歌)에서 소설로 옮겨서 벌써 일가견을 이루고 있었다. 이 사람을 세상에 소개한 것은 친구들이 만드는 잡지였으며, 요즘 친하게 지내기 때문에 이치카와와 아다치, 스게는 자주 그 집을 찾았다. 그날도 스게는 기시모토를 불러서 이치카와와 셋이 가려고 했다. 자유롭고 거리낌이 없는 쓰쓰미 자매 집에서조차 기시모토는 모두의 이야기를 잠자코 듣고만 있었다. 어디를 가도 마음이 내키지 않았다.

"글쎄 나는 됐어."

그는 말했다.

"그런 말 말고 함께 가자고."

스게가 계속 권했지만 기시모토는 도저히 갈 마음이 생기질 않았다.

이치카와는 일어나서 모자를 썼다.

"좀더 화끈한 일은 없을까?"

그는 쓰쓰미 언니가 한 말을 되풀이했다. 얼마 뒤에 세 사람은 함께 나왔다.

시노바즈 이케 언저리에서 친구와 헤어져서 기시모토는 혼자 무밭으로 돌아갔다. 오는 길에 그는 친구가 한 말을 떠올렸다. 함께 젊은 생명의 싹을 피우기 시작했을 무렵에는 같은 마음이었던 적도 있었다. 그러나 벌써 너는 너, 나는 나라는 식으로 각자 다른 사람이 되어가는 것일까 하고 생각했을 때는 왠지 슬펐다. 3월 하순이라고는 하지만 추운 날이었다. 비가 뚝뚝 떨어졌다.

110

비 맞은 새앙쥐처럼 젖어서 기시모토는 무밭에 있는 집에 도착했다. 진눈깨비로 변할 듯한 차가운 비를 맞았다. 모자나 윗저고리 할 것 없이 온몸이 물에 젖었다. 격자문 안으로 달려 들어가서 정원에 서자, 어머니가 바로 발견하고 달려왔다. 어머니는 기시모토를 뒤로 돌아서게 하고 마른 수건으로 윗저고리를 훔쳐 주었다. 흙탕이 된 버선은 그곳에 벗게 했다.

"너, 발을 씻지 않아도 되니?"

하고 어머니는 아들 모습을 바라보며 물었다.

"스데 삼촌, 물을 드릴까요?"

라고 형수는 부엌 쪽에서 말을 걸었다.

기시모토는 옷을 바꿔 입고, 비에 젖은 얼굴을 씻었지만 몸은 푹푹 쪘고 손은 달아올랐으며 이마에서는 땀이 솟듯이 흘러내렸다.

"어머니 죄송하지만, 마실 물 좀 주세요."

기시모토는 긴 화롯가에 앉으면서 말했다. 어머니는 기시모토를 위해 냉수를 퍼 왔다. 엷은 보라색 물컵도 호화스러웠던 미노와에서 살던 때의 유물이었다. 기시모토는 급하게 막 퍼올린 냉수를 입맛을 다시며 마시고는, 겨우 마른 목을 적셨다. 비가 들어오기 때문에 밖으로 향한 방문은 닫혀 있었다. 고헤이 형은 어두운 방 벽 가까이에서 뒹굴고 있었다. 아이코는 그 곁에서 공치기 놀이에 여념이 없었다.

"어, 스데야, 돌아왔니?"

고헤이는 몸을 일으키며 말하고 다시 위를 보며 누워 버렸다. 실의와 불평에 찬 형은 이제 더 이상 일할 마음이 없었다. 다만 동생이 먹여 주는 것에 의지하여 일생을 운명의 장난에 맡기고 있었다.

"어머니, 저는 이제 고지마치에 있는 학교를 그만두려고 합니다. 오늘 스게네 집에서 곰곰이 생각했습니다. 이렇게 우물쭈물하고 있어도 어쩔 수 없습니다."

이렇게 결심이 담긴 말을 하고, 기시모토는 어머니의 얼굴을 바라보았다.

"음, 그래"

라고 어머니는 걱정스러운 듯이 대답했다.

"그 대신 이제부터는 붓으로 돈을 벌겠습니다."

"벌 수 있을까?"

"이제까지는 학교 때문에 오히려 글을 쓸 수가 없었습니다. 학교를 그만두고 어떻게 해서든지 돈을 벌어야 한다면 분명히 쓸 수 있을 겁니다."

기시모토는 불안한 눈빛을 하며 말했다.

"자, 저도 이제부터 친구들의 비웃음을 사지 않겠습니다."

어머니는 막내아들 기시모토에게 의지하고 함께 사는 것을 즐겁게 여기고 있었다. 그 아이가 지금 어떤 정신 상태에 있는지, 글로 얼마나 돈벌이가 될 수 있는지, 그런 것은 전혀 몰랐다.

비는 진눈깨비로 변한 듯 축축이 쏟아지는 소리가 들렸다. 창백한 빛은 비에 젖은 바깥 격자문을 지나 방안을 어둠침침하고 쓸쓸하게 비추었다. 잠시 기시모토는 차가운 벽에 기대 서서 진눈깨비 소리를 듣고 있었지만, 잠시 후에 생각난 듯이 이런 말을 했다.

"어머니는 어쩔 작정으로 저 같은 인간을 낳으셨습니까?"

어머니는 긴 화로의 재를 고르면서 씁쓸히 웃었다.

"그런 말이 부모에게 가장 효성스럽지 못한 말이라더구나."

111

매일 빈둥빈둥 놀며 지내는 고헤이형은, 이 집 아래가 아마도 누룩시루로 되어 있는 듯하다고 했다. 아무래도 소리가 너무 잘 울린다는 거였다. 자주 낮잠을 자는 고헤이는 이런 생각을 해냈다. 이것은 기시모토도 눈치채지 못하고 있었다. 그러고 보니, 시골 사람의 목소리가 큰 때문만도 아니었다고 재빨리 형수는 어머니를 변호했다.

진눈깨비가 그칠 무렵, 기시모토는 2층으로 올라가서 창문을 열었다. 좁고 이것저것 어수선한 마을로, 맞은편에 늘어선 여염집, 바느질 간판을 건 집, 조산원, 두껍게 구운 전병, 또는 아이들을 상대로 연과 콩, 막과자 그 밖에 조잡한 장난감 따위를 파는 집들이 보였다. 이들의 젖은 지붕 위로 비 갠 뒤의 하늘을 볼 수 있었다. 한쪽으로는 아직 어두운 구름이 있었지만 간다묘진(神田明神) 쪽은 약간 개어 누런 회색 그림자를 깊게 드리운 구름이 옆으로 멀리 걸쳐 있었다.

오후의 빛 때문에 기시모토의 공부방은 어슴푸레했다. 하지만 차양이 낮은 2층 건물이어서 날씨가 좋은 날에는 눈부실 정도로 밝았다. 공부하기에는 해가 너무 비쳐 곧 지치기 쉽다고 생각했다. 거친 회색 벽에는 아버지의 유필이 종이 표구로 걸려 있었다. 구석에는 책장이 놓여 있었다. 기시모토는 책상자의 서랍을 열고 일전의 호신용 단검을 안쪽에 넣어 두었다.

고지마치 학교는 절친한 사람들이 경영하고 있어서, 그만두는 데도 별도로 사표 따위를 낼 필요가 없었다. 책상 위에는 애독하는 책들이 쌓여 있었다. 그 속에는 가쓰코의 묘에 피었다는 꽃이 끼워져 있었다. 그것은 세키네가 하코다테에서 선물로 보내 준 것이다. 책을 펼치다가 우연히 그 페이지가 나오면 다시 기시모토는 생각했다. 사람의 정 때문에 받은 깊은 상처를 고쳐 주는 것은 사람의 정밖에 없다. 그는 가쓰코를 잊으려고, 어느새 여러 여자를 연모해 보았다. 그런 경우 욕망은 계속 꼬리에 꼬리를 물었다. 곧 이전의 사람은 잊어버렸다. 바보스런 그의 눈에는 환상 같은 여자의 그림자가 비쳤다가 곧 사라지곤 했다.

"집필, 집필."

이것은 그가 자신을 억지로 끌고 가고자 하는 마음속의 외침이었다.

저녁나절이 가까워질 무렵, 기시모토는 아래층으로 내려갔다. 부엌에서는 형수가 허리를 구부리고 저녁 식사 준비에 바빴다. 어머니는 열심히 가다랭이포를 칼로 저미고 있었다. 기시모토는 잠시 동안 서서 바라보다가, 어머니 쪽으로 자신의 등을 돌리고

"어머니, 제 등을 힘껏 한 번 때려 주세요"
라며 웃으면서 앞으로 등을 구부리고 말했다.

"이렇게?"

웃으면서 어머니는 오른손을 들려고 했다. 갑자기 손의 힘줄에 쥐가 났다. 유방암 치료를 받고 나서, 어머니는 가끔 이럴 때가 있었다.

"어디에요. 제가 어머님 대신 때려 드리죠"
라고 형수가 웃으며 말했다.

"이렇게 눈이 번쩍 뜨이도록 세게요."

기시모토는 형수 쪽으로 등을 돌렸다.

"아주 세게 때려도 괜찮아요?"

"네에, 형수님 힘 정도라면—."

형수는 희고 가는 손을 들어서 힘껏 시동생의 등을 쳤다.

112

 아오키는 죽었고 오카미는 숨었고 아다치는 임지를 향해서 떠났고 이치카와와 스게, 그리고 후쿠토미는 뒤를 이어서 학문이나 예술 감상 쪽으로 나아갔다. 친구들은 공동 사업에 지쳤다.

 이렇게 되자 마치 긴 전쟁에 지친 군인처럼 서로 하고 싶은 말을 했다. 한몸처럼 함께 책임을 짊어지고 가고자 하는 사람은 없었다. "첫째, 대장이 대장답지 않다, 그렇게 웃는 태도로 나오면 모처럼 온순하게 전진하고자 했던 젊은이들이 따르지 않는다"고 하는 사람이 있는가 하면, "자네 같은 사람이 6호[60])에 숨어 있는 법은 없어, 좀더 나와" 하는 사람도 있고 "나는 이것이 최선을 다하는 거야. 나 혼자 일해서 뭐가 되겠어"라는 사람도 있었다. 그런가 하면, "세상이 모두 똑같다고 여기는 것은 뜻밖이야, 그렇다면 나는 퇴사하겠다"는 사람도 나왔다. 새로 동료가 된 마쓰우라(松浦), 안도(安藤) 등이 오히려 중재자의 위치에 서게 되었다. 이러니저러니해도 친구들은 서로 떨어질 수가 없었다.

 이런 와중에 기시모토는 무밭 2층에 파묻혀 자신만의 길을 가고 싶다고 생각하고 있었다. 우리들의 눈앞에는 개척되지 않은 분야가 있다. 넓고 광활한 분야가 있다. 아오키는 그 일부를 개척하고자 미완성인 사업을 남기고 죽었다. 이런 생각에 고무되어 기시모토는 그 씨를 뿌린 사람이 뼈를 묻은 곳에 서서, 열심히 그 사업을 계속해 보려고 했다.

막연한 공포는 끝없이 그의 가슴을 오갔다. 뿐만 아니라, 오래 전에 집을 잊게 만들고 직업을 버리게 만들고 어둡고 쓸쓸한 여행으로까지 그를 밀어냈던 힘은 이윽고 그를 말없게 만들기도 하고 갑자기 온몸을 전율케도 하고 이유도 없이 눈물을 흘리게 하기도 했다. 고지마치에 있는 학교를 그만두었지만 역시 일은 되지 않았다.

4월 초, 그는 혼자 집을 나와서 우에노 공원에서 야나카(谷中)를 지나서 도간(道灌) 산까지 걸어갔다. 아무도 오지 않을 것 같은 곳으로 가고 싶다고 생각했다. 그의 주머니에는 평소 애독하는 이백(李白)의 시집이 있었다. 그곳으로 그는 한바탕 울러 갔다.

마음껏 울었다.

일종의 유혹은 그 무렵 그의 몸을 감싸고 있었다. 세키네가 말했던 데릴사위에 관한 이야기였다. 그는 친구의 생각을 수치스럽게 여겨 그런 이야기가 있었다는 것조차 밝히지 않았다. 어머니에게도 형수에게도 숨기고 있었다. 도저히 감당하기 힘든 생활의 중압감은 지금 그 이야기에 귀를 기울이게 만들었다.

113

"스데야."

이렇게 부르는 어머니 소리에 놀라서 기시모토는 잠에서 깼다. 아직 사방은 어두컴컴했다. 방안에는 램프가 가늘게 켜져 있었다. 4월 중순, 어느 새벽의 일이었다.

어머니와 형수 두 사람은 어두운 부엌에서 바쁘게 일하고 있었다. 우물가에서 얼굴을 씻고 끔벅끔벅 눈을 비비면서 돌아와 보니, 고헤이와 아이코는 아직 자고 있었다. 아침 밥 준비가 끝나면 바로 먹을 수 있도록 상이 하나 놓여 있었다. 기시모토가 옷을 갈아입고 상 앞에 마주앉았을 무렵, 누룩 집 쪽에서 닭 울음 소리가 들렸다.

성격이 급한 어머니는 4시경부터 일어나서 가마솥 밑에 불을 지폈다고 한다. 가지바시에 있는 다미스케에게 동생을 면회보내는 일이 어머니에게는 가장 중요한 의무처럼 생각되었다. 면회가는 날이면 어머니는 예전에 여러 다이묘[61]를 자신의 집에 머물게 했던 때처럼 캄캄할 때부터 일어난다. 몸을 아끼지 않고 바지런히 일하는 것을 불행한 가장에 대한 의무로 생각한다. 미결 감옥에서 보낸 편지를 보면, 다미스케의 공소는 받아들여지지 않았다. 그래서 그는 상고해서 자신의 결백을 증명하려고 했다. 그 때문에 동생을 만나고 싶다고 했다.

"졸린데, 고생이구나."

어머니는 자식을 위해 밥을 담으면서 말했다.

"스데 삼촌, 고생하시네요"

라고 형수는 부엌에서 와서 말을 곁들였다.

"이번에야말로 분명히 무죄라고 생각했는데, 공소도 안 된다니—나는 이제 맥이 풀려 버렸어. 스데 삼촌 일을 생각하면 죄송스러워서 견딜 수 없어요"

"모두 잘 있다고, 그렇게 전해 주려무나."

어머니가 말했다.

"형님을 만나시면, 안부 잘 전해 주세요"

형수도 덧붙였다. 희끄무레하게 날이 샐 무렵 기시모토는 집을 나섰다. 묘진(明神)을 왼쪽으로 하고 유시마 언덕을 내려가려 할 때, 4월다운 아침 공기 속으로 마을이 보였다. 멀리 빛나는 안개가 보이기는 보였다. 비치기는 비쳤지만, 왠지 풀이라도 칠해서 하늘에 붙여 놓은 듯했다.

"식구들을 구할 수가 있다면, 나는 어떻게 되어도 좋다."

기시모토는 걸으면서 생각했다.

불가사의한 운명이 내려 보낸 듯한 미끼는 지금 그의 눈앞에 걸려 있었다. 세키네는 데릴사위 이야기에 관해서 그다지 자세하게 설명하진 않았다. 그러나 상대방 아가씨는 예전에 고지마치 학교에 있었다는 것, 큰 저택과 땅을 부모로부터 물려받았다는 것, 어느 시골에 있다는 것, 그리고 아가씨는 보통이라고 하고 싶지만 그다지 용모가 예쁜 편은 아니라는 것 따위를 들려주었다. 용모 같은 건 아무래도 좋다, 이렇게 그는 세키네에게 말했다. 그래서 세키네의 권유를 받아들여 언젠가 한 번 그 아가씨를 만나 보자는 데까지 진행되어 있었다. 식구들을 위해—그것은 궁색한 변명에 지나지 않았다. 거만한 그의 눈에는 분명히 수치스러운 굴종이었다. 그러나 수치스러운 굴종도 무직의 고통보다는 나을 것 같았다.

도중에 해가 떴다. 기시모토는 어느 마을과 마을 사이에서 안개 틈 속으로 붉은 빛을 바라보았지만 특별한 느낌은 일지 않았다. 그는 많은 것들에 흥미를 잃어버렸다.

114

가지바시 감옥 앞에는 면회 온 남녀들이 모여서 문이 열리기를 기다리고 있었다. 제방에 웅크리고 있는 사람도 있었다. 다리 옆에 서 있는 사람도 있었다. 차입 업소에 앉아서 면회 신청서를 쓰는 사람도 있었다. 문은 7시에 열린다. 그보다 30분쯤 전에 기시모토는 도착했다.

이윽고 문이 열렸다. 사람들은 앞을 다투어 들어갔다. 사정을 모르는 면회인들은 자신이 먼저 번호표를 얻으려고 부탁해요, 부탁해요 하면서 접수처로 모였다. 이것은 단지 도착한 번호이지 면회 번호가 아니다, 소란피우지 말라고 수위가 꾸짖자 풀이 죽어 물러나는 사람도 있었다.

대기실은 정원을 건너서 정면으로 접수실, 비스듬하게 미결감의 입구가 바라다보이는 위치에 있었다. 2층은 변호사, 아래층은 일반 면회인이 대기하는 곳으로, 그곳만 토방이었다. 번호표를 받아 온 무리들은 순서대로 대기실로 모였다.

기시모토가 이곳에 다니기 시작한 지 벌써 3년이 넘었다. 면회인으로서는 고참인 편이었다. 19번 번호표를 쥐고 앉으면서 둘러보았다. 모두 새로운 얼굴의 남녀뿐이었고, 얼굴이 익은 사람은 두세 명밖에 없었다. 그러는 사이에 현관 옆에서 찰강찰강 하는 소리가 났다. 뽑기가 시작된 것이었다. 감옥의 추첨 상자는 신사불각(神社佛閣)과 비슷한 것으로, 구석의 구멍에서 가늘고 긴 대나무 제비가 나왔다. 수위가 그것을 올려 보였다. 면회 순서는 이렇게 정해졌다. 기시모토는 30번 제비를 뽑았다.

색 바랜 면사와 모사를 섞어 짠 양산을 겨드랑이에 낀 여자와, 머리를 빗으로 말아올리고 아이를 업은 여자가 정원 구석에서 서로 면회표를 보이고 있었는데, 마침 그 옆을 지나는 기시모토에게 몇 번을 뽑았느냐고 물었다.

"30번요?"

한 여자가 말했다.

"30번이라면 이른 편이에요."

"당신은?"

기시모토는 물어 보았다.

"이렇게 느린 번호를 뽑았습니다."

그 여자는 자신의 번호표를 내보이며, 쓸쓸하게 웃었다.

"저는 오늘로 나흘째 계속해서 왔지만, 아직 한 번도 못 만났어요―운이 나쁜가 봐요."

그 말을 듣고 다른 여자가 탄식했다.

"매정하지만 제비가 늦으면 어쩔 수 없지요."

두 사람은 단념하고 문을 나섰다.

대기실에 모인 사람들은 모두 불안한 듯한 표정으로, 서로 힐끔힐끔 얼굴을 바라보고 있었다. 조금 큰 소리로 이야기하는 사람이 있으면, 곧바로 순사가 꾸짖으러 왔다. 이렇게 기다리는 동안에는 반드시 한 사람이나 두 사람 유난히 시선을 모으는 사람이 있었고 이를 위안 삼아 시간을 보내는 것이 면회 온 사람의 일상이었다. 그날도 창백한 얼굴을 희게 칠해서 감추고 손수건을 목에 휘감은 여자와, 키가 늘씬하고 뺨이 불그스레하며 웃을 때마다 아름다운 하얀 이가 드러나는 18, 9살의 아가씨가 와 있었다. 다른 면회인 눈에 이 두 사람은 좋은 대조였다. 기시모토는 기둥에 기대면서, 만약 자신이 데릴사위가 되었을 경우 등을 상상하며 세키네가 소개하는 상대 아가씨에 관해 생각해 보았다. 이런 사람일지 몰라, 저런 사람일지 몰라, 가능한 한 좋은 쪽으로 생각하는 동안에 어느 사이엔가 눈앞에 앉아 있는 가련한 아가씨 옆얼굴에 홀려 버렸다.

"이런 사람이라면 좋으련만."

그는 자신에게 말해 보았다.

외모 같은 건 아무래도 좋아—이렇게 말하면서도 마음속으로는 아무래도 좋은 걸로 그치지 않았다. 역시 예쁜 편이 좋았다.

115

"30번."

순사는 대기실에 와서 불렀다. 면회인은 서로 자신의 표를 꺼내 보았다. 마침 기시모토 앞에 앉아 있던 나이든 여자가 낮은 소리로

"30번은 댁이 아니신가요?"

기시모토는 정신을 차리고 일어났다.

"아까부터 30번, 30번 하고 부르는데 안 들리나?"

순사는 화난 듯이 기시모토 얼굴을 보며 말했다. 기시모토는 겸연쩍어 하면서 대기실을 나왔다. 다른 면회인들은 그의 뒷모습을 보며 웃었다.

기시모토가 간 곳은, 현관 옆에 열어놓은 창 밑이었다. 그곳에서 제복 입은 관리가 면회 용건을 조사하기 위해 기다리고 있었다.

"이름은?"

관리는 펜을 쥐면서 기시모토 쪽을 내려다보았다.

"기시모토 스데키치."

"그래, 다미스케와 어떤 관계인가?"

"동생입니다."

관리는 책상 위의 서류를 차례로 넘겨보며 과연 이 면회인이 다미스케의 친동생인지 아닌지를 확인했다.

"면회 용건은?"

"안부를 묻는 건—상고(上告)에 관한 변호사 의뢰 관련 사항—차입물에 관한 사항—그리고 가족 정황 보고에 관한 사항—."

관리는 기시모토가 말하는 대로 적었다. 얼마 뒤, 그가 그 창 아래에서 멀어질 무렵에는 벌써 면회소의 문이 열렸다.

빠른 번호를 뽑은 사람들은 순서대로 불려 들어오고 있었다.

"나는 왜 이렇게 얼빠져 있는 것일까?."

이렇게 스스로를 비웃으면서 기시모토는 다시 대기실 기둥에 기댔다. 오른편 무릎 위에 왼편 무릎을 포개고 양손으로 무릎을 감쌌다. 이 자세로 고개를 약간 뒤로 젖힌 채 머리를 기둥에 대고 있으려니, 그만 다시 멍청하게 생각에 잠겼다. 눈을 감자 일주일 정도 전에 우에노에서 본 서양화 전람회 광경이 나타났다. 처음 진열된 인상파의 밝은 그림이 있었다. 광선과 공기를 통해서 난잡하게 배열되어 보이는 풍경이 있었다. 동요하는 보랏빛 그림자가 있었다. 그것을 떠올리자 다카와에 있는 학교에서 함께 놀았던 친구들이 벌써 미술가로 화단에 등장하고 있다는 생각이 들었다. 휴게실에는 후쿠토미, 스게, 이치카와 등의 친구들이 타조 깃털로 만든 가벼운 모자를 쓰고 러시아 궐련을 피우면서 새로운 그림의 비평과 미술에 관한 이야기를 하고 있었다. 그곳에는 청일전쟁 이후 두각을 나타내는 인물들이 드나들고 있었다. 어쨌든 시대는 변해가고 있었다.

갑자기 옆쪽에서 땀내 같은 역겨운 냄새가 났다. 눈을 떠 보니, 피곤해 보이는 얼굴의 사내가 어느샌가 자신 곁으로 와서 앉아 있었다. 앞의 아가씨는 이미 없었다. 면회소 쪽에서는 우는 얼굴을 보이지 않으려고 머리를 숙이고 돌아오는 부인이 있었다. "남편 얼굴을 보니 가슴이 벅차서…"라는 소리도 들렸다.

맞은편 미결감 안쪽 벽 옆에선 창백한 얼굴의 여자가 순사에게 이끌려서 지나갔다. 천한 직업을 가진 사람이 끌려온 모양이었다.

116

어두운 상자 모양의 마차가 문안으로 끌려 들어왔다. 마당 안에서 한 바퀴 돌고는 말의 머리가 문 쪽으로 향할 즈음 멈추었다. 미결감 입구에서는 햇빛을 보는 일도 거의 없어 보이는 우울한 표정의 죄수들이 때묻은 보따리에 싼 물건을 들고 나와서 호위 순사와 함께 그 마차를 탔다. 그중에는 마차 창으로 대기실 쪽을 훔쳐보며 바깥 세상 사람들을 부러운 듯이 바라보는 사람도 있었고 누구 면회 온 사람은 없는지 묻는 듯한 얼굴도 있었다.

"스가모(巢鴨)로 회송되는 사람들이야."

면회인 한 사람이 무심코 말했다.

말은 기운차게 울었다. 옆에서 보는 사람들에게 참담한 생각을 남겨 두고 마차는 마당의 자갈 위를 삐걱이면서 나갔다.

이 광경을 바라보며 기시모토는 생각에 잠겼다. 얼마 뒤에 정신을 차리고 자신으로 돌아왔을 때는 벌써 자신의 면회 차례가 다가와 있었다. 잠시 후 그는 순사한테 불려서 작고 좁은 면회실의 통나무를 가로지른 칸막이 앞에 섰다. 안쪽 정원의 작은 돌을 밟으며 면회실 쪽으로 다가오는 사람의 발소리가 들렸다.

"형님이다."

기시모토는 귀를 세웠다.

삐걱하고 칸막이 앞에 있는 작은 창문이 열렸다. 기시모토 형제는 서로 창백한 얼굴을 마주보았다. 성격이 급해 보이는 순사가 난간과 창 사이에 서서 면회 용건을 읽어 주는 동안, 다미스케는 잠자코 귀를 기울이고 있었다. 미결감 번호를 옷깃에 달고 머리는 짧았고 수염은 약간 기르고 있었다. 관대한 기풍, 체념이 빠른 마음, 형다운 위엄 등을 잃지 않은 점은 기시모토도 든든하게 여겨졌지만, 어딘가 옥중의 사람답게 처량한 형의 얼굴을 바라보자, 자연스럽게 동생의 머리는 숙여졌다.

"간단하게 말해, 쓸데없는 말을 해서는 안 돼—이 용건에 씌어져 있는 말만 하도록."

이렇게 주의를 듣고 다미스케는 순사에게 살짝 머리를 숙이고는, 변호사 의뢰에 관해 바라는 것을 말하고 요즘처럼 차입이 끊어져서는 몸이 지친다, 안에서 먹을 것을 살 테니까 돈으로 넣어 달라, 고쿠초와 오가와바타 쪽도 잘 부탁한다고 말했다. 엄중한 감시 아래 제한된 시간 안에 이야기를 나누는 것이라서 면회는 언제나 기계적으로 끝난다. 동생은 다만 형이 무사한지 바라보고 위안이 될 만한 이야기를 하고 돌아오는 것에 지나지 않았다.

"아, 형님은 집안 사정은 조금도 몰라."

면회실을 나와서 기시모토는 혼자 탄식했다.

불행한 형의 상황을 알리기 위해 기시모토는 집으로 향했다. 가족은 어떻게 할 것인가, 데릴사위 이야기는 어떻게 할까, 자신을 어떻게 할까 등등의 생각으로 그의 머리는 가득 차 있었다.

그날 밤 무시무시한 화재 경종이 울렸다. 혼고다이에서 보니 고지마치 쪽 하늘이 새빨갰다. 세키네와 오카미 등이 여러 해 고생하며 운영하던 학교는 하룻밤 사이에 잿더미로 변해 버렸다.

117

 그로부터 두 달 가량은 꿈처럼 지나갔다. 장마가 끝날 무렵 기시모토는 전혀 다른 직업 속에 파묻힐 작정으로 쓰키지(築地)에 있는 무슨 원(園)인가 하는 곳을 향해 걷고 있었다. 그곳은 도기화(陶器畵)를 전문으로 하는 커다란 작업장이었다.

 데릴사위 이야기는 이렇게 끝이 났다. 세키네가 상대 아가씨를 만나게 해 주겠다며 일부러 기시모토를 부른 것은 마침 고지마치 학교의 졸업식 날로, 그 아가씨도 졸업생 모임에 나와 있으니 만날 수 있다고 했다. 그러는 동안에 흐지부지 되었다. 화재 뒤의 혼잡 때문에 식은 다른 장소를 빌려 등불을 켤 무렵에 시작되었다. 식이 끝난 뒤, 세키네는 기시모토를 사람이 없는 곳으로 데리고 가서 낮은 목소리로 말했다. '기시모토 군, 모처럼 자네를 불러냈네만 나는 아무래도 자네에게 그 사람을 보여 줄 용기가 없네―분명히 자네는 실망할 테니까.' 결국 기시모토는 만나지 않고 돌아왔다. 몇 개월이나 머리가 아프고, 몇 번이나 발걸음을 옮기고 이야기가 있었던 당시부터 가슴 두근거리고 데릴사위로 간 뒤의 일을 여러 가지로 상상하며 헛되이 날을 보내면서 기다리던 일은―결국, 나중에 생각해 보니 어이없는 일로 끝나 버렸다. 그렇다고는 해도 그는 세키네에게 감사했다. 세키네가 주저했기 때문에 자신은 오히려 잘못된 방향으로 들어서지 않았다. 식은땀을 흘린 정도로 무사히 일이 끝났다고 생각했다.

이것저것 망설이던 기시모토는 도기 화공으로 결론을 내릴 때까지 여러 가지 계획을 세워 보았다. 그는 하여간에 공상을 실행하기 위해서 일을 일단 시작해 보는 사내였다. 언젠가는 늦었지만 친구들 뒤를 따라가려고 대학 선과(選科)에 들어갈 준비를 한 적도 있었다. 고향에서 시집간 친누나가 상당히 잘사는 편이라서 그쪽으로 편지를 띄워 학비를 보조받을 생각도 했다. 그 소원은 받아들여지지 않았다. 이런 식으로 1개월 전부터 준비하고 시작했던 일도 또 매듭을 짓지 못하고 그만두어 버렸다.

기시모토는 도기화 작업장으로 이렇게 조각난 마음을 옮겼다. 오늘 먹을 것조차 곤란한 가족들을 책임지면서 그런 익숙하지 못한 직업에 손을 대어 하나부터 시작하면 하루 얼마의 품삯이 될까 하는 생각도 없었다.

도기에 그림을 그리는 일을 선택한 것은, 역시 그의 일종의 공상에서 나온 것이었다. 그 무렵 어느 서양 미술 잡지에 '예술은 내 마음을 충족시킨다'는 제목의 그림이 있었다. 남자는 한쪽 어깨를 드러내고 커다란 화병에 화초 그리기에 여념이 없고, 여자는 문 입구에 서서 그 화병 그림에 홀려 있었다. 기시모토는 이 그림 속의 인물에서 착상을 얻었다. 그림이라기보다 사진판에서 착상했다. 똑같이 일생을 파묻는다 하더라도 '예술은 내 마음을 충족시킨다'고 누군가 말해주는 사람이 있다면, 아직 파묻을 가치가 있는 일로 느꼈다.

주인은 기시모토를 일터 한쪽 구석으로 데리고 갔다. 넓은 방에는 남자도 여자도 있었다. 주인은 먼저 견습으로 기시모토에게 접시를 한 개 주었다.

"어어, 묘한 녀석이 흘러 들어왔네."

사람들은 그를 보며 서로 속삭였다.

118

꽃병, 접시, 항아리 커피잔 등을 어지럽게 늘어놓은 집안에서 책상을 마주보고 일하는 사람들 대부분은 안색이 창백한 직공다운 젊은 남자가 아니면, 돈벌러 다니는 가난한 집 아가씨들이었다. 이 작업장에서 많이 만드는 물건은 대개 수출용 도기로, 형태나 모양이 일정한 것을 수백 세트씩 만든다. 접시면 접시, 커피잔이면 커피잔에 어울리는 대체적인 윤곽이 우선 틀에 구워진다. 여자들은 쉬워 보이는 곳을 칠

한다. 사내들은 그 일을 매듭짓는다. 감독하는 사람은 따로 있어서 바쁘게 책상과 책상 사이를 걷기도 하고, 손에 쥔 주판으로 도기 수를 계산하기도 했다.

그날은 이상하게 더웠다. 당지(唐紙)문과 장지문을 모두 떼어냈지만 답답할 정도로 비좁게 모여 일하는 사람들의 입김, 땀 냄새, 그리고 마당에서 굽는 가마의 열기로 작업장 안은 찌는 듯했다. 기둥 주위에 모인 여자들은 이제 창피도 소문도 개의치 않는다는 듯이 살찐 팔이 드러나도록 어깨 언저리까지 소매를 걷어올린 사람도 있고 색 바랜 홑옷 소매로 이마의 비지땀을 닦아내는 사람도 있었다.

"어떠세요. 잘 되어갑니까?"

주인은 기시모토 곁으로 와서 이렇게 말하며 이상하다는 듯 그가 일하는 것을 멈춰서서 바라보았다. 그때 옆에서 책상을 나란히 하고 커피잔에 그림을 그리고 있던 18, 9살 정도의 사내가 기시모토 쪽을 바라보며 의미 없이 미소지었다. 뒤에서 나란히 일하는 어린 아가씨들도 서로 눈과 눈을 마주보며 웃었다. 기시모토에게 주어진 일은 금색으로 구워진 과자 접시의 무늬를 표본으로 삼아 걸쭉한 보랏빛 잉크처럼 보이는 약을 바르는 일이었다. 벌써 윤곽은 그려져 있었고 그 윤곽을 그대로 따라가면 되는 것이었다. 13, 4살의 소녀라도 그런 일은 간단하게 해치웠다. 신참의 서글픔은 우선 그것부터 배워야 한다는 것이었다. 아무리 다른 직업 속으로 파묻혀 버릴 생각이었다 하더라도 이 일은 정말 한심했다. 옆에 있는 사내는 싫증나고 지쳤다는 표정으로 때때로 귀에 가는 연필을 꽂고 병자 같은 눈빛으로 한숨을 쉬었다.

"자네는 어디서 왔는가?"

그 사내가 물었다.

"저 말입니까?"

라고 기시모토는 쓸쓸하게 웃으며,

"저는 혼고에서 왔습니다."

"혼고는 높아서 좋지."

라며, 그 사내는 들어 달라는 듯이

"나는 말야. 1월부터 여기에 다니고 있지만, 몸이 약해서 아무래도 생각처럼 되지 않네. 시골에서 나와서 열심히 해 볼 작정이었지만, 나처럼 몸이 약해서는 안 돼."

이렇게 탄식하며 맞은편 방의 기둥에 기대어 있는 사내를 가리켰다.

"저기 있잖아—저 사람이 여기서는 가장 솜씨가 좋은 사람이야. 저기까지 가는 건 좀처럼 쉬운 일이 아니야."

이 말을 듣고, 기시모토는 이 일터에서 가장 솜씨가 있다는 사람을 보았다. 그 사람도 그가 예상하는 도기의 화공답지는 않았다. 기시모토는 입을 다물어 버렸다. 그것뿐 더 이상 옆 사내와도 말을 하지 않았다.

119

도기화 작업장에 기시모토를 소개한 것은 고지마치에 계신 연로하신 선생님이었다. 노 선생은 농담을 잘하긴 했지만 젊은이를 가지고 노는 사람은 아니었기 때문에 단지 도기 그림도 재미있을 거라는 위안의 마음 절반으로 기시모토가 원하는 대로 그 주인 앞으로 편지를 써 주었다. 사물에 구애받지 않는 선생도 기시모토가 이렇게 남녀 사이에 섞여서 수출용 과자 접시를 칠하고 있다고 듣는다면 아마 깜짝 놀라시겠지.

그림을 좋아하는 것은 기시모토의 천성에 가까웠다. 그는 사물의 형태를 그리는 재능을 갖추고 있었다. 소학교 시대부터 다카와 학교 시절까지 그림은 그의 특기라 할 만했다. 이런 생각에 힘을 얻어 그는 도기 화공을 선택한 것이었다. 전혀 믿는 것도 없이 이 일터로 온 것은 아니었다. 그렇다고는 해도 사람의 마음을 음산하게 만드는 직공들의 분위기는 도저히 그에게 맞지 않았다. 그는 벌써 하루 만에 싫어져 버렸다.

"자, 잘 생각하고 오시오."

주인은 기시모토에게 이렇게 말했지만, '나이든 사람은 역시나 가망이 없다'는 눈빛을 하고 있었다. 초벌로 구운 도기가 겹겹이 쌓여 있는 문을 나와서 무밭으로 돌아갈 때는 두 번 다시 그 보랏빛 붓을 잡을 용기가 나지 않았다. '바보 천치!' 라고 그는 자기 자신을 비웃으며 울음이 터질 듯한 얼굴을 하고 걸었다. 정신없이 바쁜 마을의 광경이 막연한 공포심을 불러일으켰다. 볼일이 있는 듯한 사람들을 태운 인력거는 앞뒤에서 달려와서 지나쳤다. 멍하니 생각에 잠겨 걷고 있던 그는, 때론 달려오는 인력거꾼과 부딪치기도 하고 떠밀리기도 했다. 무서운 힘에 치여 죽음을 당하는 느낌까지 들었다.

무밭 집에서는 어머니가 걱정하며 그를 기다리고 있었다. 마침 그가 없었을 때 스게가 찾아와서, 여러 가지 그에 대한 소문을 이야기하고 돌아간 것이었다. 어머니는 친구로부터 내 자식이 얼마나 잘못된 생각을 하고 있는지, 도기 화공이 어떤 처지의 일인지 듣고 알았다.

"그런 것이 될 바에는 내가 나서서 못하게 하마."

어머니가 말했다.

"절대로, 억지로 도기 화공이 되는 게 아닙니다."

이렇게 기시모토는 쓴웃음을 지으면서 대답했다.

"아니, 어째서 그런 생각을 했을까."
라고 어머니는 기시모토의 얼굴을 바라보며,

"기시모토는 친구가 하는 말을 듣는 사람이 아니라고, 얘야, 스게 군도 그렇게 말했단다."

이 '친구가 하는 말을 듣는 사람이 아니다' 라는 말에 기시모토는 슬퍼졌다.

다음날 아침, 그가 쓰키지(築地)에 그만두겠다는 말을 하러 갔을 때, 주인은 그에게 꽃과 새 무늬가 있는 예쁜 과자 접시를 주었다. 한순간 완전히 다른 세계에 숨어 버릴 작정으로 마음의 준비도 하고 그림에 필요한 도구를 사고 참고가 될 책까지 모아 봤지만 또다시 그 계획도 수포로 돌아가 버렸다. 공상의 기념으로 다만 한 장의 접시가 남았다.

120

"나는 지금 눈에 보이지 않는 감옥 속에 있다. 가지바시에 있는 형을 위해서는 그렇게 많은 사람들이 법석을 피우면서도 내가 고통받고 있다는 것을 알아주는 사람은 없다. 아아 병자는 오히려 행복하다—몸이 말짱한 사람은 그곳에서 쓰러질 때까지 아무도 모른다." 기시모토는 드디어 이런 생각을 하게 되었다.

7월 하순, 무밭 집을 훌쩍 나설 무렵, 그에게는 이제 아무것도 할 마음이 없었다.

"스데야."

하고 어머니가 불러서, 기시모토는 여름 모자를 쓴 채로 기둥있는 곳에 섰다.

어머니는 소리를 낮추며 '아까 쌀집에서 독촉하러 왔단다. 게다가 주인집에는 아직 지난달 분도 지불하지 않았다고 형수가 걱정하고 있단다. 네가 어떻게 좀 해 보렴―.'

기시모토는 잠자코 어머니 얼굴을 바라보았다.

"형수가 스데 삼촌한테는 죄송스러워서 자기가 말을 못하겠으니 형한테도 돈을 넣어 주도록 말해 달라더구나―."

그때 오스기가 부엌 쪽에서 나와서 어머니는 입을 다물어 버렸다. 오스기는 형수의 언니로, 지금처럼 남편과 말다툼을 했을 때는 반드시 뛰쳐나왔다. 달리 갈 곳도 없어서 기시모토의 집에 의지하고 있었다. 호탕하고 방종하며, 나이는 들었어도 꽤 멋쟁이였고, 내성적인 동생과 비교하면 같은 자매라고 생각되지 않았다. 오스기가 부탁해요 하고 말하면 싫다고 말하지 못할 정도로 애교 있는 사람이었다.

"스데 삼촌, 또 신세를 지게 되었습니다."

오스기 씨가 말했다.

집을 나와서 기시모토는 유시마 덴진(湯島天神) 쪽으로 걸어갔다. 그는 돈을 벌러 가는 것도 아니고, 직업을 구하러 가는 것도 아니었으며, 친구를 찾아가는 것도 아니었다. 그는 때때로 길 한구석에 주저앉아서 지나가는 사람들을 멍청하게 바라보기도 하고 하얀 태양을 보면서 몸을 떨기도 했다. 덴진 경내에 있는 벤치는 앉아서 생각하기에 좋은 장소였다. 그곳에는 수건으로 머리를 감싸고 가슴을 내놓고 낮잠을 자며 꿈꾸는 사람들이 있었다. 기시모토도 벚나무 그늘을 골라, 시원한 바람이 불어오는 햇빛이 반짝이는 곳에 기대 서서 멀리 바라보았다.

추억은 기시모토를 즐거웠던 다카와에서의 학창 시절로 이끌었다. 학교 도서관에서 서양 시인의 전기 등에 깊이 몰입한 것도 그 시절이었다. 고덴야마(御殿山)의 저녁 해를 친구들에게 가리키며, 처음으로 자연의 아름다움이 자신의 눈에 비친 것을 이야기한 것도 그 시절이었다. 구내 예배당에서 종이 울리고 2층 창에서 붉은 등불이 새어 나올 무렵, 혹은 문학, 때로는 종교, 때로는 철학에 관한 새로운 설을 들으려고, 친구와 함께 기숙사에서 서둘러 나온 것도 그 시절이었다. 그 시절은 얼마나 즐거웠던가. 벚나무 아래로 긴 장대를 가지고 와서, 매미를 잡으려는 소년들이 있었다. 추억은 다시 기시모토를 먼 소년 시절로 데리고 갔다. 천진난만한 장작집 아들과 뺨이 붉은 시계집 딸 등과 함께 놀았던 시절을 생각하면, 새삼스럽게 그 옛날이 그립고 애틋하고 즐겁게 느껴졌다.

121

하늘은 밝아도 마음은 어두웠다. 벤치를 떠나 텐진 경내에서 기리도시자카 쪽으로 가려고 하자, 돌계단을 다 내려간 곳에 사람의 키보다 낮은 돌기둥이 있었다. 쇠로 된 난간이 끝난 지점이었다. 그는 차가운 돌기둥에 기대 서서 길을 가는 사람들의 얼굴을 우두커니 바라보았다. 그곳은 혼고다이에서 시모가야(下谷) 쪽으로 내려가는 경사 끝 지점으로 뜨거운 햇살이 내리쬐고 경사진 언덕길이 눈앞에 보였다. 몇 대의 무거운 짐수레가 그의 앞을 지났다. 그중에는 다리에 힘을 주고 앞에서 영차영차 하면서 두부 찌꺼기를 끌고 가는 사람도 있었고, 짐수레 뒤에서 머리를 대고 소리도 내지 않고 밀어 올리는 사람도 있었다.

푸르게 빛나는 하늘에는 열을 머금은 하얀 여름 구름이 떠 있었다. 그것을 보고도 기시모토는 특별히 재미있다고도 이상하다고도 생각하지 않았다. 기리도시자카 아래까지 가자, 마을의 오른쪽 모퉁이 연못에서, 두레박에 입을 대고 벌컥벌컥 물을 마시는 남자가 있었다. 그렇게, 땀을 뚝뚝 흘리는 노동자가 오히려 그의 눈에 비쳤다.

언덕 왼쪽 편을 차지하고 있는 저택에는 넓은 돌 도랑이 외곽을 둘러싸고 있었다. 먼지를 막기 위해 심은 수목은 그곳에 시원한 그림자를 드리우고 있었다. 떡갈나무나 버드나무 아래에는 벤치에서 본 것과는 전혀 다른 계급의 사람들이 모여 있었다. 적어도 벤치에 앉아 생각에 잠긴 듯한 무리들 중에는 '이제부터 어떻게 할까'라고 생각하는 듯한 표정의 사람이 많았다. 돌 도랑에 와서 줄지어 있는 사람들 중에는 '이제부터 어떻게 할까' 하고 생각하는 무리는 없었다. 우선, 그런 곳에 사람들이 모여 있다는 것조차 지금까지 기시모토는 알아차리지 못하고 있었다.

"이봐, 이봐 묘한 사내가 저기 와서 섰네그려."

백발을 짧게 깎은, 앞니가 빠진 노인네가 기시모토 쪽을 바라보면서 옆 사내에게 속삭였다.

"안색이 무시무시하게 나쁜 망자(亡者)군그려."

옆 사내는 그곳에 떨어져 있는 새끼줄 조각을 주워서 그것으로 곰방대의 담배통을 닦으면서 속삭였다.

"잘못하면 연못으로 뛰어들지, 아마."

또 한 사내가 흙투성이 짚신 발을 뻗으며 속삭였다.

"하하하하하."

비웃는 듯한 웃음 소리가 한꺼번에 났다. 이 웃음 소리는 기시모토에게도 들렸다. 더욱이 돌로 된 도랑에 앉은 무리들은 무엇 때문에 웃고 있는지도 모르겠다는 듯이 웃었다. 돌 위에 모자를 깔고, 찢어진 부채를 들고서 졸고 있던 사내는 갑작스런 웃음 소리에 잠에서 깼다.

"왜 웃고 있는 거예요."

젊은 사내가 졸린 눈으로 물었다.

"너 따위가 알 리가 있겠니?"

이 빠진 노인네가 희롱하며, 더러운 수건으로 젊은 사내의 얼굴을 간지럽히듯이 털었다.

젊은 사내는 돌 도랑을 떠났다. 그는 떡갈나무 잎 그늘에 세워진 빈 수레 위를 골라 해진 거적을 깔고, 뒤집은 모자 속에 얼굴을 파묻고 큰 대자로 누웠다. 파리떼가 구멍난 셔츠와 커다란 엉덩이에 달라붙었다.

시노바즈 연못 쪽에서 푸른 연꽃잎을 건너온 바람이 그곳에 즐거운 휴식 세계를 만들어 주고 있었다. 종이조각, 가죽, 쓰레기, 면 등을 가득 실은 짐수레가 죽 늘어서 있었다. 짐수레를 끌고 온 종려나무처럼 더러운 갈기를 가진 늙은 말도 그곳에 와서 멈추었다. 햇빛에 그을린 행상꾼도 그곳에 와서 짐을 내려놓았다. 그리고는 땀이 밴 지갑 속에서 그날의 수

봄 · 337

입을 꺼내 세고 있었다.

"도대체 나는 무엇 하러 이런 곳에 서 있을까?"

기시모토는 스스로 자신을 비웃으며, 잠시 후 나무 그늘을 떠났다.

122

저녁나절이 다 될 무렵까지 기시모토는 밖에서 지냈다. 혼고(本鄕) 거리에서 사루아메 옆 마을 쪽으로 꺾어 들어가려고 했을 때는 벌써 그 근처가 노을이 지는 듯이 보였다. 뜻밖에 도중에서 오카미 형과 마주쳤다.

"오카미 씨."

"야, 기시모토 씨, 오랜만이네."

"언제 온 거예요?"

"어제, 잠깐 볼일이 있어서 오이소에서 나왔어."

노랗게 빛나는 길가의 가스등 그늘에서 두 사람은 이런 말을 주고받았다. 지금은 이전 같지 않게, 서로 약간 공경하는 말투도 이야기 속에 섞여 있었다. 그만큼 서먹서먹해졌다고도 할 수 있다. 그렇지만 역시 친구는 친구였다. 만나면 서로 그리웠다. 기시모토는 오카미가 가는 쪽으로 함께 걸으며, 마침내 요즈음의 어려운 처지를 이야기하기 시작했다. 무척 말하기 어려운 듯이 말했다. 그리고 무엇인가 또 말하고 싶은 것이 있는데 참는 듯 보였다. 오카미는 어렴풋이 기시모토의 집안 사정을 들어서 알고 있었다. 자신의 사랑이 성공했다고 해서, 이 젊은 친구의 심정을 동정하지 않는 것은 아니었다. 사망한 가쓰코는 자기가 예전에 사랑했던 제자였고, 또 새로운 아내의 친구이기도 했다. 결국 기시모토의 이야기는 돈으로 귀착되어 갔다.

오카미는 평소의 협기심에서 말했다.

"이야기는 빠른 편이 좋아, 자네 얼마만 있으면 되나?"

그는 곧장 자신의 지갑을 뒤졌다.

"10엔 정도로 된다면, 지금 여기서 빌려 주지."

선심을 쓰며 어렵잖게 지갑 속에서 꺼내 건네주었다. 오카미는 친구를 도와주는 것으로 만족감을 느꼈다. 아니 그뿐이 아니었다. 그는 사랑에 성공한 사람으로서 높은 세금을 지불했다.

"그렇다면, 우선 빌리지."

기시모토는 이렇게 말하며, 그 돈을 주머니에 넣고 나서 오카미와 헤어졌다.

집에서는 어머니와 형수가 벌써 저녁 식사를 마치고 고헤이 혼자서 밥상을 마주대하고 먹고 있었다. 언제나 형제는 한 상에서 먹으므로 동생 몫만은 한편에 공기를 엎어서 돌아오기를 기다리는 모습으로 늘어놓았다.

"스데 삼촌, 먼저 먹었어요."

오스기는 이쑤시개로 이를 쑤시며 말했다.

"오늘밤은 남자들이 나중에 먹게 되어서—."

기시모토는 먹을 마음이 내키지 않았다.

"저는 먹지 않겠어요."

"왜요?"

라고 형수가 말을 받아서

"한 그릇 드세요. 스데 삼촌이 좋아하는 가지 반찬이에요."

기시모토는 좋아하는 야채가 상에 오른 것을 보았을 뿐 수저를 대려고는 하지 않았다. 그는 오카미한테 빌려온 돈을 주머니에서 꺼내서 형수의 손에 건네주었다.

"스데야, 먹지 않을 거냐? 그렇다면 내가 먹을게."

고헤이가 말했다.

형수는 질려서

"정말 고헤이 삼촌이 먹는 데는 놀란다니까."

"이렇게 놔둬도 어차피 썩을 음식이니까."

라며 고헤이는 반대편에 있는 그릇을 자기 쪽으로 끌어당겼다. 형은 책상다리를 하고 앉아서 태연하게 동생 몫을 먹었다.

123

  다음날 아침 기시모토는 늦게까지 자고 있었다. 일하기 좋아하는 어머니는 더워지기 전에 하려고 빨래를 서둘러 부엌 마루방에서 풀을 먹여 좁은 뒷문의 빨래대에 널었다. 기시모토는 아직 자고 있었다. 바깥 격자문으로는 벌써 따가운 햇볕이 비쳤다. 기시모토는 일어나야지, 일어나야지 하면서도 도저히 머리가 무거워 들 수 없다는 듯이 그냥 침상 위에서 바둥거리며 누워 있었다. 그래서 어머니 손을 빌렸다. 마치 폭풍우로 쓰러지는 나무를 버팀목으로 받쳐서 간신히 예전 자리로 돌려놓는 것처럼 먼저 머리부터 일으켜 달라고 해서 일어나자 겨우 스스로 몸을 가누었다.

  밥을 조금 먹은 뒤, 그는 2층에 있는 자신의 방으로 갔다. 주위를 둘러보았다. 밑 빠진 독에 물 붓기지, 오카미한테 빌린 돈으로 며칠을 견딜 수 있을까. 대개는 적자를 메우는 데 써 버린다. 어머니, 형수, 고헤이형, 아이코 그리고 가지바시에 있는 형, 일시적이라고는 하지만 오스기 씨—이들 식구들을 부양하는 일은 미숙한 기시모토에게 결코 쉬운 일이 아니었다. 형을 구하기 위해 변호사를 구하는 일조차 적지 않은 돈이 필요했다. 언제까지나 친척들에게 의지할 수는 없는 노릇이다. 고쿠초에 있는 대장을 비롯해, 오가와바타의 숙부, 고향의 누나, 모두에게 신세를 질 만큼 졌다. 지금은 친척들도 지쳤다.

이렇게 되자, 기시모토의 마음은 다시 한 번 교토에 있는 미네코에게 쏠렸다. 여행을 떠났을 당시, 미네코에게서 받은 친절을 기시모토는 잊지 않고 있었다. 어머니 같은, 누나 같은 그 사람은 한번 보고 자신을 지기처럼 생각하여 옷에서 숙소까지 보살펴 주었다. 여비가 부족하다면 어떻게든 마련해서 빌려주었다. 그 사람의 인정이 지금에 와서 떠올랐다.

편지를 통해 돈을 빌려 달라고 하는 것만큼 쓰기 어려운 것은 없다. 하물며 가마쿠라 시절 이후로 한 번도 편지 왕래도 없었고 몸이 좋지 않다는 소식을 듣고도 문안 편지도 내지 않았다. 헤어져야만 할 때가 되어서 헤어지고 —그것을 상대편도 깨끗하게 생각해 주기는 했지만 나중에 보니 왠지 버려진 식의 인연이었다. 아무리 곤란한 처지라고 해도 그 사람에게 '안녕하십니까' 라고 쓰기는 어려웠다.

이상하고 치사하며 한심한 생각, 평소에는 거의 염두에 두지 않았던 생각이 그때 떠올랐다. 자신은 아직 머리도 검고, 뺨도 붉다—적어도 이 검은머리와 붉은 뺨에 대해서, 10엔 정도의 돈을 빌려 줄 것 같다고 생각해 보았다. 그때 그는 여자 앞에 무릎 꿇는 의지가 약한 사내에 대해 생각해 보았다. 나이 든 호색의 미망인 시중을 드는 젊은 남자, 유복한 여자에게 희롱당하는 남자 첩, 돈 때문에 어떤 애교라도 팔려고 하는 아름다운 절조 없는 남자 등을 떠올리며, 수치스러운 자신의 심정이 그런 탕자와 조금도 다르지 않은 것처럼 생각되었다. 기시모토는 자신에게서 역겨운 냄새가 나는 것처럼 느꼈다. 하여간에 교토로 돈을 빌려 달라는 편지를 띄웠다. 그리고 자신의 책상 옆에 다시 죽은 사람처럼 누웠다. 어느새 그는 깊은 잠에 빠졌다.

124

"아이고, 이렇게 자는 사람이 어디 있나."

어머니는 2층으로 올라와 보고, 어이없다는 듯, 기시모토의 자는 얼굴을 바라보며 서 있었다. 얼마 뒤에 선반에서 얇은 이불을 꺼내서 감기에 들지 않도록 아들에게 덮어 주었다.

"어제부터 제대로 밥도 먹지 않고—분명히 몸 상태가 안 좋은 게야."

이렇게 혼자말을 하며 어머니는 아래층으로 내려갔다.

문득 기시모토가 눈을 떴을 때는, 벌써 3시가 지나 있었다. 그는 전날 밤부터 계속 잤다고 해도 좋을 정도로 잤지만, 아직도 잠이 부족하게 느껴졌다. 벌떡 일어나서 자신의 책상 앞에 앉아 보았지만 지나친 잠과 피곤과 여름날의 괴로운 더위로 아무것도 손에 잡히지 않았다. 책장 안에 들어서 있는 여러 가지 새로운 사상을 쓴 서적—침식을 잊고 애독한 책들—그런 것도 그다지 흥미를 끌지 못했다. 기시모토가 빠져든 생각은, 동서의 대가가 자기들 청년에게 남겨준 문학상의 산물도 대부분 인간의 헛수고를 그린 것에 지나지 않는다, 비장한 희곡도 헛되게 흘린 눈물이었다, 미묘한 시가도 한숨이었다, 어째서 고생해 가며 자신들이 같은 일을 되풀이할 필요가 있는가—이렇게 어두운 생각들뿐이었다. 무엇 때문에 이날까지 고생을 해 왔는가, 그 이유를 기시모토는 알 수 없었다.

다시 그는 다다미 위에 엎어졌다. 추억은 어제 벤치 위에서 생각했던 그 시절로 그를 데리고 갔다. 이상한 일은 전날 떠오른 다카와의 학창 시절과 그날 생각해 낸 일과는 많은 차이가 있다는 것. 자신—몇 년이나 생각해 본 적이 없는 자기 자신이 그때 떠올랐다. 그때 그는 학교에 막 들어갔을 때라, 가난한 서생이라는 자기 위치도 잊어버리고 오직 부유

한 집에서 온 친구들의 흉내를 내며 즐거워했다. 공작 흉내를 내는 까마귀였다. 허영을 좋아해서 어울리지 않는 양복에 반바지 따위를 입고 양말도 연두색과 흰색의 화려한 것을 좋아하고 머리도 말끔하게 가르는 것을 배우고 여름 모자 장식에는 특히 색이 아름다운 리본을 감아서 썼다. 자주 연설 따위를 했다. 익살극을 한다면 몸짓 손짓 흉내에 몸이 고달플 정도로 열중했다. 교회에서 설교가 있는 날에는 젊은 사람들과 함께 모여서 찬송가를 부르는 것이 무엇보다도 큰 즐거움으로, 그만 정신없는 가운데 세례를 받았다. 그때 동료들에게는 각기 별명이 있어서 각자의 성격을 잘 나타냈다. 어느 지방에서 온 사내아이는 화가 나면 꽥꽥 소리를 지른다고 해서 '번개', 그는 너무 잘 나선다고 해서 '땜장이집의 멜대'라고 붙여졌다. 간혹 아는 사람이 찾아와서 함께 다카와 마을을 걷고 있을 때, 맞은편에서 친구가 와서 '어이, 멜대'라고 부르면 정말 기가 막혔다. 그때는 각 반에서 한 명씩 반장을 뽑았다. 그는 수석을 차지하고는 있었지만, 아무도 '땜장이 집의 멜대'를 반장으로 뽑으려는 사람은 없었다. 허영심이 많은 그는 스스로 자신에게 투표했다. 그때는 또 자주 뭘 먹으러 다녔다. 그는 돈도 없는 주제에 운동시간이면 군것질을 하고 대부분 빵집 할멈한테 외상을 졌다. 나중에는 곤란해져서 오가와바타 숙부 몰래 십팔사략(十八史

略)⁶²⁾ 등을 팔았다. 남녀교제에 들떠 있던 것도 그때였다. '적어도 나는 성실한 인간이었다.' 기시모토는 스스로 자신에 대해 그렇게 생각하고 있었는데 그때를 생각해 보니 그 성실함도 믿을 수 없었다.

125

'적어도 나는 정직했다.' 이렇게 기시모토는 책상 옆에 누우면서 자신에 대해 생각했다. 추억은 또다시 그를 소년 시절로 데리고 갔다. 그리고 어린 시절의 자신에 대해 보여 주었다.

추억이 데리고 간 곳은, 긴자의 덴긴(天金) 요코초(橫町)에 있던 흙벽으로 된 창고식 집이었다. 길을 향해서 창이 있었다. 그 창을 통해 빛이 들어오는 3장 정도의 현관이 자신의 예전 공부방이었다. 야심 많았던 그가 나폴레옹 전기 따위를 읽고, 감격해서 울었던 것도 그 창 아래에서였다. 그 현관과 다음 8장 방은 단을 이룬 입구로 되어 있었으며 여기는, 지금의 오가와바타 집의 히로시가 아직 남에게 업혀 있을 무렵 '와' 하며 그가 어두운 곳에서 나와 귀한 외아들을 놀라게 했다고 꾸중을 듣기도 하고, 입구의 벽과 벽 사이를 양발을 대고 올라가다가 떨어져서 기절하기도 한 장소였다. 8장 다다미 위에는 2층이 있었고, 마침 산에 사는 원숭이처럼 거꾸로 오르는 연습을 한 계단이 있었다. 8장 방에는 커다란 서생이 있었고, 밤에는 그도 그곳에 모여서 같은 램프 아래서 책을 읽었다. 숙부는 아직 오가와바타로 옮기기 전이었고, 그 무렵 아름다운 수염을 기르고 있었는데, 변호사 시험을 본다며 그 책상 앞에 와서 그에게 법률 서적을 읽히고, '이것은 이렇다', '저렇다' 대답하며, 자주 그를 시험대에 세웠다.

8장 방 다음이 마루방이고 그 안에 거실이 있었다. 숙모의 병상은 벌써 그때부터 깔려 있었다. 숙모가 몸이 좋을 때는, 연못의 금붕어가 보이는 곳에 식구들을 모아서 위안삼아 화투를 했다. 그때 그도 비라든가 일출이 그려져 있는 화투를 쥐어 보았고 '청단'이나 '삼광' 등을 처음으로 배웠다. 부엌에서는 자주 숙모를 위해 쇠고기 수프를 만들었다. 검소한 할머니는 그 수프 찌꺼기에 간을 맞춰서 그들에게도 먹였지만, 나중에는 냄새에 물려 아무도 먹으려 하지 않았다. 어쩔 수 없이 할머니는 그것을 말려서 3시의 차시간에 내놓았다. 수프를 만들기 위해 날쇠고기를 작고 네모지게 썰어서 주둥이가 좁고 긴 큰 병에 넣었다. 이것도 일이어서, 성격이 느긋한 사람이 아니면 할 수 없었다. 마침 안쪽 2층에는 숙부의

봄 · 347

친척인 나이든 한학자가 자식들을 데리고 와서 신세를 지고 있었기에 결국 고기를 자르는 임무는 이 온화한 백발의 노선생에게 돌아갔다. 노 선생이 안경을 쓰고 아래서 고기를 자르고 있는 동안 2층은 잠잠했다. 그곳에는 선생의 책이 놓여 있었다. 책상 위에는 선생이 잊고 놓고 간 돈이 있었다. 그 돈을 10전쯤 훔친 자가 있었다—바로 그였다.

그뿐이 아니었다. 오하리초(尾張町)에 있는 야시장에는 야채 시장이 있어서 식구들이 장보러 가곤 했다. 그도 자주 따라갔다. 그곳에는 소년의 눈을 끌 만한 그림책을 파는 가게도 있었다. 아름다운 표지 그림의 그림책이 많이 널려 있었다. 왠지 그 그림책이 갖고 싶어 몇 번이나 그 앞을 왔다갔다 하다가 결국은 혼잡한 틈을 타서 한 권을 주머니에 넣은 소년이 있었다—이 소년이 바로 그였다. 그때 그는 잡힐 것 같아 목숨을 걸고 도망쳤다. 그림책을 둘 만한 곳이 없어서 도랑 속에다 찢어서 버렸다. 만일 그때 잡혔다면 그의 인생은 어떻게 되었을까?

부끄러운 기억은 옛날의 소년을 눈앞에 생생하게 보여 주었다. 즐겁고 천진난만하게 생각하고 있던 시절은 실로 기시모토에게 가장 어둡고 야만스런 느낌을 주는 때였다. 그는 난폭하고 다루기 힘든 소매치기와 같은 눈초리의 소년이었음에 틀림없다. 이렇게 생각해 보니 결코 자신의 정직함도 믿을 수 없었다.

126

 드디어 기시모토는 아래층 방에 잠자리를 펴게 하고 그 위에 쓰러지듯이 누웠다. 오만한 그는 그래도 아직 자신의 패배를 인정하려 하지 않았다. '나는 패배자이다'라고는 조금도 내색하고 싶지 않았다. 이렇게 지기 싫어하는 마음이 강하고, 자신을 잘 모르는 맹인과 귀머거리와 벙어리를 합쳐 놓은 듯한 청년이 인생이란 무엇인가라는 질문에 봉착하면서 그 해결에 괴로워하며 병상 위에서 떨고 있는 모습은— 마치 깊은 상처를 입고 싸움터의 풀 속에 쓰러지면서도 아직 저항하려고 버티는 병사와 같았다.

 8월이 왔다. 여름 휴가로 서생은 적어졌지만, 여러 사람들이 바깥 격자문 앞을 지나갔다. 흰옷이 반짝이는 햇살을 반사했다. 그것이 기시모토가 누워 있는 방에서 보였다.

 "스데 삼촌, 의사를 부를까요?"

 형수가 베갯머리에 와서 말했다. 기시모토는 자고 있었다. 괴로워 보이는 땀이 그의 이마에 흘렀다.

 "아이고, 잠만 자는 병자야."

이렇게 형수는 말해 보았다.

"오아키, 그렇게 자게 내버려 둬. 지쳐 있으니까."

어머니는 시원한 바람이 불어오는 곳을 골라서 바느질거리를 펼치면서 말했다.

번쩍 기시모토가 눈을 뜨고 사방을 둘러보았을 무렵에는 갑자기 소나기가 내렸다. 오스기 씨는 2층 창문을 닫으러 갔다. 어머니와 형수는 뒤꼍으로 나가서 빨래를 거두어들였다. 고헤이 형은 낮잠의 단꿈을 즐기고 있었다. 마침 그때 바깥 격자문이 열리고 스게가 뛰어들어왔다.

친절한 스게는 기시모토를 염려해서 찾아온 것이었다.

"음, 자네 자고 있나?"

스게는 초입에 서서 젖은 웃옷을 벗으며 말했다.

기시모토는 침상 위에 벌떡 일어났다. 그의 주머니에는 검은 칠을 한 칼집에 넣은 단도가 숨겨져 있었다. 스게한테 돌려 받아 2층 책장 서랍에 넣어두었던 것이다. 친구에게 보이지 않으려고 그는 그것을 이불 속에 숨겼다.

이런 정신 상태에 있으면서도 기시모토는 자신의 고통을 친구에게 호소하려고 하지 않았다. 다만 어두운 분노의 그림자를 이마 있는 곳에 살짝 보이며, 맥없이 침상 위에 앉아 있었다. 스게는 전혀 상태를 몰랐다.

"또 사랑이라도 시작한 건 아닌가?"

스게는 웃으며 말했다.

기시모토는 대답하지 않았다. 그는 쾌활한 친구 얼굴을 바라보며 쓴웃음을 짓고 있었다.

"불이야, 어디에, 마루야마(丸山)에."

스게는 어린아이 흉내를 내며 농담했다.

어머니와 형수가 함께 오고 나서 두 사람은 이제 그런 이야기를 하지 않았다. 소나기가 지나가고 얼마 후 집안이 서늘해질 무렵까지 두 사람의 이야기는 친구들의 이야기뿐이었다. 그 이야기 도중에 스게는 오카미가 기시모토에 대해 한 말을 꺼내며,

"아직 그래도 자네 쪽이 미조구치(溝口)보다는 탄탄하다더군—미조구치와 똑같이 취급받으면 안 돼지"
라고 말하며 웃었다. 미조구치는 친구들 사이에 가장 의지박약한 사내로 알려져 있는 청년이었다.

"스게 군과 이야기하는 것을 옆에서 듣고 있노라면 조금도 병자 같지가 않아."

이렇게 어머니는 스게가 돌아간 뒤에 자식의 얼굴을 바라보며 말했다.

교토에서도 답장이 왔다. 기시모토는 침상 위에 일어나 앉아서 미네코의 편지를 펼쳐 보았다. 이렇게 씌어져 있었다.

"―참으로 안됐습니다 그렇지만, 아무래도 박봉인 처지라서―."

127

개연(慨然)히 죽음으로 향한 아오키의 그림자는 기시모토의 눈앞에 있었다. '나는 끝났다'고 한 아오키의 말이 기시모토의 귀에 들렸다. 몇 번이나 그는 친구의 뒤를 쫓아서 회검을 침상 속에 숨겨 두고 고민하다가 죽으려고 했다. 그러나 몸이 건강한 그는 아무래도 죽을 수 없었다.

절망은 그를 이상한 결심으로 이끌었다.

"부모는 원래 소중하다. 그러나 자신의 길을 발견하는 것은 더욱 소중하다. 사람은 각자 자신의 길을 찾아야만 한다. 무엇 때문에 이렇게 살고 있는지, 그것조차 알 수 없는 것인데, 어디에 부모에 대한 효행이 있으리."

이렇게 스스로 자신에게 변명하고 너무 괴로운 나머지 여행을 생각해 냈다.

기시모토는 어디로 가야 할지 자신도 알 수 없었다. 혹은 이제 돌아오지 않을지도 모른다. 만일 돌아오지 않더라도 자신은 어머니에 대해서도 식구들에 대해서도 자신의 힘으로

할 수 있는 일을 다했다. 이 이상은 운명에 맡길 수밖에 없다
—설령 굶어죽는 일은 없겠지. 이렇게 생각했다.

그래서 그는 침상을 벗어났다.

여비를 댈 방법도 없었으므로, 기시모토는 자신의 책을 팔기로 했다. 2층으로 올라가 보니 몇 년에 걸려서 모은 장서가 빈약하게 죽 널려 있었다. 미노와에서 차압당했을 때 대개는 사라져 버렸지만, 아직 그래도 여비를 만들 정도는 있었다. 돈이 될 만한 책은 양서를 빼더라도, 료코쿠(兩國)에 있는 헌책방에서 모은 목판 하이쿠 책(俳書), 그리고 아사쿠사에서 산 당본(唐本)류가 있었다. 가난한 서생의 몸으로 고심해서 사던 때를 생각하면 판다는 것이 한심했다.

기시모토는 창가로 갔다. 그곳에서 지난 일을 생각해 보았다. 고우즈에 있는 밀감밭에서 뒹굴고 흙내음을 맡으며, 다시 한 번 세상 속으로 돌아가려고 결심하고 나서 오늘날까지 자신은 무엇을 얻었을까? 무엇을 알기 위해 자신은 돌아왔는가—?

문득 그때 아오키의 시 한 구절이 가슴에 떠올랐다. 기시모토가 방랑 여행을 떠날 무렵, 그를 전송하기 위해 아오키가 지은 시였다. 아오키의 목소리를 듣는 듯한 시였다.

"한 송이 꽃이
원컨대는 그대를 위해."

기시모토는 창가에서 이 한 구절을 되풀이했다. 차가운 눈물은 그의 창백한 뺨을 타고 흘러내렸다.

간다에 있는 잘 아는 헌책방을 향해서, 기시모토는 무밭의 집을 나섰다. 우연히도 그가 탄 인력거는 어느 이비인후과 의사가 새로 지은 집 앞을 지나쳤다. 고지마치 학교에서 친하게 지낸 귀가 어두운 선생님이 이 의사의 동생이었다. 아무 생각 없이 귀가 어두운 선생님을 찾아뵐 작정으로 그곳에서 차를 내렸다. 선생님은 그곳에 계셨다. 기시모토는 귀가 어두운 선생님으로부터 센다이(仙臺)에 있는 학교에 관한 이야기를 들었다. 그 학교에서 기시모토가 교사로 와 주었으면 한다는 소식이 그를 기다리고 있었다.

돈벌이―그가 원하는 바였다. 여행도 할 수 있다. 다소 집에 송금도 할 수 있다. 이렇게 되자 책을 팔러 갈 필요도 없어졌다. 센다이 행 이야기를 가지고 헌책방까지 가지 않고 무밭으로 되돌아왔다.

그날 하루 동안에 여러 가지 일이 있었다. 기시모토에게는 잊을 수 없는 날이었다.

128

달이 하늘에 떠 있었다. 시간은 밤 12시가 가까웠다. 시원한 바람이 부는 시노바즈 연못 주위에 모인 남녀도, 한 사람, 두 사람 줄어서 이제 사람 그림자도 없었다. 물가에 있는 집들도 대부분 문을 닫고 잤다. 벤텐(辨天) 신사 경내에서 나와 창백한 어둠 속으로 돌아가는 사람들도 있었다. 그중에는 이치카와도 있었고, 여름 휴가차 온 아다치도 있었으며, 스게가 있었고, 친구들 외에 다른 사람도 있었으며, 기시모토도 있었다. 기시모토가 드디어 센다이로 가기로 결정해서 그의 송별식을 겸해 그날 밤 친구들이 함께 모였던 것이다. 무엇보다 갑작스런 일이었다. 그러나 오히려 그 갑작스럽다는 점에 흥이 있었다.

그날 밤은 모두 취했다. 각자 지향하는 바는 다르지만 함께 친하게 지냈던 기억을 끈으로 서로 이어져 있다고 생각했다. 이치카와도 스게도 조금만이라도 같이 가겠다고 해서 아다치와 기시모토가 가는 방향으로 따라왔다. 친구들은 함께 연못가를 걸었다. 떠들썩하게 이야기하며 술을 마신 방은 언덕 저쪽에서 밝게 보였다. 등불은 조용하고 어두운 물에 비치고 있었다. 하룻밤의 흥은 아직 그곳에 남아 있는 것 같았다.

야경은 꿈같이 보였다. 어두운 버드나무는 사람처럼 서 있었다. 길고 가는 가지에서 노란 꽃이 떨어지고 있어서 파란 새싹이 움틀 때가 떠올랐다, 지금은 버들도 머리를 길게 늘어뜨린 여인 같은 모습이었다. 한가한 듯하면서도 분주했고 즐거운 듯하면서도 비바람이 많았던 노력의 고통과 낭비의 비애로 가득 찬 듯한—젊고, 새롭고, 맹렬했던 느낌을 주는 시절은 나무까지도 이렇게 고생시켰다. 새롭게 만들어졌다고 하고 싶지만, 버드나무는 이미 나이들어 보였다.

나카초 쪽으로 꺾어지는 곳에서 기시모토는 친구와 작별을 고했다. 이치카와는 달빛에 기시모토의 얼굴을 비추어 보며, 평소의 세련되고 활달하며 정중한 투로,

"더 이상 전송은 못하네"

라고 말하며, 오른손을 내밀었다. 기시모토는 그 손을 쥐고 헤어졌다.

다음날 아침, 기시모토의 집은 혼고에 있는 모리카와초로 옮겼다. 그곳은 방이 두 칸뿐인 조그만 단층집이었지만 부엌이 잘 만들어진 집으로 좁지만 뒷정원도 있고, 어머니와 형수가 집을 지키기에는 별다른 불편함이 없었다. 부엌 장지문을 열면 곧장 길이어서, 가까이에 있는 우물로 물을 길러 나갈 수도 있었다. 빨래 말리는 것은 안쪽에서 할 수 있다. 마침 고향에서 기시모토의 조카뻘 되는 다이치(太一)가 유학하

러 와 있어서, 이 조카가 바지런히 도와주었다. 무밭에서 짐수레로 날라 온 것은 어디에 정리할 것도 없이 이 좁은 집안에 그대로 쌓아 두었다.

뜻밖의 응원 편지가 북청(北淸)에 있는 둘째형에게서 왔다. 부재중의 생활비는 매월 그쪽에서도 도와줄 수 있게 되었다. 이제는 기시모토도 센다이로 갈 수 있었다.

129

단 하루라도 편하게 도쿄에서 자고 가고 싶다. 기시모토가 바라는 것은 이것밖에 없었다. 그 정도로 그는 지쳐 있었다. 먼저 해야 할 일을 한 뒤가 아니면, 쉬어도 쉰 것 같은 기분이 나지 않을 듯했다. 형 다미스케의 상고도, 대심판의 결과에 따르면 아주 좋게 되어갔다. 공소원 판결 전부는 파기되었다. 다시 재판을 나고야(名古屋)의 지방 재판소로 옮기기로 했다. 상고가 받아들여진 것이다. 그래서 다미스케는 가지바시의 미결감을 나와서 나고야로 보내졌다. 이 전송을 끝내지 않고서는 기시모토도 짐을 벗었다고 할 수 없었다. 첫째 어머니가 허락하지 않았다.

가지바시에서 통지가 온 다음날, 기시모토는 고헤이 형과 함께 모리카와초에 있는 새로 이사온 집을 나섰다. 그날은 건조하고 바람이 많았고, 해는 따가워도 비교적 좋은 날이었다. 고헤이와 기시모토는 3살밖에 차이가 나지 않는 형제로 어릴 때는 자주 싸웠다. 형이 동생 머리를 때리면 동생은 형의 얼굴을 할퀴며 매일처럼 서로 달라붙었다. "고헤이가 얼굴을 씻은 물이라면, 나는 씻지 않아"라며 동생이 께름칙한 얼굴을 하면, "형은 뭐야, 이 스데키치"라고 말하며 벌써 주먹이 날아왔다. 이런 두 형제가 이제는 담뱃불을 사이좋게 나누며, 서로 "스데야, 스데야"라든가 "야, 너"라며 의지하게 되었다. "스데는 꿈 같은 일을 자주 말하는 애야." 이렇게 형은 동생에 관해 이야기하며 웃고 있었다. 가지바시 감옥소 문 앞에서 형제는 맏아들인 다미스케 형이 나오기를 기다렸다.

"형님, 짐을 들어 드릴까요?"

기시모토는 다미스케 옆으로 다가가서 작은 소리로 말했다. 다미스케는 순사의 눈을 바라보며 옆구리에 보따리를 낀 채 문을 나섰다.

미결감 죄수가 지방으로 보내지는 것은 번거로운 일로, 매 경찰서마다 순사에서 순사에게로 인도하였다. 섭섭해 하면서 고헤이와 스데키치 두 사람은 다미스케의 뒤를 따라서 뜨거운 땅을 밟으며 걸었다. 어느 다리 옆, 가로수 그늘에서 형제 세 사람은 잠시 함께 되었다. 순사는 보고서 못 본 체하며 땀을 닦으며 서 있었다.

형제는 눈과 눈을 마주보았다. '이번에야말로 청천백일(靑天白日)의 몸이 되어 돌아오겠다.' 이렇게 다미스케의 눈이 말하고 있었다. 기시모토가 담배에 불을 붙여서 건네 주자, 다미스케는 옆으로 돌아서서 쭉하고 한 모금 빨았다. 순사는 안쓰럽게 여겨서 웃으며 보고 있었다.

다카와 근처까지 불행한 가장을 배웅하고 그곳에서 동생들은 헤어졌다. 설령 한때의 과실이 있었다고는 해도, 그렇게 긴 미결수 생활로 충분하며, 법률은 냉정한 것이라고 동생들은 생각했다.

돌아오는 길에는 오덴마초에 들러 세이노스케에게 작별을 고할 생각으로 기시모토는 고헤이 형에게 먼저 돌아가게 했다. 마침 세이노스케는 집에 있었다. 잡지는 이제부터 모두 자신이 맡아서 하겠다, 센다이에 가서 무엇을 쓰게 되면 보내달라, 이런 이야기를 했다.

"혼후나초(本船町), 혼후나초" 하며, 여기에 오면 반드시 나오는 이치카와에 관한 이야기가 요즈음은 거의 나오지 않았다.

거문고 소리가 들렸다.

"아 오료 씨야"

라고 기시모토는 자기 자신에게 말했다. 그는 이치카와가 "나의 사랑은 가을 벌판을 가는 물과 같나니"라고 한 말을 가슴에 떠올리고, 어느새 그 흐름도 멈춰진 것이리라고 상상했다. 생각탓인지, 그날의 거문고는 격렬한 곡조를 띠는 듯했다. 그 두 사랑하는 사람에게조차, 세상은 백년해로를 허락하지 않은 것일까. 이렇게 기시모토는 마음속으로 안타깝게 생각했다.

130

"숙모님, 기시모토 외삼촌은?"
라고 다이치는 모리카와초의 집으로 와서 부엌문에서 말을 걸었다.
"기시모토 삼촌 말이에요?"
라며 형수는 개수대에 웅크리고 앉아서 참마 껍질을 벗기면서
"점심밥을 먹자마자 이제까지 자고 있네요."
"예에, 주무세요?"
"맛있는 것도 아무것도 필요없다—그냥 자게 내버려두라고 아침부터 누워 있어요. 그래도 내일 떠나는 사람이니까,

어머니가 뭔가 먹여 보내고 싶다고 하셔서 도로로63)로 형식뿐인 송별회를 합니다. 아무것도 없지만, 조카도 같이 하시죠."

형수는 허리를 펴며

"야, 다이치 조카, 들어와요."

조카는 격자문 쪽으로 돌아갔다.

"안녕하세요."

이렇게 인사를 하며. 좁은 입구 정원에서 보니, 안에 가방과 버드나무로 만든 상자 등이 나와 있었다. 어머니는 여행하기 위한 옷을 개고 있었다. 고헤이는 툇마루에서 담배를 피우고 있었다. 기시모토는 위를 보고 길게 누워서 양손을 명치 위에 올려 놓고, 아주 지친 듯이 자고 있었다.

"아이코야, 무엇을 접었니?"

조카는 3장방 입구에서 모자를 걸면서 말했다. 아이코는 모자걸이 아래에 작은 책상을 놓고 종이로 새색시를 접고 있었다. 좁은 방안도 정리해 놓고 보니, 그럭저럭 사람이 살 수 있게 되었다.

조카는 고향에서 결혼한 누나의 맏아들로 기시모토와 3살밖에 차이가 나지 않았다. 키는 기시모토보다 컸다. 외삼촌과 조카 사이라기보다 형제로 보였다.

부엌에서는 저녁 식사 준비에 바빴다. 어머니는 옛 가문의 주부로 예전에 많은 사람을 다룬 경험에서 시골식 요리는 여러 가지 알고 있는 편이었다. 야채를 저장하는 방법도 잘 알고 있었다. 야채절임 따위도 맛있게 만들었다. 그날도 어머니가 국물을 담당하고, 형수는 마 가는 일을 했다. 강판에 간 새하얀 것이 벌써 절구 속에 있었다. 국물을 넣은 냄비는 부글부글 끓어올라서, 얼마 뒤에 흰 김이 부엌에 가득 넘쳤다. 어머니는 그 김 속에 서서 일했다.

"외숙모님, 도와드릴까요?"

조카는 형수 옆으로 와서 말했다.

"아무래도 남자들의 힘에는 당할 수 없군."

이렇게 말하며, 형수는 열심히 절굿공이를 누르고 있었는데, 걸핏하면 마가 절구공이에 달라붙었다. 조카가 힘을 쓰면 절구대가 뛰어 올랐다. 아이코까지 와서 눌렀다.

"이제 교대합시다."

형수가 손을 내밀었다. 조카는 절굿공이를 놓지 않았다. 이번에는 오른손을 왼손으로 바꾸어서 다시 북북 갈았다. 얼굴이 붉어졌다.

"야아, 손이 아프네."

드디어 절굿공이를 형수에게 넘겨주었다. 마는 점점 부드럽게 부풀어올랐다. 결국은 철썩철썩 하는 소리가 나면서 누르고 있는 사람의 손을 핥듯이 되었다.

"오아키, 이제 됐잖아?"

이렇게 말하면서 어머니는 국물 냄비를 절굿공이 쪽으로 가지고 왔다. 형수가 그것을 떠서 넣었다. 조카가 섞었다. 마는 미끌미끌 빙글빙글 돌아서 흰 것이 나오기도 하고 갈색이 나오기도 하는 동안에 절구 안에 가득 찼다.

"잠깐 내가 간을 볼게."

어머니는 작은 접시에 손을 가져가며 말했다.

긴 화로 주위에선 고헤이가 책상다리를 하고 앉아 파래김을 구웠다. 기시모토는 아직도 자고 있었다.

131

"으이샤."

기시모토는 몸을 일으키며 먼저 주위를 살펴보았다.

"스테야, 그 정도 잤으면 충분해, 벌써 맛있는 음식이 다 만들어져서 기다리고 있단다."

이렇게 말하며 고헤이가 웃었다. 기시모토는 그곳에 발을 뻗으며 기지개를 켜기도 하고, 크게 하품을 하기도 했다. 그러고는 잠시 후 휴 하고 한숨을 쉬었다.

"외삼촌, 안녕히 주무셨어요?"

조카가 웃으면서 인사했다.

"아아, 다이치 왔니?"

기시모토도 웃으며 얼굴을 씻기 위해 우물가로 갔다.

잠시 후 식구들은 식사를 하기 위해 모였다. 같은 저녁 식사라도 밝은 곳에서 먹는 편이 맛이 있을 거라고 해서 그날은 안쪽으로 옮겼다. 툇마루 가까이 상을 차렸다.

"아무래도 책상다리를 하지 않으면 먹은 것 같지 않아."

고헤이는 팔을 걷어붙이고 시작했다. 형수는 도로로를 얹어 주는 담당이었고, 어머니는 밥을 담아서 기다리고 있다가 각자의 그릇 안으로 넣었다.

"스데야, 오늘은 너의 송별회니까, 많이 먹어라."

어머니가 말했다.

"다이치 조카, 간이 어때?"

형수가 말을 했다.

"허 참, 기시모토 할머님의 요리인 걸요, 나쁠 리가 있겠습니까?"

"어머나, 다이치는 인사말도 잘 하네"
라고 형수는 웃으며 기시모토 쪽을 보며,

"스데 삼촌 적지 않아요, 좀더 드세요."

"그렇게 강요하셔도 안 됩니다."

기시모토는 이렇게 응답했다.

"오늘은 일곱 그릇밖에 들어가지 않아."

"스데야, 일곱 그릇 들어가면 그다지 들어가지 않은 편도 아니잖아?"

고헤이가 웃었다.

"야 다이치야, 더 먹어라."

어머니는 밥을 비워 버리고 말했다.

조카는 밥그릇 속을 바라보면서

"이건 너무한데, 이제 정말 충분해요."

"다이치가 그런 말을 하다니 어쩐 일이야."

형수는 밥그릇을 뺏어 들고 끈적한 거품이 이는 즙을 넣어 주었다.

"귀찮네—먹어 버려."

드디어 조카는 급히 먹어 버렸다.

쓸쓸한 생활을 하고 있지만 이렇게 송별 식사를 하니, 어머니는 눈앞의 처지를 잠시 잊은 듯했다. 그녀는 예전에 많은 손님을 대접해 온 것과 마찬가지로 넉넉한 마음이 되었다. 고헤이와 다이치, 스데키치 세 사람은 지나치게 먹은 듯이, 허리띠를 늦추고 신음하듯 했다. 그러나 어머니와 형수가 뒷처리를 다 해낼 즈음에는 세 사람 모두 누웠다. 움직일 수 없을 정도로 먹은 것은 아니었지만, 이상하게 배가 불렀다. 누가 치기 시작한 것도 아닌데 배꼽 아래를 두드리기 시작했다. 배 북을 치는 경쟁이 시작되었다.

"바보스런 사내들만 모였구나."

이렇게 웃으면서 기시모토는 여행 가방 옆에서 천장을 보고 누워 함께 보조를 맞추었다. 그때 격자문 있는 곳으로 찾아온 사람이 있었다. 손님이 왔다고 해서 세 사람은 모두 벌떡 일어났다.

"음, 스게 군인가."

기시모토는 입구에서 친구를 맞았다. 스게는 격자문을 잡고서 이야기했다.

"드디어 내일 가는군."

스게는 웃으면서 격자문을 통해 기시모토 쪽을 뚫어지듯이 보았다.

"으응."

하고, 기시모토는 친구의 얼굴을 바라보았다.

"자 들어오게나."

"아니 그렇게 길게 있을 수 없어. 이번 달 잡지가 나와서 한 권 가지고 왔네—오늘 덴마초에 잠깐 들렀어."

스게는 8월달 잡지를 기시모토에게 건네주고, 대충 작별을 고했다. 기시모토는 문 밖까지 나가서 배웅했다.

해가 저물고 나서 기시모토는 조카의 도움을 받으며 짐을 묶었다. 지난 세월 동안의 기쁨과 슬픔이 출발 전의 혼잡함과 섞여서 그의 가슴속을 오갔다. 그날 밤은 참으로 쓸쓸했다. 이 쓸쓸함은 긴 고민의 끝이 아니면 느낄 수 없는 것이었다.

132

 출발하는 날은 새벽부터 비가 내렸다. 우에노에서 떠나는 첫차를 타기 위해 아침 일찍 작별의 차를 마실 무렵에는 더 심하게 내렸다. 전날 밤에 부탁해 둔 인력거가 왔다. 기시모토는 짐과 함께 탔다. "대단히 무거운 상자네"라고 중얼거리며, 차부는 옷과 책을 가득 넣은 버드나무 상자를 옮겨 발치에 쌓았다. 어머니와 형은 정원에서, 형수와 아이코는 격자문 밖에 서서 우산을 쓰고 배웅했다. 이렇게 기시모토는 휘장 안에서 다시 한 번 가족들의 얼굴을 바라보며 서로 인사를 하고 출발했다.
 벌써 8월 말로 언제나처럼 범람이 걱정되는 계절이었다. 우에노 정거장에는 동북행 기차에 늦지 않으려고 수하물을 들거나, 양산을 든 남녀 승객이 많이 모여 있었다. 모두 조금씩 젖어 공교로운 날씨라는 표정을 지으면서 열차를 향해 서둘러 갔다. 그중에는 팔을 걷어올리고, 옷자락을 걷어올리고 흙이 묻은 왜나막신을 울리며 걸음을 재촉하는 사람도 있었다. 비옷을 입은 역무원은 바쁜 듯이 그 사이를 누비며 다녔다.

발차의 기적이 울릴 무렵, 기시모토는 어느 3등실에 자리 잡고 유리창 가까이에 앉았다. 따로 그를 배웅하는 사람도 없었다. 얼마 뒤에 발차를 알리는 기적 소리가 들렸다. 석탄 연기는 비 때문에 누운 채 창 밖을 어둡게 지나갔다. 기차는 움직이기 시작했다.

기시모토의 여행 가방 속에는 전날 스게가 가져다 준 잡지가 들어 있었다. 그것을 꺼내 읽으려고 할 때 문득 하치노헤로 갈 당시가 기시모토 가슴에 떠올랐다. 그는 이 기차로 바로 이 선로를 왕복한 일을 떠올렸다. 그때 도쿄는 아직 더웠지만, 시라카와(白河) 근처까지 가자 벌써 가을이라서 탱알꽃 등이 길가에 흐드러지게 피어 있었다. 황막한 동북 지방으로 내려간다는 것은 기시모토에게 어떤 우수를 자아냈다. 같은 칸에 앉아서 어머니에게 기대어 있는 어린 소녀조차 왠지 가쓰코와 도요코의 모습을 그립게 했다. 씩씩하고 코에 걸리는 듯한 목소리로 이야기하는 여행자들의 모습에서 동북 지방 사람의 특색을 여러 가지로 발견할 수 있었다.

기시모토는 잡지를 펼쳐 보았다. 시노바즈 벤텐 경내에서 친구들이 모였을 때의 기사도 있었다. 이치카와가 쓴 기사였다.

"구리타 군에게 보낸다.[64] 아다치가 서쪽에서 왔다. 기시모토는 동북 지방으로 당년 풍류의 그림자를 감추려고 한다. 돌아오는 것은 가깝고, 떠나는 것 역시 멀지 않다. 친구가 서로 만나지 않을 수 없다고, 하룻밤 말을 타고 소서호(小西湖)[65]에 있는 한 정자에 오르니, 동대(東台)[66]의 종이 벌써 9시를 알릴 무렵이었다. 생각건대 갑자기 논의가 있어서, 갑작스레 모인 사람들, 연꽃잎은 파랗게 난간을 덮고, 시원한 바람은 옷깃을 차갑게 떨치고, 수면에 비친 달은 희었다. 장주(長舟) 호심에 띄우고 좋은 밤을 감상하는 것 같았다. 어떤 사람이 있어서, 의기양양한 대시인의 기염을 토했다. 스게는 아주 실망하고 많이 마셨다. 아다치는 뜻이 이루어져서 당당한 대가인데, 아직 하찮은 일개 서생인 체한다. 대장부란 이런 기상이어야 한다고 뒤로 몸을 젖히고 유쾌한 말투로 만당을 제압하는 것은 이 사람. 간잔(函山)[67]의 아름다움을 말하는 것은 스게. 기시모토는 모름지기 동북 들판에서 많은 미인을 사로잡아야 한다, 이런 용기가 있느냐 없느냐고 여러 사람들은 드디어 긴 이야기를 하고 결국은 내 영역을 침범해 왔다. 어떤 이는 다시 술을 부르고, 선녀사당 문을 나선 것은 밤이 다시 깊었을 무렵으로, 호반에는 사람이 없고 다만 달과 바람이 있을 뿐이었다. 이 좋은 밤의 모임에 구리타 군이 없음을 애석해 한다. 그대를 보지 않은 것이 오래되었다. 그래서 보낸다."

다 읽고 나서 기시모토는 웃지 않을 수 없었다. 잡지도 요즘은 좋지 않아 친구들은 모두 의리를 가지고 쓰지만, 여행길에서 보니 그것도 그리웠다.

기차가 시라카와를 지나칠 무렵에는 기시모토는 벌써 멀리 도쿄를 떠난 듯했다. 쓸쓸히 내리는 빗소리를 들으면서 언제 올지도 모르는 공상의 세계를 꿈꾸며 그는 머리를 창가에 대며 생각했다.

"아, 나 같은 인간이라도 어떻게든지 살고 싶다."

이렇게 생각하고 깊고 깊은 한숨을 쉬었다. 유리창 밖에는 회색빛 하늘, 젖어서 빛나는 초목, 물안개, 그리고 쓸쓸하게 농가 처마 아래에 서 있던 닭들이 나타났다가 사라지곤 했다. 사람들은 빗속 여행에 싫증이 나서 대부분 기차 안에서 잤다.

다시 쏴 하고 비가 내렸다.

『봄』 해설

『봄』은 1908년 4월 7일부터 8월 19일까지 『도쿄 아사히 신문』에 연재된 작품이다. 당시 서른일곱 살의 장년 소설가였던 도손은 15년이나 거슬러 올라가서 자신이 메이지 여학교 영어교사였던 시대를 배경으로 이 소설을 썼다. 그는 『문학계』 동인들의 이상과 꿈, 그리고 자기 가정의 모습을 생생하게 함축하여 그린다. 벌써 중년의 나이에 이르렀던 도손은 '인생의 봄'이라고 할 수 있는 자신의 청년 시대를 『봄』에서 그린다.

원래 『봄』에는 '이상의 봄'과 '예술의 봄', 그리고 '인생의 봄'이 포함된다고 작가 자신이 밝힌 적이 있다. 실제로 『봄』에서는 '이상의 봄'에 버림받는 청년 기타무라 도코쿠(北村透谷)의 일생이 생생하게 그려진다. 도코쿠는 도손의 좋은 벗이자 새 시대의 선구자로서 도손의 문학과 깊은 관계를 맺은 인물이었다. 도코쿠가 '이상의 봄'의 모델이 된 것은 작가 자신도 밝힌 적이 있다. 또한 '예술의 봄'에는 『文學界』의 동인으로 활약했던 도가와 슈코쓰(戶川秋骨), 호시노 덴치(星野天知), 우에다 빈(上田 敏) 등의 인물이 모델로 그려진다. 한편 여러 인생 편력을 거쳐서 겨우 '인생의 봄'에 도달한 작가 도손의 자전적인 사실이 짙게 드러난다. 특히 작품의 후반부터는 소설의 초점이 점차적으로 그를 둘러싼 가정과 집안 문제로 흐른다.

『봄』에서 작가가 계획했던 '이상의 봄'과 '예술의 봄' 그리고 '인생의 봄' 중에서도, '인생의 봄'을 지향하는 청년의 삶은 그다지 명백하게 그려져 있지 않다. 오히려 그보다는 구가(舊家)의 굴레에서 허덕이는 스데키치의 일상 생활이 생생하게 나타났다. 그런 점에서 '인생의 봄'에 대한 의문은 점점 배가된다. 스데키치는 자기에게 옮겨지는 구가의 운명을 자인하고 개인의 삶보다는 점점 집안을 소중히 여기는 인물로 변한다. 그런데 스데키치는 가문을 위해 자신의 꿈을 희생하지 않을 수 없는 현실에 대하여 언제나 다른 두 가지 마음을 품고 있었다. 그는 "가정을 위해서라면 자기는 어떻든 좋다"고 생각하면서도, 한편으로는 "자기는 보이지 않는 감옥 속에 있다"고 한탄하기도 했다. 그리고 이 감옥으로부터 탈출을 꾀한다. 그는 구가의 숙명을 인정하면서도 그곳에 안주할 수 없는 청년의 꿈에 불타고 있었다.

구가 출신의 스데키치는 자기 생의 근원을 거슬러 올라가서 소년 시대의 일을 되돌아보았다. 원래 그는 개인적 삶을 지향했으며, 집을 위한 희생을 거부하며 여행을 떠나기도 했었다. 긴 여행 끝에 그는 가족의 인연을 소중히 여기는 인간이 되어 돌아왔다. 집으로 돌아온 그에게는 무너져 가는 구가를 짊어져야 할 책임이 있었다. 그러나 스데키치가 집보다 개인의 길을 찾아 다시 여행을 떠나는 면에서는 청년의 이상이 드러난다. 스데키치는 센다이에 있는 학교로 취직 자리를 얻어 떠난다. '인생의 봄'을 찾아 나선 도정은 혈연을 중시하는 가족주의 정신보다는 개인주의에 철저하다. 그 정신의 철저함은 '이상의 봄'의 꿈을 지닌 스데키치가 지향한 세계였으며, 근대적이고 개성에 넘친 생활을 원하는 작가 자신의 의식의 표현이었다.

註

1) 기시모토(岸本) : 藤村 자신의 작품 중의 가명. 藤村은 1892년 10월부터 明治女學校에 근무했는데, 제자인 佐藤輔子(소설 속의 勝子)와 연애 사건으로 학교를 그만두고, 다음해 1월 關西지방으로 여행을 떠났다.
2) 아오키(靑木) : 모델은 北村透谷(1868~1894). 도손에게 가장 큰 영향을 미친 문예평론가로 『文學界』 초기의 지도자였다.
3) 이치카와(市川) : 모델은 平田禿木(1873~1943), 『文學界』 동인 중에서 가장 최연소자로 당시 제1고등학교 학생이었다.
4) 스게(菅) : 모델은 戶川秋骨(1870~1939), 『文學界』 동인으로 明治學院 시대의 藤村의 동급생으로 뒤에 영문학 번역과 수필을 남겼다.
5) 오카미(岡見) 형제 : 모델은 星野天知, 夕影(소설 속의 淸之助) 형제로, 둘 다 『文學界』 동인임. 天知(1862~1950)는 잡지의 유력한 출자자였다.
6) 헤코오비 : 남자나 어린아이가 매는 한 폭으로 된 허리띠.
7) 가쿠오비 : 일본옷에 매는 겹으로 된 딱딱하고 폭이 좁은 남자용 허리띠.
8) 아다치(足立) : 모델은 馬場孤蝶(1869~1940). 明治學院 시절의

藤村의 동급생으로『文學界』동인. 잡지 창간 당시는 高知에 있는 영어학교에 있었다. 뒤에 영문학자로 이름이 높음.

9) 나라즈케 : 술찌꺼기에 오이와 무 같은 야채를 절인 식품. 나라에서 처음으로 만들어져서 이런 이름이 붙었음.

10) 사이교 : 사이교란 옛 도읍인 京都를 말하지만, 여기서는 京都에 있는 여인을 은유적으로 표현한 말임.

11) 가쓰오부시 : 가다랭이포

12) 겐로쿠(元祿) : 1688년에서 1703년까지를 겐로쿠 시대라 함. 이 시대는 민심도 안정되고 문학 예능이 성행했다.

13) How should I⋯ : 셰익스피어(1564~1616)『햄릿』제4막 제5장에서 발광한 오필리어가 왕비 거트루드 앞에서 부르는 노래. 번역은『세계의 문학 대전집 1권 셰익스피어』(동화출판공사, 1970)에 수록된 여석기의 역을 인용했음.

14) 호머 : Homeros(?~?) 고대 그리스의 시인. 그의 생애에 관해서는 거의 알려져 있지 않다.『일리아드』와『오디세이』를 남겼다.

15) 사이교(西行, 1118~1190) : 헤이안 시대 후기의 가인. 1140년 출가하여 불법 수행과 와카(和歌)의 길에 전념했다. 전통이나 형식에 구애받지 않고, 불교 세계관에 기초를 두어 방랑과 고독한 인생과 자연 관조에 관한 와카를 남겼다.

16) 바쇼(芭蕉, 1644~1694) : 에도(江戸) 시대의 하이진(俳人). 하이카이(俳諧)사상 최대의 인물로, 幽玄, 閑寂을 이념으로 삼아 자연과 일체되는 경지를 만들었다. 작품집으로『俳諧七部集』,『奥の細道』등이 있다.

17) 세화물(世話物) : 지카마쓰 몬자에몬(近松門左衛門, 1653~1724)의 작품 중에서 당시 실제로 일어났던 사건을 각색한 것으로

의리와 인정의 갈등으로 괴로워하는 조닌(町人)의 모습을 그린 작품을 일컬음.

18) 기다유(義太夫) : 기다유부시(義太夫節)의 준말. 겐로쿠 시대에 다게모토 기다유(竹本義太夫)가 시작한 조루리(淨瑠璃)의 한 派.

19) 구리타(栗田) : 모델은 大野 竹(1872~1913). 俳人. 옛 하이쿠 연구가로 알려져 있으며, 당시『文學界』에 기고하고 있었다.

20) 가쓰코(勝子) : 모델은 佐藤輔子(1871~1895). 藤村보다 1살 연상인 여인으로 소설에 쓰여진 것처럼 약혼자인 鹿討豊太郎과 결혼한 뒤 병으로 사망했다.

21) 스게 지하루(菅千春) : 모델은 戶川殘花(1855~1924).『文學界』의 객원 시인, 평론가. 기독교 전도자로도 알려져 있다.

22) '당신을 친구삼아…' : 1887년 8월 18일자로 透谷가 石坂ミナ(뒤에 透谷의 부인) 앞으로 보낸 편지 내용.

23) 우치타(內田) : 內田魯庵(1868~1928). 당시의 유명한 평론가. 도스토예프스키의 장편 소설『죄와 벌』의 번역은 1권이 1892년에 제2권이 그 다음해에 나왔다.

24) 오늘 아침 불기 시작한… :『文學界』1893년 9월호에 발표한 透谷의 시「잠자는 나비」에서 인용한 시. 透谷 말년의 비통한 심정을 살필 수 있다.

25) 'Roll on, thou deep and… : 바이런의 「차일드 해럴드의 순례」라는 장시 중 4편 179~184연. 대양(大洋).이 번역은 혜원 세계 시인선 27『바이런』(1991, 혜원출판사)에 수록된 이정호의 역을 인용했음.

26) "말없는 나비 두 마리가,… :『國民之友』1893년 10월호에 발표

한 透谷의 시「두 나비의 작별」에서 인용한 시.

27) 천장절 : 일본 왕의 생일.

28) 사쿠라모치(櫻餠) : 밀가루를 반죽하여 얇게 밀어 팥소를 넣고 벚나무 잎으로 싼 떡을 말함.

29) 기카쿠 란세쓰(其角嵐雪) : 木夏本其角(1661~1707)와 服部嵐雪(1654~1707)을 일컬음. 둘 다 에도 시대의 하이진(俳人)으로 마쓰오 바쇼의 제자. "양손에 매화와 벚꽃과 풀로 만든 떡"이라고 일컬어질 정도로 친한 친구 사이였음.

30) 처마 밑에 내려진… : 창부를 말함. 옛날 유곽에서는 유녀가 피워서 불이 붙은 담배를 손님에게 건네 주는 습관이 있었다.

31) 십덕(十德) : 에도 시대의 승려나 의사 등 대개 머리를 깎은 사람이 입었던 예복. 무사의 예복과 비슷하고 옆을 꿰맨 하오리 식의 의복.

32) 반 정(町) : 길이의 단위. 1정(町)은 108m임.

33) 안친(安珍)과 기요히메(淸姬) : 기노구니(紀伊國) 지방의 아가씨가 스님인 안친(安珍)을 연모하여, 뱀으로 변신하여 도망가는 사내의 뒤를 쫓아가서, 결국은 안친이 숨은 도조사(道成寺)에 있는 종을 감고 사내를 태워 죽였다는 이야기가 있음. 여기서는 기시모토가 약혼자가 있는 가쓰코를 쫓아가는 것을 가리켜 "그것을 거꾸로 한 것 같은 사람"이라고 비유하고 있음.

34) 교겐(狂言) : 노(能)를 공연하는 막간에 상연하는 희극.

35) 간진초(勸進帳) : 가부키 十八번의 하나. 노의『安宅』에서 나옴. 奧州로 물러가는 요시쓰네(義經)의 主從이 安宅의 關을 통과하는 모습을 그림.

36) 애호정사(愛護精舍) : 고다 로한(幸田露伴)이 살던 집.

37) "이 같은 싸움은…: 透谷이 『文學界』 1893년 2월호에 발표한 평론 「人生に相涉るとは何の謂ぞ」에서 인용한 글로, 山路愛山과의 논쟁을 불러일으킨 논문으로 透谷의 대표작의 하나임. 인생에 직접 도움이 되는 것을 목표로 삼는 것이 아니라, 정신의 고귀한 역할을 표현한 문학의 독자적인 사명을 주장함.
38) "Your hands lie open…: 영국 시인 로제티(1828~82)의 시집 『생명의 노래』에서 인용. 이 시집은 시인의 생애를 고백한 여러 연애체험을 읊은 서정시집으로 인용은 제1부 소넷 'Silent noon'이다. 번역은 김기태 역편 『참사랑의 의미』(1994, 태학당)에서 인용함.
39) 셸리 : P.B.Shelly(1792~1822). 영국 낭만파 시인.
40) 미켈란젤로 : Michelangelo(1475~1564). 이탈리아 르네상스를 대표하는 미술가. 회화, 조각에 많은 명작을 남겼다.
41) 르낭 : Ernest Renan(1823~92). 프랑스 실증주의 사상을 대표하는 학자. 대학 강의에서 예수를 '비할 수 없는 인간'이라고 불러서 물의를 일으킨 일도 있다. 『예수전』은 노작인 『기독교 기원사』 전 7권의 제1권에 속한다.
42) 디트리히 : Rudolf Dittrich(1861~1921). 오스트리아의 오르간 연주자. 바이올린과 피아노도 잘 쳐서 1888년 도쿄음악학교 교사로 일본에 와서, 1894년 7월에 귀국했다. 귀국 후에는 모교인 빈 음악학교 교사가 되었다.
43) 슬러 : slur. 둘 이상의 악음을 부드럽게 이어서 연주하는 경우에 붙이는 부호 또는 그 연주를 말함.
44) 트릴 : trill. 장식음의 하나. 어느 음과 그 2도 높은 음을 서로 급속하게 반복해서 연주하는 것.

45) 비늘을 그려 넣은 : '고이노보리(鯉幟)'라고 해서, 일본에서 단오절에 올리는 천에는 잉어 모양을 만들어, 장대에 바람에 날려 씩씩하게 자라는 어린이를 상징한다.
46) 조사이(定齋) : 도요토미 시대에 사카이(堺)에 있던 약장사 조사이가 팔기 시작했던 탕약 이름. 여름에 생기는 여러 병에 특효가 있다고 했다. 와전되어 더위를 쫓는 약을 팔러 다니는 상인을 '조사이야'라고 불렀다. 한쪽 어깨에 짊어진 막대의 양쪽 끝에 검은 칠이나 붉은 칠을 한 커다란 두 개의 약상자를 매달고 상자의 쇳소리를 울리며 마을을 돌아다녔다.
47) 고요(紅葉) : 여기서는 겐유샤(硯友社)를 이끌고 있는 고요와 그 문하생의 도제 제도 같은 사제 관계를 비꼬아서 말하고 있음.
48) 절구(節句) : 일본의 다섯 명절의 하나를 일컬으며, 특히 3월 3일과 5월 5일을 말함.
49) 남공삼대기(楠公三代記) : 원제목은 三楠實錄임. 山郡興이 쓴 작품으로, 楠木正成, 正行, 正儀의 사적을 그린 것임. 1886년에 『楠公三代記』로 제목을 바꾸어서 간행되었다.
50) 한초군담(漢楚軍談) : 夢梅軒章峰이 지은 가나조시(假名草子). 1895년 간행됨. 진시황제 말기에서 한나라 고조가 천하통일할 때까지를 그린 중국 군담.
51) 삼국지 : 여기서는 삼국지연의를 말함. 중국 명나라 초기의 역사소설로 나관중 작.
52) 위고 : Victor Hugo(1802~85). 프랑스 시인 소설가. 프랑스 혁명에서 취재한 작품이 많고, 대표작으로는 『레미제라블』이 있다.
53) 긴자(金座) : 江戶幕府가 金貨의 주조와 감정 등을 행하기 위해

설치했던 기관으로 감정담당자의 지배 아래 있었다. 니혼바시(日本橋)의 도키와바시(常磐橋) 언저리(지금 일본은행 가까이)에 있었다.

54) 백번참배(御百度) : 百度參り. 소원을 빌기 위하여 신사(神社)와 절 경내의 일정한 거리를 백 번 왕복하면서 그때마다 참배하는 일.

55) 이나리(稻荷) : 곡식을 맡은 신이나 그 신을 모신 신사.

56) 소금기가 있는 음식 : 소금기가 있는 음식을 먹지 않고, 神佛에 소원을 비는 것을 말함.

57) "쓸쓸한 가을 바람의…: 戶川秋骨이 1894년 10월 『文學界』에 쓴 감상. 청일전쟁의 영향으로 전쟁문학이 많이 나타나, 문단의 생기가 사라진 점을 탄식한 글로 알려져 있다.

58) 피우스 2세 : Pius 2세(1405~1464) 말년의 7년간 가톨릭 교회의 최고위로 로마 교황 자리에 있었다.

59) 쓰쓰미 : 모델은 平口一葉(1872~96). 明治의 대표적인 여성 작가. 孤蝶과 秋骨과 친했으며, 『たけくらべ』등의 소설을 『文學界』에 발표했다. 그러나 도손과는 서로 좋은 인상을 갖고 있지 않았다고 함.

60) 6호 : 잡지 따위에서 6호 활자로 엮은 잡문과 잡보 따위를 말함. 『文學界』에서는 권말의 기서(寄書), 시문(時文)등이 이에 속한다.

61) 다이묘 : 에도 시대에 1만 석 이상의 봉록을 받던 제후.

62) 십팔사략(十八史略) : 중국 元나라 때의 曾元之가 엮은 역사책. 史記 이하 宋史에 이르는 18史를 초학자용으로 새로 쓴 책.

63) 도로로 : 도로로이모의 준말. 참마 따위를 갈아서 멀건 장국 따

위로 묽게 한 요리.
64) 구리타 군에게 보낸다 : 1896년 8월호 『文學界』에 발표된 平田禿木의 감상.
65) 소서호(小西湖) : 도쿄의 우에노 공원에 있는 시노바즈 연못을 말함. 서호는 중국 절강성 항주에 있는 호수로 유명한 경승지이다. 明治 문인들은 시노바즈 연못을 그 호수와 비교해서 '小西湖'라 불렀다.
66) 동대(東台) : 여기서는 關東의 台嶺(원래는 比叡山의 다른 이름. 중국 天台山에 비유해서 이렇게 말함)의 뜻으로, 우에노 공원에 있는 東叡山円頓院寬永寺의 다른 이름.
67) 간잔(函山) : 箱根山의 다른 이름. 중국 函谷關에 비유한 것.

저자/시마자키 도손(島岐藤村, 1872~1943)
마고메(馬籠) 출생
1891년 메이지가쿠인(明治學院) 졸업
메이지(明治)여학교, 도호쿠가쿠인(東北學院) 교사 역임
문부성국어조사위원, 일본 펜클럽회장, 예술회원 역임
작품 : 시집으로 『若菜集』, 『夏草』, 『落梅集』
     소설집으로 『破戒』, 『家』, 『夜明け前』, 『東方の門』 등

역자/노영희
충남 공주 출생
국제대학 일어일문학과 졸업
도쿄대학 비교문학 비교문화연구과 석·박사과정 수료
「시마자키 도손의 문학세계」로 도쿄대학에서 문학박사 학위
현재 동덕여자대학교 외국어학부 교수
저서 : 『아버지란 무엇인가』(1992)
     『시마자키 도손』(1995)
     『명문으로 읽는 일본문학 일본문화』(1998)
역서 : 『집』(1990)
     『일본문학사서설』 상, 하(1995)
     『소설의 방법』(1995) 외

한림신서 일본현대문학대표작선을 발간하면서

한림대학교 한림과학원 일본학연구소에서는 1995년에 광복 50년, 한일국교 정상화 30년을 기념하면서 일본학총서를 출간하기 시작했다. 그 성과에 대해서 한일 양국의 뜻있는 분들이 높이 평가해 주신 데 깊은 사의를 표한다.

본 연구소는 한국이 일본을 더욱 잘 알게 되고, 한일간의 문화교류가 활발해진다는 것이 한일 양국을 위하는 것일 뿐 아니라 21세기를 향한 동북아시아의 평화와 새로운 질서를 수립하는 데 크게 이바지한다고 생각한다. 그런 뜻에서 일본학총서도 발간해 왔던 것이다. 앞으로도 그 사업을 계속할 것이며 연륜을 더해감에 따라 큰 발자취를 남기게 될 것을 의심하지 않는다.

그런 확신을 가지고 지금까지 일본학총서 발간에 보내 주신 한일 양국 여러분의 성원에 보답하는 의미에서 여기에 새로이 한림신서 일본현대문학대표작선을 발간하기로 했다. 일본 문학은 이미 세계 문학사에서 확고한 자리를 차지하고 있다.

일본은 전통적으로 문학 속에 사상을 담아 왔기 때문에 일본 사회를 알기 위해서는 일본 문학을 알아야 한다고들 흔히 말한다. 그럼에도 불구하고 지금까지 상업성을 위주로 하는 일반적인 출판사업에서는 일본 문학의 전모를 알리기에는 어려운 사정이 많았던 것이 사실이다. 그러므로 본 연구소는 일본을 바로 이해하기 위하여, 한일간의 문화교류를 더욱 촉진하기 위하여 여기에 일본현대문학대표작선을 간행하기로 했다.

이러한 노력이 우리 문화발전에도 크게 이바지할 수 있기를 바라면서 일본에서도 한국 문화를 일본에 알리기 위한 노력이 일어나서 한일간에 새로운 세기를 좀더 밝게 전망할 수 있게 되기를 바란다.

여러분들의 계속적인 성원을 기대해 마지 않는다.

1997년 11월
한림대학교 한림과학원 일본학연구소